명작에서 멘토를 만나다

인생에 힘이 되어주는 이야기

명작에서 멘토를 만나다

최복현 지음 | 천혜정 그림

살림

책 속으로 떠나는 여행

어려서부터 무척이나 책읽기를 즐겼습니다. 책 속에 빠져들면 어느새 나 자신이 그 주인공이 되어 아픔을 내 것으로 받아들이고, 그 기쁨을 내 것으로 동일시했지요. 돌밭길을 가면서도 책을 읽었고 그러다가 넘어질 뻔 한 일도 여러 번 있었습니다. 가급적이면 글씨가 빽빽하고 내용이 많으면서 가격이 싼 책을 많이 사서 읽곤 했습니다. 그 독서의 힘이 변변한 작가는 아니지만 지금의 작가가 되게 했습니다. 책이야말로 내 인생의 친구였고, 내 인생의 멘토이며 스승이었습니다. 그래서 나는 지금도 책을 사랑하고, 책 읽기를 즐깁니다.

책, 독서의 중요성은 아무리 강조해도 지나치지 않습니다. 우리가 존경하는 위인들의 일면을 살펴보면 그들의 힘은 독서에서 나왔다는 것을 알 수 있습니다. 미국에서 역대 대통령 중 가장 존경받는 링컨도 독서를 무척 좋아했습니다. 우리 주변에도 독서로 훌륭한 인품을 가진 이들을 얼마든지 만날 수 있습니다. 흔한 말로 우리의 미래는 독서에 달려있습니다.

이번에 펴내는 이 책은 그간 읽으면서 인상 깊었던 책의 목록들입니다. 고전이나 명작이 오래도록 우리의 기억 속에 자리 잡는 공통적인 이유는 무엇보다 인간적인 것, 즉 휴머니즘이 그 속에 녹아 있기 때문입니다. 현대와는 전혀 다른 환경에서 쓰여지기는 했으나 명작은 현실과 그대로 맞닿아있습니다. 우리 인간의 본질은 시대와는 관계없이, 물질문명과는 관계없이 변함없는 무언가가 있기 때문일 것입니다.

　우리는 고전이나 명작 속에서 또 다른 우리 자신들을 만납니다. 그러면서 그들에게서 많은 인생의 지혜를 배우고, 어떻게 살아가야 할지의 이정표를 세우기도 합니다. 때로는 상상의 세계를 펼치고 우리의 미래를 가늠해 보기도 합니다.

　독서는 영상매체와 달리 우리에게 모든 것을 제공해 주지 않습니다. 눈으로 볼 수 있는 글씨는 보여주지만 소리와 영상을 제공해 주지는 않습니다. 이것은 오히려 책이 가진 장점입니다. 우리는 눈으로 볼 수 없는 것을 머릿속으로 그려보게 됩니다. 그러면서 우리는 상상의 세계를 그리게 되고, 머리에 윤활유를 치는 것과 같은 효과를 얻게 되는 것이지요. 그래서 독서는 우리로 하여금 머리를 좋게 만들어 주고, 창의성을 길러주는 것입니다.

　이 책에 소개하는 작품들은 누구나 한 번쯤은 접해보거나 제목이라도 들었을 명작들입니다. 그리고 이 명작들을 통해서 읽는 이들은 나름대로 각각의 교훈을 얻어낼 것입니다. 자신의 상황에 따라 받아들이는 교훈도 다를 수 있습니다. 따라서 나는 열린 독서를 권하고 싶습니다. 너무 텍스트의 의미를 캐려는 것보다 그냥 느끼는 대로 읽어가는 것입니다. 그러면 한결 독서에 대한 부담도 적어지고 독서가 즐거워질 것입니다. 이 책은 그런 의도로 쓴 것입니다. 이 책을 통해 독자가 고전이나 명작을 쉽고 재미있게 읽을 수 있는 계기가 될 수 있었으면 하는 소박한 바람이 있습니다. 오늘도 명작 한 편을 또 읽었습니다. 이 책을 대하는 여러분도 명작을 많이 사랑해 주셨으면 합니다.

　이 책이 나오기까지 많은 수고를 아끼지 않은 살림 출판사의 편집팀과 살림의 식구들에게 감사를 전합니다. 또한 이 책의 출간을 허락하신 살림 출판사 사장님을 비롯해 강 국장님 그리고 팀장님께도 감사를 전합니다. 이 책을 읽어 줄 독자님들께도 진정으로 고마운 마음을 전합니다.

| 차　례 |

머리말　책 속으로 떠나는 여행 _ 5

1장
나를 정확히 알고 도전하려는 너에게

2장
생각의 힘을 키워 세상을 보고 싶은 너에게

:: 이 책의 구성과 전체적인 활용법

⊢ 이 책은 총 스무 개의 명작과 명작에서 짚어낼 수 있는 각각의 키워드로 꾸며져 있다. 또한 본
   문을 시작하기 전에 명작에서 뽑아낸 명대사 혹은 유명한 문구를 넣었다. 이 명대사나 문구들
   은 명작의 분위기를 가늠하기에 좋은 척도가 될 것이다.

⊢ 본문 속에는 '명작을 읽는 뿌리'라는 제목으로 명작을 읽는데 도움이 될 만한 바탕 지식이나
   배경에 관한 이야기를 실었다.

⊢ 본문 원고가 끝나면 명작을 펴낸 작가의 사진과 간단한 약력이 있다. 이를 통해 독자는 작가
   의 삶과 명작의 관계를 생각할 수 있을 것이다.

⊢ 마지막으로 '명작이 너에게 전하는 편지'는 명작이 독자에게 멘토링을 해준다는 상상 아래 적
   은 글이다. 독자는 이 편지를 통해 명작의 줄거리를 따라가고 감상하는데 그치지 않고 현재
   자신의 고민과 미래를 연관지어 책을 읽을 수 있을 것이다.

1장

나를 정확히 알고
도전하려는
너에게

우정

-

순수

-

성장

-

여행

-

꿈

어린왕자_ 우정

"너희들은 내 장미와 조금도 닮은 데가 없어. 너희들은 아직 아무것도 아니야. 아무도 너희들을 길들이지 않았고 너희들도 누구 하나 길들이지 않았어. 내 여우가 너희들과 꼭 같았지. 내 여우는 수많은 여우들과 같은 여우 한 마리에 지나지 않았지. 하지만 난 여우를 친구로 삼았고 그 여우는 이젠 이 세상에서 단 하나밖에 없는 여우가 됐어."

🌹 남과는 다른 생각을 하고, 특별한 꿈을 가져라

앙투안 드 생텍쥐페리가 『어린왕자』와 같은 불후의 명작을 쓸 수 있었던 것은 그의 직업에 대한 열정 때문이었다. 그는 비행사였기 때문에 하늘에서 이 땅을 내려다보는 행운을 얻었다. 세상은 어디에서 또는 어느 환경, 어느 위치에서 보느냐에 따라 의미가 달라 보인다. 땅에서 볼 때는 아무런 의미가 없던 것이 하늘에서 보면 특별한 의미를 갖게 될 수도 있다.

그가 비행사가 되기까지에는 그럴 만한 이유가 있었다. 사실 그는 어려서부터 비행사가 되려는 꿈이나 계획을 가지고 있었던 것이 아니었다. 물론 어렸을 때, 그러니까 12세 때 이런 말을 하곤 했다고 한다.

"만일 내가 비행자전거를 창안하고, 그걸 타고 하늘을 날면 군중은 '생텍쥐페리 만세!'라고 함성을 지를 거야."

그는 자라면서 말만 앞세우는 것이 아니라 행동하기를 원했다. 그래서 그는 조지프 콘래드라는 작가처럼 자신이 묘사한 행동에 참여하기를 원했다. 콘래드! 콘래드는 생텍쥐페리가 무척이나 흠모했던 작가이다. 콘래드는 19세기 말에서 20세기 초에 활동한 영국 작가로, 아마도 최초의 해양소설가가 아닌가 싶다. 그는 실제로 해군 사관으로서 배를 타고 세계 각국을 누비며 원시의 아름다움인 인간의 성품을 노래했으며, 문명에 의한 파괴를 고발하는 글을 발표하고, 각국에서 체험한 풍물들을 소설화 했다.

콘래드가 공간의 문제에서 바다, 즉 해양을 주제로 쓴 최초의 소설가라면 하늘 소설, 우주 소설의 최초 작가는 생텍쥐페리를 들 수 있을 것이다. 물론 공간의 문제를 소설로 쓰게 된 작가도 더러 있다. 귀스타브 플로베르는 공간의 이동에서 마차를 다뤘고, 에밀 졸라는 기차를 공간의 이동으로 삼았으며 콘래드는 공간의 이동을 배로, 생텍쥐페리는 비행기 또는 기구를 공간의 이동으로 다루었다.

이런 미묘한 운명의 차이가 이제 우리가 그토록 사랑하는 『어린왕자』라는 작품을 만나게 된 셈이다. 생텍쥐페리는 이제 콘래드처럼 배 대신 비행기를 타고 무려 10년간 리오 델 오로의 상공과 안데스산맥 위를 비행한다. 그는 직업을 통해서 모든 사물을 보고, 그

의미를 파악한다.

그는 개척자의 시대에 그 위험천만한 비행을 하며, 삶에 대한 두려움과 경외, 그리고 꿈을 갖게 될 수 있었다. 또한 밤 비행에서 하늘에 떠있는 별은 그의 중요한 길잡이였을 것이다. 비행이 어려웠던 만큼 그는 별의 아름다움과 소중함을 느꼈다. 그리고 사막에의 불시착으로 인한 두려움과 공포, 그리고 인적 없는 곳에서의 인간에 대한 그리움……. 이런 행운들이 그로 하여금 어린왕자를 만나게 해주었다.

늘 떠돌아 다녀야 하는 직업의 세계에서 그는 가족에 대한 그리움, 그의 직업의 어려움을 이해 못하는 아내를 통해 장미나무를 연상해냈을 것이다. 패전에 시달리는 조국을 바라보며 그는 말을 잃은 채 세상에 대해 "왜"라고 묻는 어린왕자의 뒤로 숨고 싶었을지도 모른다.

생텍쥐페리. 그는 진정 하늘의 왕자가 된 것일까. 그의 어릴 적 꿈은 이루어진 것일까. 그는 하늘을 나는 꿈을 실현하는 비행사가 되었다. 27세의 나이에 생텍쥐페리는 남방 우편기의 조종사가 되어 하늘을 나는 왕자가 된 것이다. 더이상 그는 이제 땅 위에서 걷고 뛰며, 돌아다니면서 세상의 평면이나 측면을 보고 살아가는 인간, 또는 기어 다니는 동물의 눈으로 세상을 보는 것이 아니었다. 그야말로 그는 하늘의 새가 되어 위에서 아래를 보는 조감도(새가 하늘에서 내려다본 것의 상태와 같이 그린 그림)를 완성하게 된 것이다. 그의 문학이 다른 작가들의 문학보다 뛰어난 점은 바로 이런 점일 것이다. 평면문학이나 측면문학이 아닌, 그야말로 입체적인 시각의 문학이라는 점 말이다.

생텍쥐페리는 세상에 존재하는 모든 것에 대해 하나하나 의미를 부여할 줄 아는 삶을 사랑하는 사람이었고, 맑고 투명한 마음의 소유자이며 감정이 풍부한 천부적 작가임에 틀림없다. 어린왕자가 아름다운 건 작가 자신의 삶이 어린왕자의 언어 속에 용해돼 있기 때문이다. 어린왕자는 작가 자신이고, 작가 자신 또한 어린왕자 그 자체이다. 그 또한 어린왕자처럼 사막에서 뱀에게 물려 빈껍데기는 놓아둔 채 이 땅을 떠나갔는지도 모른다. 그는 어린왕자를 통해 전 세계 아이들의 마음에 꿈과 별을 심어 주었다. 그리고 영원히 우리 마음속에 숨 쉴 것이며, 우리 이후에 오게 될 영혼이 아름다운 이들의 영혼 속에 또 숨 쉬게 될 것이다.

__ 길들일 대상을 잘 찾아내는 지혜가 필요하다

어린왕자는 여우에게서 사랑을 배운다. 아무런 의미도 없던 것이 의미를 갖도록 길들여지고 길들이는 것, 그것이 사랑이다. 어린왕자는 지상에 와서 많은 장미, 자신이 그토록 사랑한 자신의 장미와 똑같은 장미들을 만났을 때, 짐짓 억울한 마음이 든다. 자신의 장미를 위해 온갖 짜증도 받아주고 오만도 받아주고, 때때로 보살펴주며 지켜주었던 것은 하나밖에 없는 존재였기 때문이다. 그러나 어린왕자는 여우에게서 사랑이란 보이는 것이 아니라 마음으로 느끼는 것임을 배운다.

만일 내가 비행자전거를 창안하고, 그걸 타고 하늘을 날면 군중은
'생텍쥐페리 만세!' 라고 함성을 지를 거야.

이 세상에 아무리 많은 여인이 있어도, 아무리 많은 남자가 있어도 모두가 나의 의미가 아닌 것은 그 많은 사람이 나에게 비어있기 때문이다. 길들여진다는 것은 내 마음 속에 그를 조금씩 채워간다는 의미이며, 길들인다는 것은 나를 상대의 가슴속에 채워 가는 것을 의미한다. 그러므로 내가 그의 가슴에 살아 있고, 그가 나의 가슴에 살아 있을 때 우리는 사랑한다고 말한다. 아무리 많은 아름다운 여인 혹은 매력적인 남성이 있어도 나와 특별한 관계가 없는 한 나에게는 비어 있는 존재다.

내가 그를 위해 시간을 쓰고, 마음을 주고, 정성을 들여 나와의 특별한 관계로 만들었을 때 비로소 그는 나에게 의미 있는 존재가 된다. 일반적인 관계에서 특별한 관계로 바뀌었을 때 그것이 길들여지는 일이며, 마음을 나누는 관계이다. 그러므로 모든 여인(혹은 남성)이 내게 의미 있는 것이 아니라 이 중 한 여인(혹은 남성)만 내게 소중한 존재다. 사랑은 상대의 비어 있는 것을 채워 주고, 그를 위해 죽을 수도 있는 마음이다. 몸으로 마음으로 정성을 들여 가꾸고 보호해 주고, 말동무가 되어 주고, 마음까지 읽어 주는 사랑. 어린왕자는 그렇게 사랑하는 방법을 여우에게서 배운다.

어린왕자는 오직 자기 별에 두고 온 한 장미만을 소중히 여겼고, 그 장미만이 아름답다고 생각했다. 그래서 자신의 모든 시간을 장미에게 바쳤고, 장미를 위해 소비했다. 그런데 어린왕자가 찾아온 이 땅 위에는 그와 닮은 꽃이 무려 5,000송이나 있었으니 얼마나 그 장미를 위해 소비한 시간이 안타까웠으랴. 더구나 그 꽃은 어린왕자에게 고분고분하지도 않은 데다가 오히려 네 개의 가시를 지니고 위협하고 짜증이나 부리는 존재였으니……

드디어 어린왕자는 사막의 현자 여우를 통해 사랑하는 법을 배운다. 요컨대 똑같이 보이는 그 꽃들 중에서 자기 꽃을 특별하게 구별해 볼 수 있는 마음의 눈을 뜨는 법을 배운다. 그것이 어린왕자가 여행을 떠나온 이유이며, 그의 여행을 아름답게 마무리하는 지상의 과제이다. 아무리 많은 꽃이 있어도 나의 꽃이 아니면 내 눈에 들어오지 않는다. 나의 꽃이 그 꽃들 중에서 달라 보이는 것은 그 꽃과 내 마음이 교감을 통해 이뤄진 것이기 때문이다.

아무리 사람이 많아도 나의 마음에 비어 있는 사람은 기억에 남지 않는다. 그렇게 우리는 기억에 남아 있는 존재들에게 길들여져 있다. 길들여진 존재는 어디에 섞여 있어도 나의 눈에 쉽게 띄게 되며 그 존재의 발자국 소리만 들어도, 음성만 들어도 구분을 할 수 있다. 길들여진 모든 것은 사람이든 사물이든 길들여진 시간만큼 잊기가 어려워진다. 그래서 우리는 그 길들일 대상을 잘 찾아내는 지혜가 필요하다.

🍎 내 소중한 친구 『어린왕자』를 소개합니다

『어린왕자』가 명작 중의 명작이라 할 수 있는 것은 이 책을 읽을 때마다 다른 의미로 다가오기 때문이다. 『어린왕자』 속에는 우리 사람의 모습들이 용해돼 있다. 허풍쟁이, 과대망상중의 권력가, 주

지혜로운 현자 사막의 여우

사막에서 살고 있는 여우는 '페넥여우'인데 『어린왕자』에 나오는 여우처럼 닭과 같은 동물은 잡아먹지 못하고 고작 관목에 기생하는 달팽이류만 먹는다. 겁이 많은 데다가 야행성 동물로 크기도 토끼만한 여우이며, 노란색을 띠고 있는 것으로 알려져 있다. 여기에 등장하는 여우는 실제 사막에서 만날 수 있는 여우가 아니라 작가가 나름대로 여우 특성을 부여한 것이다.

사막의 여우인 페넥은 생존법에 관한 한 지혜로운 놈이다. 페넥은 달팽이들이 있어도 나무마다 멈추지는 않는다. 눈에 띌 만큼 신중하게 나무 주위를 돌아다니기도 한다. 그 녀석은 나무 가까이 가긴 하면서도 마구 해치우지 않고 달팽이 두세 마리를 딴다. 만약 페넥이 첫 번째 나무의 산물을 배부르게 먹으면 두세 번의 식사로 그 살아 있는 자기 몫을 아주 없애게 될 것이다. 그러나 페넥은 번식을 방해하지 않도록 아주 조심한다. 페넥은 한 번 식사하는데 이 작은 나무를 100여 그루 가량 찾아갈 뿐 아니라 같은 가지에 나란히 붙어 있는 달팽이 두 마리를 따는 일은 절대로 없다. 모든 것은 마치 페넥 자신이 위험을 의식하고 있기라도 하듯이 진행된다. 만일 페넥이 조심성 없이 배불리 먹는다면 달팽이는 다 없어질 것이다.

내가 살기 위해서는 나 혼자만 살아 있어서는 안 된다는 것을 우리는 배워야 한다. 나에게 불편한 것을 가차 없이 없애면 거칠 것이 없어 좋을 듯하지만 그것은 곧바로 내 생존과 연결되는 것을 여우에게서라도 배워야 한다. 이를 해결하는 방법을 가르쳐 주는 스승으로서 『어린왕자』의 여우는 일반적 개념의 간교한 이미지를 벗고 현명하고 지혜로우며 삶의 연륜을 갖춘 현자로 등장한다. 사막의 여우가 자기 생존을 위해 먹이를 관리하는 모습은 우리 인간보다 더 현명하다.

판만 두드리는 장사꾼, 약장수, 점등인 등등 이 땅에 존재하는 여러 부류의 군상 이야기가 들어 있다. 그리고 사랑의 의미와 사랑하는 법이 있다. 죽음의 의미와 소중한 것의 의미가 무엇인지 우리에게 울림이 큰 대답을 주고 있다. 어린왕자는 우리에게 삶, 사랑, 우정, 미움, 질투, 죽음의 진실을 가르쳐 준다.

그리고 장미, 그렇다. 이 책에서 우리의 주목을 끄는 것은 장미의 존재일 것이다. 이 장미의 의미는 『어린왕자』를 읽는 하나의 열쇠가 되는 존재다. 어린왕자가 자기 별에 두고 온 장미와 작가 자신의 여인들, 또는 그의 아내 콩쉬엘르와 상충되는 의미는 없는 것일까. 장미와의 불화로 인해 자기 별을 떠난 어린왕자는 이제 여우에게서 진정한 사랑의 의미와 사랑하는 법을 배운다. 그리고 어린왕자는 정해진 여행 1년이란 기간을 보내고 자기 별로 돌아갔다. 마찬가지로 작가 생텍쥐페리도 결혼 생활이 7년쯤 되었을 때 아내가 자신의 직업, 또는 정신생활에 도움이 되기보다는 오히려 방해가 된다고 생각한 탓이었을까! 그는 "산의 푸르름을 바라보기 위해서는 산마루로 이르는 바위 길에서 숨을 돌려야 한다. 마찬가지로 사랑을 간직하기 위해서는 사랑에도 휴가가 필요하다"며 실제 아내와 1년간의 별거를 계약했다. 이것을 보면 어린왕자와 장미의 관계는 생텍쥐페리에게 매우 유사한 관계를 갖는다. 그렇다면 이 책은

어린왕자 : 장미와의 불화─장미를 떠남─여우를 통한 사랑의 극복─귀향

생텍쥐페리 : 아내와의 권태─아내와의 별거─사랑의 회복기─

귀향으로 정리할 수 있는 것은 아닐까.

하지만 『어린왕자』는 이런 단순한 구도로서의 의미가 아니라 등장하는 존재 모두에 대한 상징성의 의미 부여가 더 중요할 것이다. 어렸을 때 읽은 『어린왕자』와 어른이 되어 다시 읽은 『어린왕자』의 의미는 또 다르게 다가온다. 또한 슬플 때 만나는 어린왕자와 기쁠 때 만나는 어린왕자는 또 다른 모습이다. 누가 언제 어린왕자와 만났느냐? 누가 어디서 어린왕자와 만났느냐에 따라 그 의미가 사뭇 다르게 느껴진다. 그래서 어린왕자는 신비하고, 매력 있고, 예쁜 친구이다.

필자는 이런 소중한 어린왕자를 친구로 삼게 된 것이 무척이나 기뻤다. 그리고 이 기쁨을 혼자만 간직하기엔 너무나 가슴이 벅차서 어린왕자를 사랑하는 이들과 그 기쁨을 공유하고 싶었다. 이 친구, 나의 예쁘고 해맑은 친구를 독자들이 조금이나마 쉽고 재미있게 이해하기를 바라는 마음이다.

늘상 공부에 찌들려 하늘 한번 쳐다보지 못한 채 입시 지옥에서 벗어나지 못하는 우리 청소년들에게 수많은 상징이 있어서 읽을 때마다 새롭게 다가오는 『어린왕자』를 권해 주었으면 좋겠다. 그래서 그들도 어린왕자의 진솔하고 소박한 친구가 됐으면 한다. 어린왕자를 만나면서 잃어버린 동심을 되찾고, 어린왕자가 살고 있을 하늘의 별을 쳐다보는 아름다운 삶의 여유를 가졌으면 한다.

앙투안 드 생텍쥐페리
Antoine Marie Roger de Saint Exupery

이 책의 저자 앙투안 드 생텍쥐페리(Antoine Roger de Saint-Exupery：1900~?)는 1900년 6월 29일 프랑스 리옹에서 태어났다. 어릴 때 아버지를 여의고, 남동생의 죽음도 어린 나이에 경험했다. 청소년기에 제1차 세계대전을 겪었다. 한때는 해군 사관을 꿈꾸었으나 입시에 실패하고, 비행기 조종에 관심을 가졌다. 그는 이를 계기로 스트라스부르의 전투기 연대에서 군복무를 하였으며, 21세에 조종사 자격증을 취득했다. 비행기에 대한 남다른 사랑을 가졌던 그는 군 제대 후에도 라테고에르 항공사에 취직해 정기우편 비행을 담당했다. 그는 비행사로 근무하면서 여러 동료의 죽음을 지켜보았으며, 자신도 여러 번 죽음의 고비를 넘겼다. 이런 생생한 체험이 그로 하여금 글을 쓰게 했다. 그의 이러한 행동주의적 작가의 면모는 남다른 깊이를 가진 문학가가 될 수 있도록 했다.

또한 그는 민간항공사의 비행사로 일하는 중에도 꾸준히 작품을 발표했으며 신문사의 특파원으로서도 활발하게 활동했다. 직업에 대한 열정, 조국에 대한 사랑, 가족애에 대한 깊은 성찰 등 그는 인생의 깊이를 엿볼 수 있는 작품들을 보여줬다. 제2차 세계대전이 일어나면서 그는 다시 전투비행사로 활동하다가 결국 1944년 7월 그르노블~안시 지역으로 출격했다가 실종돼 아직까지 돌아오지 못하고 있다. 1913년 『야간비행 Vol de nuit』으로 페미나상을 받았으며, 1939년 『인간의 조건 la Condition humaine』로 아카데미 프랑세즈 소설 대상을 받았다. 『남방 우편기 Courrier-Sud』(1929) 『어린왕자 Le Petit Prince』(1943) 『성채 Citadelle』(1948) 『전투 조종사 Pilote de Guerre』(1942) 등의 작품을 남겼다.

『어린왕자』가 너에게 전하는 편지

여러분은 정작 중요한 것을 잊고 있어요. 어쩌면 여러분도 어쩔 수 없이 어른을 닮아가고 있을지도 몰라요. 닮아가는 것이야 어쩔 수 없지만 일부러 빨리 닮을 필요는 없어요. 무엇이든 돈으로 할 수 있다고 생각하는 어른이 많아요. 여러분은 그렇지 않나요? 지금 중요한 건 함께 성장하면서 맺어 갈 우정이에요. 우정이란 돈으로 살 수 없어요. 상점에서 구입할 수도 없어요. 친구는 공장에서 만드는 물건이 아니거든요. 친구란 오랜 세월 함께 지내면서 조금씩 길들여져서 서로가 무슨 말을 해도 믿을 수 있고 편안해지는 그런 관계거든요. 그런데요, 처음부터 좋은 친구는 없어요. 내가 먼저 그의 좋은 친구가 돼줘야 해요. 나는 여러분의 좋은 친구가 되고 싶어요. 여러분도 주위에 있는 친구에게 먼저 다가가 좋은 친구가 됐으면 좋겠어요.

호밀밭의 파수꾼 _ 순수

"정말 내가 되고 싶은 걸 말해줄까? 너 그 노래 알지, 〈호밀 밭을 걸어오는 누군가를 만나면〉이란 노래 말이야. 나는 드넓은 호밀밭에서 꼬마들이 재미있게 놀고 있는 장면을 항상 그려보곤 해. 어린애들만 수천 명이 있을 뿐 주위에 어른이라고는 나밖에 없는 거야. 그리고 난 아득한 절벽 옆에서 있어. 내가 할 일은 신이 나서 무작정 뛰어놀던 꼬마들이 가파른 절벽 같은 데서 떨어질 것 같으면, 얼른 달려가 재빨리 붙잡아주는 거야."

🌱 내일의 꿈에 순수함을 담자

이 세상은 어떻게 보면 회전목마를 탄 것 같다. 회전목마를 타고 돌다보면 이런저런 세상을 고루 볼 수 있다. 세상을 산다는 것은 돌고 돌아 늘 원점을 찾아가는 그런 과정일지도 모른다. 개혁의 대상이라고 손가락질하던 내가 어느새 개혁의 대상으로 비난을 받기도 하고, 그토록 속물로 보여서 실컷 욕하면서도 어느새 나는 속물인 사람들을 쏙 빼닮아가는 삶을 살아간다. 그러면서 우리는 그 어느 누구에게도 돌을 던질 수 없는 부조리한 존재임을 인식하며 고개를 떨어뜨리고 돌아선다.

사람들은 이러저러한 꿈을 꾸며 살고 있다. 그리고 그 꿈이 이뤄지지 않으면 자신의 2세에게 그 꿈을 대신 부여하고 기대를 건다. 이러한 꿈과 욕망이 어쩌면 우리 사회를 혼탁하게 만들고 속물적으로 만들고 있을지도 모른다. 이러한 오욕의 물결에 밀려 점차 우리가 염원하는 순수의 세계, 샐린저의 호밀밭은 점차 줄어들고 있다. 심지어 순수로 대별되는 아이들도 이제는 어른들의 흉내를 내며 자기들의 세계를 도시화하고 있다.

이 작품의 주인공 홀든도 속물 앞에서 반항하고 분노하면서도 자신이 가진 부를 무기로 하여 어린 나이임에도 불구하고 술을 마시거나 창녀를 부르는 등의 이중성을 여지없이 보여준다.

세상은 우리가 원하든 원치 않던 순수와 오욕이 뒤섞여 돌고 있다. 아무리 순수를 외쳐도 세상은 호밀밭으로 남아있지 않고, 그 자리를 밀치며 건물과 도로로 채워지고 있다. 편리를 추구하면 할수록 순수가 머물 곳은 좁혀지고 있다. 순수가 숨을 수 있는 공간은 점점 좁아져 가고 있다. 그럼에도 높은 곳에 남아있는 좁다란 호밀밭을 가꾸며, 그 성원들을 순수로부터 지켜내는 이들은 있어야 한다. 어쩌면 그 벼랑 아래로 순수한 이들이 떨어지는 최악의 상황을 막기 위해서 이들을 지켜주어야 할 어른이 필요하다. 이 어른은 옷을 잘 입은 어른도 아니며, 화장을 짙게 한 피상적 아름다움을 보여주는 어른도 아니다. 자기의 있는 모습을 그대로 보여주며, 진정으로 약자를 위해 봉사할 줄 아는 순수한 마음을 가진 수녀와 같은 이들이다.

놀기 좋아하는 아이들을 위해 마련된 호밀밭, 그 밭의 파수꾼이라니! 하지만 이 소설은 호밀밭을 주제로 한 작품이 아니다. 호밀밭이 작품 배경도 아닌 것 같다. 단지 호밀밭은 순수한 어린 아이들의 놀이공간을 상징적으로 보여 주고 있을 따름이다. 숨바꼭질하기에도 좋고 어른들로부터도 자유로울 수 있는 공간이다.

🍎 어른이 돼서도 순수한 세계를 지키고 싶은 '홀든의 이야기'

주인공 홀든이 가슴으로 말하고 있는 호밀밭의 파수꾼이란 무엇일까? 한때 미국의 고교생들에게 금서였으며, 한편 베스트셀러로 폭발적인 사랑을 받았던 이 책 속으로 들어가 본다.

호밀밭은 아이들만이 사는, 순수한 세상이다. 우리 모두는 그런 호밀밭을 꿈꾸지만 이 세상은 더 이상 호밀밭 같은 순수한 공간이 아니다. 어른들에 의해 마구 짓밟혀지고 베어진 채 온갖 잡초로 채워진 그런 공간이다. 어디에도 호밀밭은 존재하지 않는다. 이 세상은 아이들을 위한 세상이 아니라 어른들을 위한 세상으로 변했으니까 말이다.

어린왕자가 지구라는 별에 와서 다양한 인간 군상을 접하는 것과 소설 『호밀밭의 파수꾼』의 주인공 홀든 모리시 콜필드가 세상에 눈을 떠가는 과정, 즉 어른들을 바라보는 시각은 일맥상통한 면이 있다. 다만 어린왕자는 어른들을 닮아가는 것이 아니라 관조자 입장에서 참여하고 있을 뿐이다. 그러나 홀든은 삐딱한 어른들의

나는 말이지, 꼬마들이 재미있게 놀 수 있도록 드넓은 호밀밭을 지키는 파수꾼이 되고 싶어.

세상을 비난함과 동시에 어느덧 자신도 어른들을 닮아가며, 어른들을 흉내 내고 있다.

1인칭 작가 시점의 소설들은 픽션이면서도 진솔한 자기 고백처럼 느껴지는 경우가 많다. 이 소설도 1인칭 작가 시점을 택하고 있다. 이 소설의 주인공 홀든은 학교생활에 적응하지 못해 네 번이나 퇴학당하는 뉴욕의 부유층 둘째 아들이다. 그는 펜시 고등학교에서 퇴학당한 뒤 방학이 되면 집에 가기 위해 기다리고 있는 중이다. 그런데 홀든은 자신의 기숙사 룸메이트인 워드 스트래들레이터와 자신이 짝사랑한 제인 갤러거가 데이트하게 된다는 사실을 알게 된다. 스트래들레이터는 미남이며 겉만 번지르르한 학생이다. 하루 종일 여자 생각이나 하고 몸치장에만 신경 쓰는 그런 녀석이다. 그가 데이트에서 주로 어떠한 일을 하는지 알고 있는 홀든은 심리적 고뇌와 고통을 겪는다. 사랑의 고통이다. 스트래들레이터가 돌아오자, 둘은 서로 주먹다짐을 하며 싸운다. 그리고 홀든은 예정보다 앞서 기숙사를 나온다.

기숙사를 나온 뒤 2박 3일간 홀든이 거리를 떠돌며 만나게 되는 인간 군상과 그가 겪는 일들은 우리를 호밀밭과 잡초가 우거진 밭 사이로 이끌어간다. 2박 3일간 그가 겪었던 세상은 이기적이고 속물적인 현대의 도시다. 세상을 떠돌고 홀든은 동생 피비를 동물원에 데리고 가 회전목마를 태워준다. 이윽고 홀든은 사랑스런 동생의 모습을 바라보는 것으로 따뜻한 사랑을 되찾는다.

우리는 이 작품에서 몇 가지 시사적인 면을 만나게 된다. 홀든이 바라보는 학교는 부정적인 일면만 보이는 학교이다. 어쩌면 홀든 자신이 학교라는 기관에서 네 번이나 퇴학 당한데서 오는 일종의 이방인이라는 관념 때문일 것이다. 하지만 그가 바라보는 시각에도 일리가 있다. '1888년 창립 이래로 본교는 항상 우수하고 명철한 청년을 양성해 오고 있다'는 광고 문구는 그가 보기엔 일종의 사기다. 우수하고 명철한 청년은 고작해야 두어 명 정도밖에 없다. 그런데 그런 문구라니! 더구나 그들은 이 학교에 오기 전에 이미 우수하고 명철했을 것이다. 그 학교의 상징인 교장이라는 작자는 가위 위선자이다. 그가 보고 있는 어른들에 관한 시각이다.

물론 어린왕자는 그런 어른들을 향해 "어른들은 참 이상해"라고 말할 뿐 더 이상 말을 하지 않았다. 하지만 홀든은 직설적이다. 요컨대 교장은 학부모들이 학교를 방문했을 때 옷차림이 남루한 학부모를 보면 형식적인 인사치레만 하고 지나갔다는 것. 하지만 부유한 학부모와는 한 시간 동안이나 이야기를 나누는 행동을 홀든은 지적한다. 어른들은 언제나 그렇게 위선적이면서도 자기가 말하는 것이 옳다고 생각한다는 것이다.

그런데 그가 그토록 부정적으로 보는 어른들의 세계를 오히려 닮으려고 하다니! 물론 돈만 있으면 뉴욕이란 도시, 어쩌면 우리가 살고 있는 도시는 역설적이게도 잡초가 우거진 밭이라고 할 수 있다. 제목에서 암시하듯 호밀밭에 비한다면 도시는 잡초만이 무성하게 우거져서 사물을 분간하기 어려운 잡초밭인 것이다. 어린 나이임에도 돈만 있으면 술을 살 수도 있고, 성을 살 수도 있다. 어른들은 돈이 되는 일이라면 수단과 방법을 가리지 않는다. 열여섯이라는 나이의 그에게 술이 제공될 수도 있고, 어른만의 특권인 어떠한 것도 손에 넣을 수 있다.

그런데 호밀밭의 파수꾼이기를 원한다는 홀든이라는 녀석, 순수를 사랑한다는 그 녀석은 대체 어떨 요량으로 어른 흉내를 내려는 것일까? 홀든은 클럽에서 술을 사고, 호텔에 들어가서 여자를 산다. 인간의 이중성인가, 아니면 어른 흉내 내기인가?

우리 주변에서 볼 수 있는 젊고 순수한 이들은 어른을 바라보면서 위선적이고 권위적인 모습들에 역겨워한다. 차라리 구역질이 느껴질 정도로 어른들의 세계를 개혁의 대상으로 보며 주먹을 불끈 쥐기도 한다. 이런 어른, 순수를 외치던 어른을 우리는 얼마든지 볼 수 있다. 누구보다도 개혁적이며 깨끗한 것처럼 기세등등하던 젊은 정치인이 나중에 보면 추한 비리로 물러나는 모습을. 홀든도 그런 어른들과 다를 바 없이, 어느새 자기가 가진 부로 어른 흉내를 낸다. 모욕을 당한 그가 하고 싶은 일이란 고작 스스로 목숨을 끊는 일이다. 퇴학당하고, 비행을 저지르고, 반항적인 모습을 보이고, 자살을 꿈꾸는 그의 모습은 여지없는 문제아임에 틀림이 없다.

"내가 정말 하고 싶은 일은 창문에서 뛰어내려 자살하는 일이었다. 내가 땅바닥에 떨어진 순간 누군가 내 시체를 거두어 주기만 한다면 말이다. 피투성이가 된 내 몸이 바보 같은 놈들의 구경거리가 되는 건 싫었다."

그럼에도 불구하고 우리는 홀든이라는 어린 학생을 귀엽게 느끼고, 대견스럽게 느끼게 된다. 그도 여지없이 호밀밭의 파수꾼이 아니라 뉴욕의 한 구성원으로 살아가고 있지만, 그가 세상을 바라보는 시각은 자못 대견스럽고 순수하기 때문일 것이다.

우리는 모두 호밀밭에서 놀던 때를 그리워하지만 세상의 풀밭을 향해 걸어가야만 한다. 그리고 순수를 짓밟는 어른들을 보면 분통이 터지지만 어느새 그 어른은 이미 내 안에 살고 있다. 타도의 대상은 외부에 있는 것이 아니라 실상은 나의 내부에 있는 것이다.

__ 우리 주변에 있는 파수꾼을 찾아내라

자신의 얼굴에 덧칠하고 진정한 자기 자신을 감추는 위선으로 살아가고 있는 그런 군상 중에서 진솔한 이들도 있다. 이 작품에 나오는 수녀들이 그런 부류이다. 아마도 이런 이들이 있어서 이 세상은 그나마 얼마만큼의 호밀밭을 유지하고 있는지도 모른다.

"내가 막 식사를 하고 있을 때, 허름한 차림의 수녀 두 명이 들어와 내 옆자리에 앉았다……. 그런데 가만히 보니 두 사람은 토스트와 커피만으로 식사를 하고 있었다." 그는 그 수녀들에게 10달러를 기부한다. "나는 그들이 가게를 나가자마자 10달러밖에 헌금하지 않은 것을 후회했다. 돈이란 항상 끝에 가서 사람을 우울하게 만든다."

돈, 그가 가진 돈에 대한 철학이라고나 할까. 돈에서 자유로운 그는 돈을 제대로 쓰는 방법을 모른다. 그는 성을 사기 위해 10달러를 허비했고, 불우이웃을 위해 10달러를 기부했다. 같은 10달러이지만 그 돈을 어떻게 쓰느냐의 문제는 아주 중요하다. 그러면서 그는 그 순수한 수녀들과 자기 숙모를 비교해 본다. 어쩌면 그의 어머니나 숙모는 수녀들처럼 낡은 밀짚 바구니를 들고 가난한 이웃을 위한 모금 운동을 하지는 못할 것이란 생각을 해본다. "숙모는 상당한 자선 사업가이지만, 자선 모금 행사에서는 항상 요란한 옷차림을 즐겼다. 만약 수녀들처럼 얼굴에 화장도 하지 말고 검은색 옷을 입고 모금을 해야만 한다면 절대로 하지 않을 것이다" 그는 이렇게 거들먹거리지도 않는, 절대로 뽐내지도 않는 수녀들을 좋아하는 이유를 밝히고 있다.

B 612호를 발견한 『어린왕자』에 나오는 터키의 학자처럼 사람들은 자기들이 입는 옷이 자기의 신분, 인격을 드러내는 것으로 착각한다. 하지만 옷이란 자신의 치부를 감추는 것에 불과할 뿐이며, 화장을 많이 할수록 자신의 진정한 모습에서 점점 멀어지게 된다. 그럼에도 불구하고 우리는 옷차림과 화장한 얼굴을 보고 그를 평가한다. 속임과 속음의 연속선상에 우리는 살고 있는 것이다.

그의 눈에 비쳐지는 이 두 세계는 그를 살맛 안 나는 세상으로 몰아간다. 그는 자살하기 전에 주변 사람들을 기억에 떠올린다. 그리고 그의 생각은 동생 피비에서 머문다. 그는 마지막으로 동생을 찾아간다. 남몰래 숨어들어간 집에서 그는 사랑하는 여동생 피비와 이야기를 나눈다. 뭐가 되고 싶냐는 피비의 물음에 그는 "변호사, 별로 매력 없어. 그야 물론 언제나 죄 없는 사람의 생명을 구하는 일만 한다면 나도 좋아. 하지만 아버지를 봐. 변호사들이 하는 일이란 돈을 벌든지 골프를 치든지 아니면 차를 마시는 일이야. 사람 목숨을 살리고 싶어서인지, 아니면 굉장한 변호사라는 명성을 얻고 싶어서인지. 변호사들이 왜 일하는지를 모르겠어"라고 말한다. 앞서 인용한 바와 같이 그는 호밀밭의 파수꾼이 되고 싶다고 한다. 그는 위선적인 어른이 되기 싫은 것이다. 하지만 그도 언젠가는 어른이 돼야만 한다. 어른이 돼도 순수한 어른으로 남고 싶은 그는 순수의 세계를 동경한다. 어쩌면 유일한 방법은 지금 이대로의 상태에서 성장을 멈추는 일일 것이다. 그 방법이 자살일까.

그가 마지막 남은 순수한 어른으로 알고 있는 존경하는 앤톨리니 선생님을 찾아간다. 그런데 그는 그 선생이 호모임을 알고 실망한다. 어른들의 세계는 표리부동이며 엉망진창이다. 그가 이런 어른들 틈에서 살아서 부활하는 길은 사랑밖에 없다. 그가 최종적으로 만난 동생 피비는 그를 죽음에서 구원해 낸다.

"갑자기 비가 억수같이 쏟아지기 시작했다. 마치 물통을 위에서 들이붓는 듯했다. 그래도 나는 피하지 않았다. 평소 아끼던 모자도 아무 소용이 없어서 온몸이 흠뻑 젖었다. 하지만 아무렇지 않았다. 회전목마를 타며 즐거워하는 피비의 모습을 지켜보노라니 그저 행복하기만 했다. 그 애는 정말 귀엽고 사랑스러웠다."

제롬 데이비드 샐린저
Jerome David Salinger

이 책을 쓴 제롬 데이비드 샐린저(Jerome David Salinger : 1919~)는 1919년 미국 뉴욕의 부유한 유대계 상인인 아버지와 스코틀랜드계 아일랜드인 어머니 사이에서 태어났다. 그는 13세 때, 남달리 교육열이 강했던 부모의 영향으로 맨해튼의 명문 맥버니 중학교에 입학했지만 1년 뒤에 성적 불량으로 퇴학을 당한다. 프린스턴과 스탠퍼드, 베를린의 각 대학에서 수학했으나 중퇴했다. 그러기에 그가 유일하게 받은 졸업장은 1936년에 받은 펜실베이니아 주 웨인의 발레포지 육군 소년학교의 졸업장이다. 이 학교가 『호밀밭의 파수꾼 The Catcher in the Rye』(1951)에 나오는 펜시 고등학교의 모델이 됐다. 그는 32세(1951) 때 자전적 장편소설 『호밀밭의 파수꾼』을 발표하면서 베스트셀러 작가가 됐다. 미국도서관협회는 이 소설을 퇴학당한 문제아를 등장시켜 퇴폐적 소재를 다루고 있다는 이유로 중·고교 금서로 지정하기도 했다. 한편 마크 채프먼은 존 레넌을 암살한 후 "모든 사람이 언젠가는 『호밀밭의 파수꾼』을 읽어야 한다" 라고 말하기도 했다. 1991년 브랜드스 대학에서는 샐린저를 위대한 예술가 중 한 사람으로 선정했다. 그러나 그는 언론 노출을 피하기 위해 수상을 거부했다. 1993년 샐린저의 젊었을 때 연인이자 여류작가인 조이스 메이너드가 샐린저로부터 받은 연애편지를 경매에 내놓았는데, 이 연애편지를 소더비에서 150만 달러에 산 갑부는 샐린저의 사생활 보호를 위해 샐린저가 원한다면 돌려주겠다고 해서 화제가 되기도 했다. 그의 아내 클레어 더글러스는 1968년 정신적 학대를 이유로 이혼 소송을 제기했다. 샐린저는 이 소송에서 패소하면서 세상과 절연하고 폐쇄적인 삶을 살고 있는 것으로 전해지고 있다. 이 작품은 그래서인지 작가 자신의 삶을 고루 반영하고 있는 것 같다. 사람은 누구나 자신도 모르게 자기 콤플렉스에 빠지게 마련이기 때문이다.

『호밀밭의 파수꾼』이 너에게 전하는 편지

우리가 사는 세상은 편법과 원칙 없는 술수를 능력으로 인정하는 경우가 있어요. 그래서 우리는 세상이 잘못 돌아가고 있다고 생각하고, 무엇인가를 바꾸고 싶고 개혁하고 싶어 하지요. 그러나 어느새 자신도 모르는 사이에 또 어른들 흉내를 내며 닮아가게 마련이에요. 이런 부조리한 행위들은 어른이 되는 과정에서 우리 모두가 겪어야 하는 통과의례인지도 모릅니다. 그러나 우리는 '호밀밭의 파수꾼' 역할을 해야만 해요. 그것은 진정한 성공의 열쇠랍니다. 가슴에 담은 자신의 꿈을 잃지 말도록 하세요. 그것은 화장이나 옷으로 치장한다고 해서 얻어지는 것도 아니며 돈으로도 살 수 없는 최고의 가치를 지니는 보물이 될 테니까 말이지요.

위대한 유산_ 성장

"핍, 그것이 사실이든 아니든 너는 뛰어난 학자이기 이전에 보통 학자임에는 틀림이 없는 일이야. 왕관을 머리에 쓴 왕이라도 국회법을 활자체로 쓸 수는 없을 거다. 만약에 그가 왕자였을 때 알파벳부터 시작하지 않았더라면 말이야……. 그도 A자부터 Z자까지 공부했단 말이야. 난 내가 정확히 그걸 배웠다고는 말할 수 없지만 그것이 무엇을 할 수 있는지는 알고 있어."

세상에서 가장 아름다운 단어, 성장을 기억하라

이제 읽어가려는 찰스 디킨스의 『위대한 유산』도 소시민이었던 주인공 핍이 그야말로 신사, 요컨대 젠틀맨이 되어가는 과정을 그렸다. 이 과정을 통해 우리 삶에서 놓치기 쉬운 진정 소중한 것이 무엇인지를 전해주고 있다.

지금의 위치보다 더 나은 위치로의 상승을 위한 방법으로는 여러 가지가 있을 것이다. 이 가운데 하나는 돈을 많이 벌어 부를 통해 그 자리를 점하는 방법이다. 다음으로는 결혼을 통한 신분 상승을 꾀할 수 있다. 또 하나는 교육을 통해 신분 상승을 이루는 방법이다. 아마도 이와 같은 대략적인 세 가지 방법이 통속적인 소설의 주 테마가 될 수 있을 것이다.

소위 로또복권에 당첨돼 졸부가 되고 나자 상류층과 어울리기 위해 골프를 배워서 함께 골프를 치는 일, 거기에도 골프라는 배움이 있어야 한다. 이러한 부류의 인간이 여기에 나오는 핍이라고 할 수도 있다. 그는 『위대한 유산』의 주인이 되기 위해, 젠틀맨이 되기 위한 교육을 받아야 하니까.

평생 노비로 살던 사람이 돈으로 양반 직위를 사고 나서 양반 자세로 앉는 법을 배우기가 너무 힘에 겨워 양반이 되기를 포기했다는 옛이야기가 있다. 이처럼 신분 상승을 이루기 위해서는 소위 '노는 물'도 달라져야 하는 것이다. 그러다 보면 허영심도 생기고, 자신의 본분을 망각하다가 때로는 패가망신할 일도 생긴다.

핍이란 주인공도 여타의 다른 사람과 마찬가지로 그러한 전철을 밟아 간다. 세상의 재물이라는 것은 어쩌면 진정한 주인이 따로 있는 것 같기도 하다. 주어진 재물을 제대로 쓸 줄 모른다면 그에게는 그 재물이 도리어 화가 되는 것이다. 재물을 가질 만한 그릇이 됐을 때 그가 가진 재물은 진정한 재산의 가치를 가진다. 많은 재산을 가질 만한 준비가 안 돼 있음에도 로또복권에 당첨이 된다면, 우리도 핍을 닮은 속물근성의 졸부로 전락할 것이다.

다행히 핍은 자신의 본분을 되찾고 진정한 인간으로서의 삶을 회복한다. 그러면서 우리에게 진정한 교육의 가치가 겉모습을 그럴듯하게 보이려는 '젠틀맨 교육'이 아니라 진정한 인간으로서의 삶, 요컨대 땀과 노력의 결실로 살아가면서도 인간의 진실을 잃지 않는 삶을 위한 교육이 중요하다는 것을 들려주고 있다. 다시 말해 진정한 젠틀맨은 물질적 풍요나 인위적 교육으로 만들어지지 않으며, 인간에 대한 진실과 인간을 향한 진실된 사랑의 본질임을 보여준다.

우리가 고전이라고 이야기하는 명작은 대개가 쏠쏠한 재미는 없는 책들이다. 하지만 이러한 명작들이 영원한 고전으로 인정받는 주된 이유는 진정한 인간적 삶의 모습들을 담고 있기 때문이다.

또한 등장인물을 통해 삶의 진정한 의미는 무엇이며, 왜 살아야 하며, 어떻게 살아야 하는가를 은연중에 잘 보여주고 있기 때문일 것이다. 결국 명작은 인간 본래의 모습을 제대로 그리고 있으며, 시대를 초월해 변치 않는 인간 본성의 문제를 다루고 있기 때문에 명작이다.

『위대한 유산』도 인간의 본능인 지금보다 나은 위치로의 변화를 꿈꾸는 주인공이 젠틀맨으로 상승하게 되는 과정과 신분의 위치를 그리고 있다. 주인공은 자기의 출신 성분을 망각하고 과거 자신이 처해 있던 위치에 있는 사람들을 업신여긴다. 그러나 결국 일시적인 젠틀맨의 시절이 가고 나자 원래의 신분으로 되돌아가서 진정한 '위대한 유산'이 무엇인지를 알게 되는 소시민적 소박한 삶을 다루고 있다.

__ 우리 모두는 성장을 꿈꿔야 한다

이 책은 고아 출신으로 누나의 집에 얹혀살면서 매부에게 인생을 배워가는 핍의 이야기이다. 핍이 자기 일생을 이야기하는 식으로 전개되는 1인칭 작가 시점의 소설이다. 주인공 핍은 매형 조 아래에서 견습공 노릇을 하며 외로운 생활을 하며 살아간다. 그의 누나는 여느 누나처럼 고분고분한 성격이 아니다. 동생 핍에게는 물론 남편 조에게도 아주 고압적이며 차라리 포악하기까지 하다.

누이는 핍을 잘 돌보아 주기보다는 오히려 핍박하고, 따뜻한 애정이라고는 조금도 보여주지 않는다. 그래서 핍은 누나보다는 매부 조를 친구 내지는 그 이상의 형, 또는 아버지처럼 의지하며 유대감을 갖고 있다. 어려서부터 부모의 사랑도 부족하고 누군가의 사랑을 받지 못하고 성장해 늘 외롭게 지내는 핍은 애정 결핍으로 성격이 비뚤어졌다.

그러던 어느 날 묘지에서 슬픔에 겨워 울고 있던 핍은 위압적이고 협박조의 말투로 무섭게 말하는 탈옥수를 만난다. 그는 자기에게 먹을 것을 가져다주지 않으면 죽이겠다고 협박한다. 핍은 그 죄수가 두려워서 잘못임을 알면서도 누나 집에서 먹을 것을 훔쳐 탈옥수에게 주었다. 이 죄수와의 운명적인 만남. 이 만남이 그에게 '위대한 유산'을 받게 하고, 젠틀맨으로의 변화를 가져다 줄지 누가 알았으랴.

핍이 사는 마을에는 백만장자가 살고 있었다. 그녀의 이름은 해비샴이다. 그녀가 기거하는 집은 아주 큰 저택이었다. 그녀의 집에는 양녀 에스텔라가 있다. 핍은 에스텔라와 놀아주는 친구 노릇을 하면서 자신 신분의 하찮음을 한탄한다. 에스텔라는 핍에게 여왕처

진정한 젠틀맨은 물질적 풍요나 인위적 교육으로 만들어지지 않으며,
인간에 대한 진실과 인간에 대한 진실된 사랑의 본질임을 보여준다.

럼 군림했다. 핍은 에스텔라의 무시와 설움을 통해 이제까지 대장 장이를 천직으로 알았던 자신을 비하하며 자신의 운명을 비관한다.

그러던 어느 날 해비샴의 변호사 재거스가 찾아와 핍에게 막대한 유산을 물려받게 됐다고 전한다. 마치 로또복권에 당첨된 것과 같은 행운을 얻은 그는 정들었던 매부 조와의 이별이 내키지 않았다. 그러나 그는 백만장자로서의 품위를 배우기 위해 젠틀맨 교육을 받으러 런던으로 떠난다. 런던에 온 핍은 갑자기 돈이 생기자 천박했던 본능이 살아나 속물적인 인간이 되어간다. 그렇게 변해버린 핍은 그를 진정으로 사랑하는 매부 조가 찾아와도 반갑게 맞이하지 않는다.

에스텔라는 이제 처녀티를 내며 성장했고, 핍은 은연중에 그녀를 마음에 두었다. 하지만 그의 마음과는 아랑곳없이 그녀는 드러믈이라는 청년과 친하게 지낸다. 이 사실을 알게 된 핍은 자신만이 아는 사랑의 고통으로 질투와 슬픔의 날들을 보낸다.

폭풍이 세차게 불던 어느 날, 옛날에 핍을 협박하던 탈옥수가 찾아오면서 핍은 자신이 행운을 얻게 된 비밀을 알게 된다. 그가 훔쳐다 준 음식을 먹은 그 탈옥수가 그에게 막대한 유산을 줄 수 있었던 것이다. 탈옥수는 자신을 모함해 죄수를 만든 젠틀맨들에게 복수하기 위해 온갖 고생을 다하며 돈을 벌었다고 말한다. 그리고 그 돈으로 핍에게 신사교육을 시켰다는 것이었다.

위대한 유산을 준 은인이 그가 생각한 해비샴이 아니라 그 탈옥수였다는 사실을 알게 된 핍은 절망적인 심정이 된다. 훌륭한 젠틀

젠틀맨 문화

빅토리아 시대는 제 1차 선거법 개정(1832년)부터 1900년대 초까지를 말하며, 빅토리아 여왕의 재위 기간(1837~1901)과도 거의 일치하기 때문에 빅토리아 시대라고 한다. 이 시기는 이전 시기를 주도했던 중세 봉건체제를 답습하던 구체제의 시대에서 급속하게 근대 산업 사회로 넘어가는 시기였다. 산업의 변화 또는 생산 방식의 급속한 변화는 사람들의 가치관이나 생활 방식에도 영향을 미쳤다. 따라서 정치, 경제, 사회, 문화 전 분야에 걸친 변화가 일어났다. 이로 인해 사람들은 시골을 떠나 도시로 향하는 현상이 두드러졌고, 급속한 도시화와 함께 중산층의 삶의 근거지인 도시를 중심으로 사회 전 영역을 이들의 문화가 지배하기 시작했다.

이 중산층이 지향하는 문화가 젠틀맨 문화였다. 원래 봉건사회에 뿌리를 두고 있던 신사라는 뜻의 젠틀맨은 순수한 또는 고귀한 혈통을 이어 받은 사람을 지칭했었다. 봉건 귀족 사회에서 귀족의 신분과 작위는 장자 상속의 원칙에 따라 세습되었고, 차남 이하의 귀족 후손들을 지칭하는 명칭이 없었다. 사람들은 이들을 '젠트리'라고 불렀는데 이것이 젠틀맨의 어원이다. 이러한 젠트리들은 귀족의 혈통이었다. 그러나 귀족의 자손이 아니더라도 상공업으로 재산을 축적한 중간 계층이 젠틀맨에 편입되었다. 경제적으로 부유한 사람은 출신배경과는 관계없이 어떻게든 젠틀맨으로 편입되었고, 그것이 사회적 성공의 척도이기도 했다.

젠트리 계급층이 두터워지면서 사람들은 '신사란 어떤 미덕을 가지고 있어야 하는가'라는 도덕적 행동 원리를 모색하게 되었다. 이 『위대한 유산』은 젠틀맨의 도덕적 측면을 강조한 시대상을 잘 반영한 소설이라고 볼 수 있다.

『위대한 유산』을 쓴 디킨스도 작가로서 성공함으로써 물질적 부를 얻고 젠틀맨의 반열에 들어간 경우라고 할 수 있다. 작가는 이 작품의 주인공 핍을 통해 당대인들이 신분상승의 욕망을 가져야만 했던 그 시대적 배경을 잘 보여주고 있다.

맨이 돼 아름다운 에스텔라와 결혼하려고 했던 꿈이 일순간에 무너지고 있었다. 물론 탈옥수는 핍이 젠틀맨이 된 모습을 보기 위해 죽음을 무릅쓰고 몰래 숨어들어왔고, 재빨리 피해야만 했다. 핍은 친구 허버트와 함께 그를 탈출시키려고 했다. 그러나 실패하고 탈옥수는 잡히고 말았다. 탈옥수는 감옥에 갇힌 채, 핍의 품에서 평온한 모습으로 숨을 거뒀다. 핍은 이후 인간 본래의 순수성을 회복하기 시작한다.

모든 것을 잃은 핍은 매부 조를 다시 만나 진정한 대장장이로 살아가기로 마음을 정한다. 핍의 누나가 사고를 당해 무기력한 상태에 있을 때, 조의 가정을 돌봐 주었던 비디를 생각한 핍은 비디와 결혼할 생각을 했다. 하지만 이미 비디는 누나가 죽고 나자 매부 조와 결혼해 살고 있었다. 그리고 그는 매부 조와 비디가 그들 사이에 난 딸을 '핍'이라고 이름 지은 것을 알게 됐다. 매부 조는 핍에 대한 사랑의 표시로 딸의 이름을 핍이라고 지었던 것이었다. 이제 핍은 매부를 위대한 인물로 바라보며 그를 존경의 눈으로 바라보았다. 진실한 인간과의 만남을 통해 자신을 돌아보게 되고 본래의 자신을 찾는 것, 그것이야말로 그 무엇보다 '위대한 유산'이라는 사실을 핍은 깨닫게 된 것이다.

작가의 의도는 젠틀맨 교육을 비하시키고, 부조리한 사회구조의 모습들을 적나라하게 보여주고 싶어한다고 볼 수 있다. 물론 우리는 이 책의 제목을 『위대한 유산』이라고 부르지만 어쩌면 '엄청난 유산'이라고 'great'를 번역할 수도 있을 것이다. 젠틀맨이라는 말은 신분개념의 성격을 어느 정도 유지하고 있었지만 당시에는 돈의 힘으로 충분히 달성 가능한 일이었다. 물론 이 작품의 주인공인 핍은 엄청난 재산 때문에 젠틀맨의 부류에 들지 않는다. 사회적으로는 젠틀맨처럼 보이지 않을지라도 그는 전혀 다른 방식으로 진정한 젠틀맨이 된다는 것을 우리에게 알려 주고 있다.

__ 진정한 사랑을 깨닫는 순간이 있다

이 소설을 통해 우리는 위에 제시된 핍에 대한 이야기 외에 몇 가지를 더 읽어낼 수 있다. 어린 시절의 불행과 애정 결핍이 가져다주는 성격장애를 겪는 핍을 통해 우리는 주변을 다시 한번 돌아보게 된다. 그럼에도 끊임없는 진실한 사랑이 가져다주는 매부 사랑의 위대함도 교훈으로 다가온다.

또한 젠틀맨의 본질적 문제는 이 시대를 살고 있는 상류층의 사람들, 그리고 졸지에 부자가 된 사람들이 가져야할 마음 자세를 돌아보게 한다. 진정한 신사는 물질의 풍요로움에 있지도 않고, 겉모습의 화려함에 있지도 않으며, 고등 교육에 있는 것도 아니다. 진실한 인간 내면의 모습, 꾸준한 땀의 결실을 사랑하는 사람들의 모습에 있다는 것을 시사해 준다.

이 책은 제목을 『위대한 유산』이라고 붙이고는 있지만 위대한 유산의 실체를 명확하게 제시하지 않는다. 이 판단은 독자에게 맡기고 있는 것이다. 일반적으로 떠올리게 되는 막대한 유산은 우리가 생각하는 로또복권처럼 우연한 행운으로 얻게 되는 막대한 재물일 것이다. 아마 주인공 핍의 이야기가 그 돈을 제대로 받아 백만 장자가 되는 것으로 결말이 지어졌다면 이 책의 제목은 '막대한 유산' 정도가 어울릴 것이다.

그러나 주인공 핍이 결국 과거의 본모습으로 돌아가면서도 비참하게 여기지 않고, 오히려 평안하고 진정한 사랑을 깨닫는 순간에 생각하게 되는 유산은 진정한 인간애이다. 소리 없이 자기 자리를 지키며 핍을 향한 조의 소박한 사랑, 사랑하는 딸의 이름을 굳이 핍이라고 지었을 정도의 변함없는 우직한 사랑. 이것이야말로 진정한 '위대한 유산'이 아닐까! 그렇다면 이 책의 제목 『위대한 유산』은 아주 잘 어울리는 것이다.

가장 아름다운 사랑의 시는 사랑이란 단어를 쓰지 않고도 사랑을 느끼게 할 수 있는 시다. 이렇듯 하나의 단어를 어떻게 해석하느냐의 문제를 던져주는 이 책이야말로 참으로 위대한 책일 것 같다. 우리는 오늘도 로또복권을 사서 주머니에 넣고 만지작거리며 젠틀맨이 되고 싶어 하고 있는 그런 군상일지도 모른다. 그러나 진정한 젠틀맨은 지금 있는 그 자리에서 주어진 일을 천직으로 여기며 땀의 진실을 믿는 사람이다. 그것을 위대한 유산으로 받아들여야 행복해지지 않을까.

찰스 디킨스
Charles Dickens

찰스 디킨스(Charles Dickens : 1812~1870)는 1812년 2월 7일 영국 포츠머츠 근교에서 태어났다. 그의 초년의 삶은 평탄하지 않았다. 투옥된 일도 있었고, 이 때문에 디킨스는 소년 시절부터 빈곤의 고통을 겪었다. 학교에는 거의 다니지 못하였으며 12세부터는 공장에 나가서 일을 해야만 했다. 자본주의 발흥기였던 19세기 전반의 영국 대도시에서는 번영의 뒤안길에 내몰린 심각한 빈곤, 어린이와 부녀들의 열악한 노동조건은 사회 전반을 어둡게 했다. 이러한 사회의 모순과 부정을 직접 체험한 디킨스는 빈곤의 늪에서 벗어나려고 필사적으로 노력하면서 15세경에 변호사 사무소 사환, 법원 속기사를 거친 끝에 신문기자가 돼 의회에 관한 기사를 쓰게 됐다.

1833년 어느 잡지에 단편을 투고해 채택된 데 힘입어 계속 단편과 소품 따위를 여러 잡지류에 발표하고, 1836년 그동안 잡지 등에 실린 글들을 모은 『보즈의 스케치 집 Sketches by Boz』을 출간하면서 24세의 신진작가로 화려하게 문단에 데뷔했다. 디킨스는 의회 출입기자 생활을 거쳐 작가로 입문해 당시의 사회 문제들을 심도 있게 비판하는 작품들을 썼다. 『니콜러스 니클비 Nicholas Nickleby』(1839) 『힘든 시절 Hard Times』(1854) 『막내 도릿 Little Dorrit』(1857) 『위대한 유산 Great Expectations』(1861) 등의 작품이 있지만 이 중에서도 1843년 12월에 펴낸 『크리스마스 캐롤 A Christmas Carol』은 미국에서 선풍적인 인기를 얻었다.

자서전적인 『위대한 유산』 이외에도 대단히 많은 단편과 수필을 썼다. 1858년에는 20년 이상 함께 살아 왔고 10명의 아이를 낳은 부인 캐서린과 별거하는 등 정신적인 고통도 겹쳐 1870년 6월 9일 추리소설풍의 『에드윈 드루드의 미스터리 The Mystery of Edwin Drood』를 미완성으로 남긴 채 세상을 떠났다. 그는 죽기 직전에 빅토리아 여왕을 단독으로 만나는 영예를 가졌고, 대중으로부터 많은 호응을 얻었다.

『위대한 유산』이 너에게 전하는 편지

유산이라고 하면 우리는 우선 재산이나 재물을 떠올리곤 하지요. 그렇게 보면 아무런 유산도 받지 못한 사람도 많습니다. 많은 유산을 받은 사람을 보면 부럽게 여겨지기도 하지요. 우리가 세상을 살아가는 데에는 무엇보다도 재물이라는 것이 우리를 당당하게도 하고 비굴하게도 하는 것이니 당연히 재물은 중요할 수밖에 없어요. 하지만 우리가 무엇을 물려받든지 보다 중요한 것은 인간애일 거예요. 아무리 많은 재물을 가지고 있어도 인간다운 품위와 품격을 지니지 못했다면 그 재물은 거추장스러운 사치에 불과해요. 진정으로 사람을 위한, 사람다운 품격을 지니고 진정한 인간애를 가질 수 있다면 그는 위대한 사람인 것이지요. 우리가 받아야할 진정한 위대한 유산은 바로 사람을 사람답게 대우하고, 사람답게 살아가는 일이에요. 그런 사랑을 받을 수 있다면 우리는 위대한 유산을 받는 것이지요. 그러한 유산은 좀이 슬거나 도둑맞을 일도 없는 것이기도 하고요. 여러분도 누군가에게 그런 진실을 담은 유산을 물려주어야 해요.

데미안_ 여행

"신념과 힘이 있으면 연인의 사랑을 자기 쪽으로 끌어당기게 됩니다. 그렇게 되면 연인에게 사랑을 호소할 필요도, 요구할 필요도 없게 되지요. 상대방에게 마음이 이끌리기만 하는 사랑은 언제나 슬프지요. 싱클레어, 당신의 사랑은 내게 이끌려 다니고 있어요. 언제라도 좋습니다. 당신의 사랑이 내 마음을 끌어당기게 되면 나는 기꺼이 따라가겠어요. 나는 스스로 나를 바치고 싶지 않아요. 의지적인 행동과 확신의 힘을 가진 사랑에 의해 정복되기를 바라고 있어요."

🐾 나를 찾는 여행을 시작하라

　헤르만 헤세가 이 책을 쓴 1919년은 독일이 세계대전에서 패전한 시기이다. 이 책은 독일에서 「에밀 싱클레어의 청년시절 이야기」라는 부제를 달고 동명의 필명으로 발표됐다. 이 책에는 소년 싱클레어가 데미안을 만나 기존의 관념을 뛰어넘는 새로운 신 '아브락사스'의 개념을 접하고 세계의 양면성을 자아 안에서 통합해내는 과정이 그려져 있다.

　『데미안』은 이 두 세계 가운데에서 진정 선이라고 믿어지는 세계를 두고 이 안에서 갈등하며 진리를 찾아가는 우리의 주인공 싱클레어의 이야기이다. 이 소설은 싱클레어의 성장 과정을 다루고 있지만 실상은 구도자(진리나 깨달음을 구하는 사람)로서의 삶과 내면의 세계를 그리고 있다. 내 안에는 그야말로 내가 너무나 많다. 그 안에서 진정한 나를 찾아가는 것이 우리 인생이기도 하며, 구도자의 삶이기도 하다. 주인공인 싱클레어의 신을 찾아가는 여행과 젊은 날의 사랑의 방황은 일반적인 삶의 이야기라기보다 정신분석학적인 리비도(성욕)를 충족해가는 이야기라고 볼 수 있다.

소설에서 주인공 싱클레어는 1인칭의 시점으로 자신의 이야기를 한다. 그의 말에 따르면 그의 집은 악과 선의 세계가 공존하는 위치에 있다. 다시 말하면 그는 선으로 향할 수도 있고, 악으로 향할 수도 있는 개연성을 가지고 있다. 어린 아이임에도 불구하고 유난히 생각이 많았던 주인공 싱클레어 앞에 유치하게도 침을 자유자재로 뱉어내는 재주를 가진 프란츠 크로머라는 친구가 등장한다. 이때부터 싱클레어의 친구였던 아이들은 크로머 쪽으로 간다. 어린 마음의 위기감, 결국 싱클레어는 하지도 않았으면서도 사과를 한 자루나 훔쳤다고 이야기한다. 이 약점을 빌미로 하여 크로머는 싱클레어에게 협박하기 시작한다. 크로머의 말을 듣지 않으면 이제 싱클레어는 경찰에 잡혀가야 할 판이다. 결국 싱클레어는 크로머에게 돈을 주기 위해 집에 있는 저금통까지 훔쳐내게 된다.

한 번의 거짓말로 싱클레어는 결국 집에 있는 것을 도둑질하는 죄를 짓게 된다. 하지만 크로머의 협박으로 싱클레어는 점점 죄의 구렁텅이 속으로 빠져 들어간다. 결국 거짓말이 거짓말을 낳은 것이다. 크로머가 휘파람을 불 때마다 싱클레어는 무엇인가를 마련해 그에게 헌납해야 한다. 어린 싱클레어에게 있어서 휘파람 소리는 악마의 휘파람 소리였고, 공포의 휘파람 소리였다.

휘파람의 공포에 빠져있는 싱클레어에게 구세주가 나타났으니 데미안이다. 데미안은 독심술을 통해 싱클레어의 고민을 알아내고, 크로머의 휘파람 소리를 싱클레어에게서 제거해 줬다. 데미안을 만나면서 싱클레어의 신앙관은 바뀌게 된다. 데몬, 악마라는 의미를 가진 이름과 비슷한 데미안은 어쩌면 선을 가장한 악마인지도 모른다. 이제까지 싱클레어가 믿어온 카인에 대한 개념은 정반대로 둔갑한다. 요컨대 데미안의 주장에 따르면 '카인은 강한 사람이며, 아벨은 겁쟁이'이다. 데미안의 알 수 없는 카리스마에 이끌리기 시작한 주인공은 자신도 모르게 데미안의 신봉자로 변해간다. 내가 위기에 몰렸을 때 거기에서 해방시켜 주는 자가 있다면 그는 나의 영웅으로 여겨지기 마련이다.

인간은 자기 함정에 곧잘 빠지는 동물이다. 한 번 저지른 죄는 그 죄를 덮기 위해 계속해서 더 큰 죄로 이어진다. 그 죄에서 벗어나기 위해서는 죄를 덮으려하기보다 자비로운 아버지께 솔직하게 고백하고, 죄를 용서받아야 한다. 하기야 그런 것을 깨닫지 못하고 스스로 감옥을 짓고 있는 우매한 인간들이기에 이 세상은 소설처럼 긴장감이 팽팽해진다.

싱클레어는 상급학교로 진학하며 데미안과 이별한다. 그런 어느 날 싱클레어는 알폰스 벡이라는 친구와 사귀게 되고, 다시 어두운 세계로 향한다. 또한 그는 학업으로부터 멀어지고 타락한 생활에 빠진다. 하지만 우연인지 필연인지 싱클레어가 생활을 전환해야 할 때가 되면 여지없이 데미안은 싱클레어 앞에 나타난다. 싱클레어는 데미안으로부터 "새는 알을 깨고 나온다. 알은 새의 세계다. 태어나려는 자는 한 세계를 파괴하지 않으면 안 된다. 새는 신을 향해 날아간다. 그 신의 이름은 아브락사스다"라는 내용의 편지를 받고, 며칠 후 수업시간에 "아브락사스란 신적인 것과 악마적인 것을 결합시키는 상징적 과제를 가진 어떤 신"이라는 사실을 배운다.

"신이란 고귀하며 마치 아버지의 존재와 같이 아름답고도 높으면서 다감한 것이야! 그러나 세상에는 또 다른 세계도 존재하고 있단 말이야. 이 다른 부분은 전부 악마적인 것으로 취급돼 세상의 이러한 부분의 전부, 즉 세상의 절반은 은폐당하고 묵살되고 있는 거야……. 우리는 신께 예배드리는 동시에 악마에게도 예배를 드려야만 돼. 그래야만 정당하다고 할 수 있어. 그렇게 하지 않는다면 자신의 내부에 악마까지도 내재시키고 있는 신, 즉 이 세상에서 가장 자연스러운 일 앞에서도 의례적으로 무시할 필요가 없는 그런 신을 창조해야만 한다고 생각해."

싱클레어는 자기가 속한 세상에 휩쓸리기보다는 마치 새가 알을 깨고 나오듯이 그 세계를 깨는 자각과 용기를 깨우치는 것이 카인의 후예가 할 일이라는 사실을 깨닫는다. 그리고 자신은 카인의 후

예임을 믿는다. 싱클레어는 선과 악이 공존하는 두 개의 세계에 대한 의문을 가져야만 했다. 그것이 삶과 영혼에 대한 각성으로 인도하는 좁은 문이며, 그 문을 통과하는 자들에겐 영광스런 카인의 표지가 이마에 서려있게 된다. 싱클레어의 이마에는 이미 카인의 후예라는 표지가 있기 때문에 어디에 있든지 발견된다는 것이다. 카인의 후예들은 선과 악을 편견 없이 아우르는 신인 아브락사스를 섬기는 자들이다. 쉬운 세상 일이 어디 있겠느냐만은 새가 알을 깨고 나온다는 것은 엄청난 힘을 다해야 한다. 이처럼 인간이 태어난다는 것도 그만큼 어려운 것이며, 카인의 후예로서 아브락사스를 섬긴다는 것도 알을 깨고 나오는 새처럼 어려운 일임에는 틀림없어 보인다.

__ 필요한 때가 오면 마음속에 귀를 기울이라

그가 연모하는 대상인 에바 부인, 즉 데미안의 어머니는 아브락사스가 아닐까. 나이가 들어가면서 싱클레어는 이성에 눈을 뜨기 시작한다. 이는 어쩌면 정신분석의 영향을 받은 탓일 것이다. 오이디푸스의 신화처럼 신앙처럼 받들 수 있는 여인, 또는 어머니와 같은 이성을 숭모하는 것은 성욕 충족의 과정일 수도 있을 것이다. 그가 무심코 그려내는 여인상은 악과 선이 공존하는 여인이다. 때로는 크로머를 닮기도 하고, 데미안을 닮기도 하는 그림 말이다. 결국 그가 간절히 원하던 여인은 데미안의 어머니였다니, 어떻게 보면 오이디푸스 신화와 맥이 맞닿아 있는 것이다. 그는 간절히 원하던 여인상, 그가 베아트리체라고 명명했던 환상 속의 여인을 만난 것이다. 이것은 통상적으로는 통용되지 않는 사랑의 설정이며 정신적 사랑에 더 가까운 사랑이다.

이 여인은 싱클레어의 마음을 알고 있으며, 마법처럼 그를 조금씩 자기 안으로 끌어당긴다. 그녀는 그에게 "사람은 누구나 가망 없는 일에 열중하면 안 돼요. 당신이 지금 무엇을 원하고 있는가를 나는 알고 있어요. 자신과 가능성이 없는 일은, 그것이 어쩔 수 없는 충동에 의한 것이라 하더라도 체념해야 하지요. 도저히 체념할 수가 없을 때는 그것을 철저하게 원하고 적극적으로 행동해야지요. 자신의 소망을 틀림없이 실현시킬 수 있다는 확신을 가지고 적극적인 행동을 취하면 그 소망은 반드시 이뤄지는 법이에요. 그런데 당신은 무엇인가를 소망해 놓고도 곧 그것을 후회하고 있어요. 그러면 안돼요. 한 가지 목표를 세우면 거기에 방해가 되는 것은 모두 제거해야 해요"라며 별을 사랑한 한 청년의 이야기를 예로 들어 준다.

그 청년은 실현될 가능성이 전혀 없는데도 별을 사랑하는데, 그것이 자기 운명이라고 생각한 것이다. 그리고 그 운명에 순종함으로써 자기의 마음을 순화하는 침묵과 체념과 고뇌의 노래를 불렀다. 그의 모든 꿈은 한결 같이 별을 향하고 있었다. 어느 날 밤, 그 청년은 바닷가 절벽 끝에서 별을 쳐다보며 운명의 연정으로 몸을 태웠다. 별을 사랑하고 별을 그리워하는 절실한 상념이 극에 달했을 때, 그는 별을 향해 몸을 던졌다. 이 순간 '이뤄질 수 없는 사랑이다. 불가능하다'라는 생각이 번개처럼 뇌리를 스치고 지나갔다.

내 안에는 그야말로 내가 너무 많다. 그 안에서 진정한 나를 찾아가는 것이
우리 인생이기도 하며, 구도자의 삶이기도 하다.

그러나 이미 때는 늦었다. 그의 몸은 별이 있는 하늘과는 정반대쪽인 바닷가 암석 위에 떨어져 산산이 부서지고 말았다. 그 청년은 '사랑'을 모르고 있었던 것이다. 허공에 몸을 날린 순간, 그 별과의 사랑이 틀림없이 이뤄진다고 확신하는 영혼의 힘이 그에게 있었다면 그는 하늘 높이 올라가 별과 맺어졌을지도 모를 일이었다.

에바 부인은 연인이기도 하며 아들의 친구이기도 한 싱클레어에게 사랑에는 확고한 신념이 필요하다는 것을 별을 사랑한 청년의 이야기로 대신한 것이다. 사랑을 확신하고 있다면 이뤄지고 안 이뤄지고를 두려워하면 안 된다는 것이다.

그렇게 해서 싱클레어의 사랑은 마무리되지 않은 채 결말을 향해 다가간다. 싱클레어는 대학에서 데미안과 다시 만나게 된다. 그리고 전쟁이 나자 그와 데미안은 각각 전선으로 향한다. 세계는 파괴되고 있었다. 싱클레어는 부상당해 병원으로 후송되는데, 하필이면 거기서 부상당한 데미안을 만나게 되는 것이다. 신기하게도 이들의 만남은 지속적으로 이어졌던 것이다. 어쩌면 데미안과 싱클레어라는 존재는 하나의 빛과 그림자처럼 떨어질 수 없는 존재인지도 모른다. 그렇기에 싱클레어가 사랑한 에바 부인은 여인 이상의 어머니를 향한 사랑이었는지도 모른다. 데미안은 죽으면서도 싱클레어에게 "필요한 때가 오면 마음속에 귀를 기울이라"라고 말하고 죽는다.

🍎 선과 악이 공존하는 두 개의 세계

우리가 이제 읽어가려는 『데미안』은 두 개 세계의 나뉘어짐으로써 시작한다. 그가 말하는 하나의 세계는 '아버지와 어머니의 사랑과 엄격함, 모범, 교육이라고 할 수 있는 세계'다. 이 세계에는 부드러운 빛, 명확함과 정결함, 따뜻하고 다정스러운 대화, 깨끗한 손, 말쑥한 옷차림, 훌륭한 예의범절이 깃들여 있다. 이곳에서는 아침마다 찬송가를 부른다. 의무와 책임, 양심의 가책과 참회, 관용과 선, 사랑과 존경, 하나님의 말씀과 지혜가 함께 한다. 인생을 맑고 밝게, 아름답고 안정되게 살려면 이 세계의 편이 돼야 한다는 것이다. 이러한 세계야말로 천국이라 할 만하다. 요컨대 지상의 천국인 것이다. 우리는 누구나 이런 세상에, 이런 환경 속에 살기를 간절히 염원한다. 때때로 우리는 하고 싶은 일을 자제하고, 양심의 가책을 느낄 때 신을 찾는다. 이것은 저 세상에 이와 같은 세상이 있다는 믿음이 있어서이다.

한편, 『데미안』에서는 다른 세상이 존재한다. 어머니와 아버지가 함께 있는 것이 아니라 가정부나 직공들이 속해 있는 세계이다. 이 세계에는 귀신 이야기와 추문, 도살장이나 형무소, 술주정뱅이와 욕지거리를 해대는 창녀들, 새끼를 낳는 암소와 쓰러진 말, 강도와 살인과 자살에 관한 이야기가 즐비하다. 요컨대 밤의 세계이며 이 지상에서 보아도 지옥과 같은 곳이다. 긍정적인 요소라고는 없는 그런 세계이다.

이 세상에는 이렇게 죽기보다 싫은 세상이 있고, 행복이 넘치는 그런 세상, 즉 두 개의 세계가 있다는 전제로 이 책은 시작된다. 그런데 우리에게 피상적으로 두 개의 세계만 보이는데, 신기하게도 이 두 세계의 양면성을 고루 가지고 있는 중간지대가 존재한다. 죄악이 창궐하며 신에게 버림받은 소돔 성은 피상적으로 온갖 악만이 넘치는 것으로 보인다. 하지만 이 안에는 의인이라 할 롯이 살고 있었고, 그의 가족이 있었다. 어둠 속에 희미한 빛이나마 숨어 있었다. 우리가 사는 이 세상도 빛과 어둠만 있는 것이 아니라 어슴푸레한 중간쯤 되는 곳도 있다. 극명하게 나뉘어 보이는 선과 악의 세계는 어느 지점에서든 맞닿아 있다. 마찬가지로 우리 안에도 이러한 선과 악의 세계, 빛과 어두움으로 나뉜 채 공존한다. 교묘하게도 어둠과 빛을, 선과 악을 가까스로 넘나드는 중간지대가 있는 것이다. 독이 있으면 그 독을 제거할 수 있는 해독이 있듯이, 병이 있으면 치료제도 있게 마련이다.

이처럼 두 개의 세계, 상반된 두 개의 쌍이 있고, 이들의 공존을 유지시켜 주는 중간지대가 있어서 이 세상은 균형을 잡아간다. 의무가 있으면 책임이 있고, 용서와 사랑이 공존한다. 예를 들면 악의 세계라고 보이는 하녀가 저녁 기도를 올리거나 단정한 차림으로 주인공과 함께 찬송을 부를 때는 어머니와 아버지의 세계, 즉 밝고 올바른 세계에 속한다. 하지만 그녀가 악한 말을 하거나 이웃들과 말다툼을 할 때는 잘못된 세계에 속한다는 것이다. 이처럼 우리는 살아가는 모습도 그렇거니와 나 자신의 외면과 내면을 고찰해 보면 혼재된 세계를 안고 살아가고 있다.

헤르만 헤세
Hermann Hesse

우리에게 너무나 잘 알려진 헤르만 헤세(Hermann Hesse : 1877~1962)는 남부 독일 슈바벤(현재의 뷔르템베르크) 지방 칼브에서 태어났다. 헤세의 할아버지와 아버지의 희망은 헤세가 목사가 되는 것이었으므로 그는 1891년 7월 중순 마울브론 신학교에 입학한다. 그러나 헤세는 엄하기만 한 규율과 주입식 교육에는 잘 적응하지 못한다. 결국 어느 날 느닷없이 내면적인 폭풍에 휩쓸려 수도원 학교를 뛰쳐나왔다. 그는 '감금' 이란 중벌을 받았으며 급기야 신학교를 떠나야만 했다.

1892년 11월 헤세는 칸슈타트 김나지움에 입학한다. 고전 과목과 달리 수학과 물리학에 흥미를 잃은 그는 밤 늦게까지 놀러 다니기가 일쑤였다. 헤세는 이때 하인리히 하이네(Heinrich Heine : 1797~1856)와 이반 투르게네프(Ivan Sergeevich Turgenev : 1818~1883)의 작품을 탐독하고, 시작을 유일한 낙으로 삼았다. 헤세는 결국 11개월 만에 또 퇴학을 당한다.

1895년 10월, 18세 때 그는 대학촌 튀빙겐의 헤켄하우어 서점 점원으로 들어간다. 헤세는 서점의 고된 일과를 마친 뒤 밤에는 문학을 공부한다. 특히 괴테(Johann Wolfgang von Goethe : 1749~1832)를 열심히 탐독한다. 이러한 열정으로 헤세는 1899년 처녀 시집 『낭만의 노래 Romantischen Liedern』를 출판했지만 6백부 중 1년 동안 고작 54권만 팔렸다. 1904년 8월, 헤세는 마리아 베르놀리와 결혼한 헤세는 인간의 위기에 대한 심오한 감성을 지닌 작가로서, 카를 구스타브 융(Carl Gustav Jung : 1875~1961)의 제자 요세프 베른하르트 랑(Josef Bernhard Lang : 1863~ 1945)과 함께 정신분석을 연구했으며 융과도 알게 됐다. 분석의 영향이 『데미안 Demian』(1919)에 나타난다. 헤세는 1962년 85세의 나이로 몬타놀라에서 뇌출혈로 사망했다.

『데미안』이 너에게 전하는 편지

삶다는 것은 어쩌면 나를 찾아 떠나는 여행이라는 생각이 들어요. 한가한 날이거나 마음의 여유가 있으면 인생에 대해 진지하게 생각해 볼 때가 있지요. 나의 존재 의미란 무엇일까 하는 그런 생각 말예요.

이렇게 인생을 깊이있게 생각하려 하면 공연히 조금은 슬퍼지고, 심각해지기도 해요. 하지만 우리가 자신의 삶을 바로 세우기 위해서는 자신에 대해, 삶에 대해 진지하게 고민해볼 필요도 있어요. 자신의 정체성을 찾아봐야 한다는 것이지요. 세상을 생각 없이 살아가는 사람들만 살아간다면 사회는 어지러워지고 바로 서지 못하거든요. 세상을 살아가는 데에는 자기 철학이 필요해요. 그래야만 세상에 대한 공정하고도 올바른 판단을 할 수 있거든요. 여러분도 자기 철학을 가져야만 해요. 그러기 위해서는 무엇보다 우선 자신의 정체성을 찾아야 하고요. 이렇게 함으로써 다른 사람에 대해 편견에 빠지거나 그릇되게 생각하는 것을 방지할 수 있으니까요. 자 이제부터 '나의 존재 이유란 무엇일까'에 대해 진지하게 고민해 보는 거예요.

갈매기의 꿈 _ **꿈**

"우리는 하나의 세계에서 그것과 거의 똑같은 다른 세계로 온 거지. 우리가 있던 곳에 대해서는 곧 잊고, 우리가 어디로 가는지 상관하지 않으며, 다만 순간을 살면서 말이야. 갈매기들과 어울려 먹고, 싸우고, 권력을 얻고 하는 것 이상의 것이 삶에 있다는 사실을 최초로 깨닫기까지 우리는 얼마나 많은 삶을 통과해야 했는지 알 수 있겠어?"

🍃 비난에 굴하지 말고 꿈을 기획하라

인간은 참 약하기 그지없다. 다른 동물에 비하면 나을 것이 별로 없는 존재다. 달리기로 말하면 치타에 비교도 안 되고, 용맹성으로 말하면 사자나 호랑이와 비교할 수 없고, 키로 보아도 기린에게 안 되고, 힘으로 보아도 멧돼지만 못하고, 후각은 개에게 미칠 수 없고, 재주로 보면 원숭이만 못하다. 도무지 인간이 다른 동물들과 비교해 우위에 있는 것은 아무것도 없다. 그럼에도 불구하고 인간은 동물들을 지배한다.

인간은 날개가 없어 날지 못하기에 그 도구를 만들고, 수영을 못하면 배를 만들고, 높은 곳은 사다리를 만들어서라도 다른 동물보다 더 나은 재주를 발휘한다. 이 모든 것의 힘은 외양에서 나오는 것이 아니라 보이지 않는 곳, 즉 사유의 힘에서 나온다. 생각할 수 있는 인간은 동물보다 더 높이 오르고, 조류보다 더 높이 날고, 더 멀리 가는 법과 더 빨리 이동할 수 있는 방법을 생각해낸다. 인간은 생각한다. 고로 인간은 위대한 존재다.

인간이 본연의 자세를 찾아가려는 노력은 인간의 잠재능력을 최대한 이끌어내는 투쟁의 연속이다. 그러기 위해서는 부딪쳐 오는 것들과의 투쟁, 요컨대 반항이 필요하다. 이런 반항의 노력들의 산물로 인간은 진보해 왔고, 진보를 거듭한다. 반항하는 인간. 그래서 진정한 자유를 찾으려는 이들이 있어서 인간은 여타의 동물보다 강해지고, 빨라지고, 지혜로워지는 것이다. 어떻게 보면 이러한 위대한 일련의 노력들이 때로는 일상에 익숙해진 이들의 입장에서 보면 반항이며, 일탈이 되기도 한다. 이런 저항이나 비난에 대해 두려워하는 인간들만 존재한다면 인간은 더 이상 진보하지 않고, 여기 이 자리에 멈추게 될 것이다. 그것을 뛰어넘고, 희생을 마다하지 않는 이들이 있어서 인류는 지속적으로 발전을 거듭한다.

물론 인류의 진보가 우리를 행복한 낙원으로 인도하는 것은 아니다. 시간을 절약하기 위해 빠르기 위해 인간은 그만큼 속도가 빠른 도구 배, 고속열차, 비행기 등을 만들었다. 하지만 그만큼 빨리 이동할수록 인간은 더욱 바빠질 뿐이다. 더 높이 올라가려는 노력으로 달은 물론 별에까지 가기도 하지만 그렇다고 인간이 전보다

행복해지는 것이 아니다. 인간이 여타의 동물보다 더 훌륭해진다고 해서 인간이 행복해지는 것은 아닌데도 인간은 진보를 부채질하며 달려만 간다.

🍎 내 삶의 특별한 주인공이 되라

이 작품의 주인공 조나단 리빙스턴은 단지 먹이를 구하기 위해 하늘을 나는 다른 갈매기와는 달리, 비행 그 자체를 즐긴다. 멋지고 빠르게 날기를 꿈꾸는 조나단 리빙스턴은 진정한 자유를 얻고 싶은 꿈을 간직한다. 그리고 그 꿈은 반드시 이뤄질 것임을 믿는다. 그가 속한 무리 속에서 특별한 행동을 한다는 것, 다른 생각을 한다는 것은 자기가 속한 조직에 반하는 일이 될 수도 있고, 비난의 소지도 있는 일이다. 결국 조나단 리빙스턴의 이러한 행동은 갈매기 사회의 오랜 관습에 저항하는 것이기도 하다. 그래서 그는 다른 갈매기들로부터 따돌림을 당하고, 끝내 그 무리로부터 추방당한다.

조나단은 꿈의 속도로 날아가는 일이 그저 꿈으로 머물 것 같아서 좌절할 수도 있을 테지만 그는 좌절하지 않고 끊임없는 자기수련을 한다. 마침내 완전한 비행술을 터득한 조나단 리빙스턴. 조나단 리빙스턴은 무한한 자유를 느낄 수 있는 초현실적 공간으로까지 날아올라 그토록 꿈꾸었던 일을 실현하게 된다.

주인공 조나단 리빙스턴은 단순히 먹기 위해 나는 것에 안주하지 않고 보다 높이 보다 빨리 날고 싶은 꿈을 간직하고, 이 꿈을 이루기 위해 노력하는 갈매기다. 조나단 리빙스턴은 이상을 꿈꾸며 초인적인 힘을 발휘하는 특별한 인간과 닮은꼴의 갈매기이다. 조나단 리빙스턴은 다른 갈매기들처럼 기계적이며 맹목적인 삶을 사는 존재가 아니라 그것을 뛰어넘으려는 이상을 가진 갈매기이다. 즉 갈매기의 본질적인 삶이 무엇인지를 끊임없이 생각하며, 그 본질적인 것을 찾고, 그것의 실천을 위해 최선을 다하는 의지적이며 주체적인 가치관을 가진 존재이다.

조나단 리빙스턴. 인간과 다름없는 이름을 가진 갈매기. 그는 갈매기로 표현돼 있지만 우리 인간을 대변하는 존재다. 꿈을 꾸는 우리들에게 귀감이 되는 존재를 상징하고 있다. 일반적인 사람들처럼 살고 그렇게 행동하면 현재의 이 상태에 머물 수밖에 없다. 일반적인 사람들과 다를 때, 그는 특별한 존재가 될 수 있다.

🐦 진정한 자유를 꿈꾸는 조나단의 이야기

앞서 말한 바와 같이 조나단 리빙스턴은 남다른 생각, 남다른 꿈을 가진 갈매기이다. 본연의 자기를 찾아 무한한 자유와 한계라고 생각하는 그 이상을 구현해 보려는 존재다. 그는 우리에게 꿈이란 무엇이며, 어떻게 그 꿈을 현실로 바꿀 수 있는지를 보여 주고자 한다. 그 꿈은 결국 자유로워지는 것이다. 자기 한계를 벗어난 자유로워짐이다. 돈에서 자유롭기 위해 돈을 벌고, 복종해야 하는 위치에서 자유로워지기 위해 권력을 가지려고 한다. 공간의 한계를 느끼

멋지고 빠르게 날기를 꿈꾸는 조나단 리빙스턴은 진정한 자유를 얻고 싶은 꿈을 간직한다.
그리고 그 꿈은 반드시 이뤄질 것임을 믿는다.

니 더 높이 오르려 하고, 더 빨리 가려는 것이다. 이러한 무한한 자유를 향한 날갯짓의 표상, 그가 바로 조나단 리빙스턴이다.

무한한 자유! 갈매기가 하늘을 날아가는 모습을 보면서 작가는 꿈을 꿨을 것이다. 새를 닮지 않은 인간이 새처럼 하늘을 자유로이 날 수만 있다면, 거칠 것이 없는 자유를 얻게 되리라고 그는 생각했을 것이다. 무한한 자유를 향한 몸부림. 독자는 조나단 리빙스턴이란 갈매기를 통해 대리만족을 느낄 수 있을 것이다.

조나단 리빙스턴은 그토록 어려운 난관과 죽음을 각오한 훈련으로 그 꿈을 이루고 최고가 됐음에도 불구하고, 그것을 이용해 오만해지거나 우쭐해지기보다는 그 기술을 누군가에게 가르치려는 기특한 마음을 갖는다. 조나단 리빙스턴은 그렇게 자기만족에 그치지 않고 자기를 따르는 몇몇 동료 갈매기들을 초월의 경지에 도달하는 길로 이끌고 싶어 한다. 그러나 제자들은 조나단 리빙스턴의 의도를 이해하지 못한다. 조나단 리빙스턴은 제자들과 함께 갈매기 무리에 접근한다. 보수적 원로 갈매기가 이들을 막아서지만, 새로운 물결이 흐르면 동조하는 세력도 있게 마련이다. 보수적 집단의 몇몇 갈매기들이 마음을 움직인다. 조나단 리빙스턴은 그들에게 새로운 사실을 가르쳐 준다.

그러던 어느 날, 조나단 리빙스턴이 제자 플레처 린드에게 행한 기적을 보고 놀란 그 무리는 조나단 리빙스턴과 플레처 린드를 '악마! 악마!' 하고 소리치면서 그들을 오히려 죽이려 든다. 하지만 조나단 리빙스턴의 가르침을 이해하고 배움을 향한 첫 걸음을 내디

딘 플레처 린드가 조나단 리빙스턴의 뒤를 이어받아 사회에서 쫓겨난 갈매기들을 가르친다. 그러면서 그들의 완전한 꿈을 향한 걸음은 시작된다. 이렇듯 시작의 여운을 남기며 이 소설은 끝난다.

우리가 이 작품에서 만나게 되는 또 하나의 존재는 치앙이란 원로 갈매기이다. 그는 우리 마음속의 영원한 꿈과 자유를 상징하는 인물이다. 설리번이라는 존재는 조나단 리빙스턴에게 의지적이며 진취적인 삶의 전형을 보여주고 용기를 불어넣어 주는 지도자로서의 역할을 한다. 또한 무엇보다도 교육의 연계성과 계속성을 잘 보여주는 조나단 리빙스턴의 수제자 플레처 린드를 주목할 수 있다. 플레처 린드는 조나단 리빙스턴을 진정으로 신뢰하고 따르는 제자로 조나단 리빙스턴에게서 전수받은 기술을 다른 갈매기들에게 가르칠 소명을 맡은 존재이다.

_ 꿈을 가지고 꿈을 향해 나아가라

조나단 리빙스턴은 여느 갈매기와 달리 꿈이 있었다. 보다 더 높게 그리고 보다 더 멀리 날 수 있는 선구자적인 생각의 꿈을 갖는다. 조나단 리빙스턴은 먹이를 찾기 위해 하늘을 날아다니는 대다수의 갈매기들과 달리 꿈의 실현을 위해 하늘을 난다. 조나단 리빙스턴에게 하늘은 동경의 대상이며 도전의 대상일 뿐 아니라 꿈의 실현장이기도 하다. 그는 남들은 생각조차 못하는 이상을 가진 것이다. 우리는 여기에서 소중한 교훈 하나를 배우게 된다. 조나단 리빙스턴처럼 꿈을 간직하는 일이다. 꿈! 어떻게 보면 일반적으로 무모하게 느껴지는 것이 꿈이긴 하다.

하지만 그 꿈을 실현 가능하다고 믿는 이들이 있어서, 그것이 꿈이 아니라 실현 가능한 일이었음을 우리에게 인식시켜 준다. 여기에 조나단 리빙스턴도 그런 존재의 모습을 보여준다. 꿈이라고 남들은 생각하지만 내가 그 꿈이 실현 가능하다고 생각하는 순간 그것은 실현 가능한 목표로 다가온다. 그 꿈, 아니 그 목표를 이루려는 노력을 한다면 우리는 언젠가 그 꿈을 이룰 것이다. 우리는 꿈을 가지게 되면 우선 그 꿈에 관심을 갖게 된다. 그러면 그 꿈을 향한 노력을 하게 된다. 거기에 관한 정보를 찾게 되고, 거기에 이르는 방법을 두루 찾게 된다. 그러니 꿈을 가지는 순간 이미 우리는 꿈으로 이르는 길에 들어선 셈이다.

_ 꿈을 이루려면 남들과 다른 방식을 추구하며 즐겨라

남들보다 뛰어난 것은 그리 중요하지 않다. 남들과는 다르게 행동하고, 다르게 생각해야 하는 것이 무엇보다 중요하다.

"대부분의 갈매기들은 난다는 행위를 지극히 간단하게 생각해 그 이상의 것을 굳이 배우려 하지 않는다. 어떻게 해서 기슭에서 먹이가 있는 데까지 날아갔다가 다시 돌아오는가만 알아도 충분하다. 모든 갈매기에게 있어 중요한 것은 나는 일이 아니라 먹는 일이었다. 하지만 이 별난 갈매기 조나단 리빙스턴에게 있어서 중요한 것은 먹는 일보다도 나는 일 자체였다."

조나단 리빙스턴은 날기를 즐긴다. 그것도 멋지게 날기를 꿈꾼다. 이렇게 일상을 벗어나는 일이 쉬운 것 같지만 거기에는 대단한 용기가 필요하다. 일반화된 방법과 다르게 행동한다는 것은 때로는 다른 사람들의 조롱거리가 될 수도 있으며 비난의 대상이 될 수도 있고, 때로는 강한 저항에 부닥칠 수도 있기 때문이다.

보다 나은 삶을 위해서는, 위대한 진보를 위해서는 일상을 벗어나는 것을 두려워하면 안 된다. 오히려 그것을 기꺼이 즐길 수 있을 때 그 꿈을 실현하는데 근접할 수 있다. 선구자 또는 일탈자로 보이는 존재들, 그들은 진보의 선두이지만 그만큼의 자기희생과 고통을 감수해야 한다. 조나단 리빙스턴은 그런 저항과 자신의 한계에 부닥친 절망 속에서 포기하려는 생각을 떨쳐내고 새로운 것을 깨달으며 자신의 꿈을 향해 전진한다.

_ 꿈을 가지고 인내를 배워라

우리가 사는 인간 세계에는 늘 질투와 시기라는 것이 존재한다. 자신보다 뛰어난 자를 시기하거나 질투하는 일을 언제든지 접하게 된다. 그러면 그 순간 우리는 때로 절망하기도 하지만 그 좌절을 딛고 다시 일어설 수 있어야 한다. 특별한 존재가 된다는 것은 꿈을 가지고 시도했다는 사실을 넘어서 결국은 인내의 결과를 말한다. 좌절할 때 그대로 포기하지 않고 그 좌절을 딛고 일어서는 노력, 그것이 특별한 존재로 만들어 준다. 그래서 우리는 꿈에 대한 확실한 신념을 가지고 포기하지 말고 끝임없이 노력해야 한다.

아무리 내 행동이 옳다고 하더라도 특별해지기란 어려운 일이다. 여기에는 사회에서 받아들여지지 않음이 존재하기 때문이다. 인류를 위한 획기적인 노력이었고 대단한 성과를 거뒀음에도 불구하고 일상에 반하면 사회로부터 배척당하기도 한다. 그러한 고난과 질시를 달게 받아들일 수 있을 때, 우리는 자신이 가진 꿈을 끝내 이룰 수 있게 된다.

__ 위기에 처하면 그 위기를 기회로 삼아라

조나단 리빙스턴은 불경한 존재로 낙인이 찍혀 갈매기 무리에서 쫓겨난다. 하지만 그것은 오히려 조나단 리빙스턴에게 있어서 사고의 한계를 벗어날 수 있는 기회가 된다. 다른 존재들과 격리돼 혼자만의 고독을 연습할 필요도 있기 때문이다. 이 과정에서 우리는 남들과 다른 자기 철학을 만들게 되며, 남들과 다르게 행동하고 생각할 수 있는 기회를 갖게 된다. 조금만 다르게 생각하면 남다른 삶을 살아갈 수 있다. 성공과 실패도 간발의 차이일 뿐이다.

"조나단 갈매기는 또 다시 홀로 바다 멀리로 나가, 배가 고프지만, 행복한 가운데 비행 연습을 하고 있었다. 나는 속도가 과제였다. 그리고 일주일을 연습하고 나자 그는 살아 있는 갈매기 중에서 가장 빠른 어느 갈매기보다도 나는 속도에 관해 많은 것을 알게 됐다."

지금의 소속에서 벗어나 보다 나은 소속으로 옮겨서 그 이상의 지식이나 기술을 배우기도 해야 한다. 훌륭한 스승이 있어야 훌륭한 제자가 있는 법이다. 스승을 넘어서는 제자는 거의 없는 법이므로, 내가 스승으로 삼을 만한 사람을 만나는 것 자체가 꿈에 접근하는 일이다. 그래서 지금 소속된 집단에서 한계가 있다면 그 한계를 뛰어넘은 집단에 소속돼야 한다. 그래야만 그들만큼의 수준에 이를 수 있게 된다. 지금 있는 집단에서 한계가 있다면 그 이상의 발전을 기대하기란 어렵다. 이럴 때면 지금의 집단보다 우수한 집단을 선택해야 한다. 인간이 존재하는 곳 어디에나 한계가 존재한다. 이쪽 집단에서는 이룰 수 있는 한계가 있다 해도, 다른 쪽에서는 그 한계가 평준화 되어있고 그 이상을 보여주기도 한다. 우리가 뛰어넘지 못하는 기록을 쉽게 깨뜨리는 집단이 존재하듯이 내가 소속된 곳에서의 한계는 거기까지다. 그러한 순간에 우리는 보다 나은 집단으로 이동할 필요가 있다. 부자가 되고 싶으면 부자들과 어울려야 하고, 그 이상의 부자가 되고 싶다면 그 이상의 갑부만이 있는 집단에 소속돼야 하는 것과도 상통한다.

"조나단, 내가 아는 유일한 대답은, 너는 정말로 백만 마리의 새들 중에서 뽑힌 한 마리라는 거야. 우리의 대부분은 그렇게 어렵게 이곳에 온 거야. 우리는 하나의 세계에서 그것과 거의 똑같은 다른 세계로 온 거지. 우리가 있던 곳에 대해서는 곧 잊어버리고, 우리가 어디로 가는지 상관하지 않으며, 다만 순간을 살면서 말이야. 갈매기들과 어울려 먹고, 싸우고, 권력을 얻고 하는 것 이상의 것이 삶에 있다는 사실을 최초로 깨닫기까지 우리는 얼마나 많은 삶을 통과해야 했는지 알 수 있겠어? 천 번의 삶, 만번의 삶을 거쳐야 되는 거야! 그리고 나서 완벽함이라는 것이 있다는 것을 알게 될 때까지는 또 수백의 삶이, 그리고 그 완벽함을 찾아내고 그것을 드러내 보이는 것이 삶의 목적이라는 것을 깨닫게 되기까지에는 또 다시 수백의 삶이 있어야 하는 거야. 이와 똑같은 법칙이 지금 우리에게도 물론 적용되는 거야."

조나단 리빙스턴도 무리에서 떨어져 홀로 비행 연습을 하다가 누군가에게 이끌려 새로운 세계에 오게 됨으로써 그 한계를 뛰어넘는다. 조나단 리빙스턴과 같은 갈매기들이 모여 있는 곳, 요컨대 특별한 갈매기들이 모인 곳에 그는 이끌려왔다. 다른 집단에서 1등만 하던 사람들이 다른 집단에 옮겨서 모인다면 이들은 특별한 존재들의 집단이 된다. 이들 중에는 다시 우열이 가려지지만 그곳에서의 꼴찌는 역으로 다른 집단에서는 1등인 셈이다. 우리는 보다나은 내일을 위해서는 배워야 한다. 그 배움의 장소, 무엇을 배울 것인가를 선택하는 일은 아주 중요하다. 이러한 선택이야말로 우리 꿈의 시발점이며, 첫걸음이 되기 때문이다.

_ 그 꿈이 이뤄질 것이라는 확고부동한 자기 신념을 가져라

꿈이 있는 세계는 바로 나의 천국이며, 그 꿈을 이룸으로써 우리는 천국을 보유하게 된다. 확실한 꿈에 대한 신념이 없다면 우리는 고난이나 시기, 질투가 도래할 때 꿈을 포기하고 일상으로 돌아갈 수밖에 없다.

결국 간발의 차이로 꿈이 수포로 돌아간다면 그동안의 수고는 헛수고가 될 뿐만 아니라 거기에 투자된 시간이나 열정을 되돌려 받을 수 없다. 그러므로 꿈을 현실로 만들기 위해서는 시도했다는 자체, 그런 꿈을 가졌다는 사실보다 더 중요한 것을 기억해야 한다. 바로 실패한 자리에서 다시 일어서서 굳건히 그 꿈의 실현에 대한 확실한 신념을 가지고 다시 도전하는 일이다. 확실한 자기 신념이 있다면 지금 실패해도 다시 일어설 수 있는 용기와 힘이 솟아난다. 꿈의 일보직전에 무너지는 것처럼 억울한 일도 없다. 위대한 존재란 치명적으로 넘어졌다 하더라도 다시 일어나서 끝까지 도전하는 존재를 말한다.

_ 내가 가진 능력을 사회에 환원하라

내가 능력이 있으며, 많은 것을 배웠다면 그것을 자기만족이나 자기 자리 유지만을 위해 이용해선 안 된다. 사회란 더불어 살아가야 하는 공동체이므로 자기 이익을 추구하기보다 자신이 가진 능력이나 지식을 구성원들에게 전수하려고 노력해야 한다. 자기 능력대로 내가 속한 사회에 그만큼 기여해야 하는 것이 우리의 소명이다. 내가 가진 지식을 사회에 환원시킬 때 인류는 발전을 지속시킬 수 있다.

조나단 리빙스턴은 자기가 속한 부류 중에서 최고가 됐지만 여기에 만족하지 않고 자신이 습득한 기술을 퍼트리기 위해 힘쓴다. 이렇게 기술이나 지식을 전달하는 공헌자들이 있어서 인류는 발전을 거듭한다. 불가능을 가능으로 탈바꿈시킨 조나단 리빙스턴은 자신을 쫓아낸 갈매기들을 미워하지 않고, 그들에게 천국을 보여주기 위해 자신이 살던 바닷가로 이동한다. 무리에서 쫓겨난 갈매기들에게 비행술을 가르쳐 주고, 또 자신의 생각을 종종 이야기해 준다.

"우리는 이곳에서 배운 것을 통해 우리의 다음 세계를 선택하는 것이지. 아무것도 배우지 않을 때, 다음의 세계는 이 세계와 마찬가지의 것이야. 넘어서야 할 똑같은 한계와 납처럼 무거운 짐이 모두 그대로 있는 거야."

이러한 노력으로 얻어진 우리의 지식이나 능력은 다시 누군가에게 전수하거나 환원시켜 줘야 한다. 이것이 배움이나 지식의 유용성이다. 우리는 이 책을 통해 처세와 같은 여러 교훈을 얻는다. 물론 처세 외에도 교육의 중요성이 인식되기도 한다.

_ 좀 더 높은 곳, 좀 더 먼 곳에 이상을 둬라

조나단 리빙스턴은 '언젠가는 남들보다 더 높게 그리고 더 멀리 날 수 있을 거야'라는 꿈을 지닌 우리 인간의 대변자이다. 그는 우리에게 많은 교훈을 준다. 어떻게 살아가는 것이 보람 있는 삶인지를 역설적으로 보여준다. 그는 단순히 갈매기가 아니라 우리의 모습을 대별해 보여주고 있다. 조나단은 남들보다 나아지려는 노력, 수많은 질투와 시기에 반항해야만 하는 우리의 모습을 보여준다. 이러한 삶은 일상적이 아니라 특별한 삶이 된다.

자신의 꿈을 펼치기 위해 좀 더 높게 그리고 좀 더 멀리 날려고 노력하는 조나단 리빙스턴이 갈매기 무리에서 벗어나 새로운 하늘로 날아오른 것처럼 우리도 보다 나은 삶을 살고 싶다면 일상에서 벗어나는 아픔을 견뎌야만 한다. 조나단 리빙스턴에게 새로운 하늘이 필요했던 것처럼 우리도 이제껏 보아온 세상과는 다른 세상을 찾아야 한다. 이는 물론 다른 세상으로 옮겨가는 것을 의미하는 것이 아니라 지금까지와는 색다른 눈으로 일상을, 이 세상을 보아야 한다는 것을 조나단 리빙스턴은 말하는 것이다.

새로운 세상에서 만난 조나단 리빙스턴의 스승이 "높이 나는 새가 멀리 본다"라고 말한 것처럼 보다 나은 삶을 위해서는 지금과는 다른 생각, 다른 방법을 찾아야만 남다른 삶을 살 수 있다. 꿈이란 평범함 속에 있는 것이 아니라 이루기 어려운 곳에 숨어 있다. 그 꿈을 향한 첫걸음은 지금까지와는 달리 세상을 거스르는 용기와 반항으로 시작된다.

인간의 역사는 순응의 역사가 아니라 반항의 역사이다. 인간은 생명을 내지 못하는 대지에 반항해 씨앗을 심고, 공기에 저항해 날개를 만들어내고, 물결에 반항해 기관을 만들어 낸다. 인간은 힘에 반항하고, 시간에 반항하고, 자연에 반항해 결국 특별한 존재가 되고 있다. 그러므로 우리는 모든 것에 반항할 수 있어야 한다. 이 반항은 언제까지 나를 소모하고자 하는 것이 아니라 진정한 자유를 찾아가는 여행이다. "높이 나는 새가 멀리 본다"라는 말처럼 우리는 오늘도 꿈을 보고 살아야 한다. 이 꿈이야말로 미래에 아름다운 현실로 우리에게 다가올 것이다.

리처드 바크
Richard Bach

리처드 바크(Richard Bach : 1936~)는 1936년 미국 일리노이 주 오크파크에서 출생했다. 바크는 롱비치 주립대학에 입학했으나 퇴학을 당하고, 1957년 공군에 입대해 비행기 조종사가 된다. 1958년 스물두 살에 자유기고가가 되어 비행잡지사의 편집부에 근무하기도 한다. 그러다가 독일 베를린의 전황 위기로 공군에 재소집돼 프랑스에서 1년 간 복무한다. 군에서 제대한 바크는 『어린왕자 Le Petit Prince』(1943)로 널리 알려진 프랑스 작가 생텍쥐페리(Antoine de Saint-Exupery : 1900~?)처럼 비행기 조종사이기도 하다. 바크는 상업비행기 조종사로 일하면서 3천 시간 이상의 비행기록을 세우기도 한다. 바크의 이러한 경험이 『갈매기의 꿈 Jonathan Livingston Seagull』(1970)을 쓸 수 있는 전기로 마련된 것 같다.

문제의 1970년 어느 날 밤, 바닷가를 산책하던 바크는 이상한 소리를 듣고는 강한 영감을 받아 집필한 것이 바로 이 책으로, 그의 세 번째 작품이다. 『갈매기의 꿈』. 바크는 이 책을 출판하기 위해 시도했지만 18군데의 출판사로부터 거절당하는 수모를 겪는다. 그러나 미국 서부 해안의 젊은 세대들이 손으로 베껴 써 가면서 이 작품을 돌려 읽기 시작해 일반인에게로 널리 퍼진다. 1970년 뉴욕 맥밀런 출판사에서 초판이 정식 출간된다. 이 책은 5년 만에 미국에서만 7백만 부가 판매됐고, 전 세계 언어로 번역 출간됐다.

바크는 자신의 비행에 대한 꿈과 신념을 끝없이 노력하는 갈매기 조나단 리빙스턴을 통해 자신이 꿈꿨던 특별한 비행의 꿈을 표현한 것 같다. 어떻게 보면 종교적 차원에서 신의 영역에 도전했다고 볼 수도 있을 만큼 당대에는 파격적인 천국에 대한 묘사로 인해 이 책은 오만의 죄로 가득한 작품이라는 성직자들의 거센 비난을 받았다.

『갈매기의 꿈』이 너에게 전하는 편지

꿈은 참 아름다운 것입니다. 우리가 살아가는 존재 이유도 꿈이 있기 때문일지도 모릅니다. 꿈을 갖는다는 것 자체만으로도 우리는 설레고 삶의 의욕을 갖게 되지요. 하지만 꿈을 잃었을 때에는 허망하기 이를 데 없어서 더한 좌절을 겪기도 합니다. 어떻게 보면 누구나 할 수 있는 일, 금방 이뤄질 수도 있는 일은 꿈이라고 할 수 없을 거예요. 지금은 불가능하지만 내 이상에 놓여진 일, 그것이 꿈이며 희망입니다. 그 꿈은 쉽게 우리에게 다가오지 않아요. 때로는 신기루처럼 바로 앞에 다가오는 것 같지만 허상처럼 사라져서 우리를 실망시키기도 하지요. 하지만 꿈이란 어딘가에 반드시 숨어 있는 오아시스와 같아요. 우리가 끊임없이 추구하고 가까이 가려고 노력하다가 보면 언젠가는 우리에게 다가올 거예요. 우리 그 꿈을 향해 가는 거예요. 평생을 바쳐서 이룰 수 있는 꿈을 간직할 수 있다면 자기 삶은 더 없이 빛날 거예요. 여러분도 평생토록 이러한 꿈 하나는 꼭 간직하고 살았으면 해요.

2장

생각의 힘을 키워
세상을 보고 싶은
너에게

지혜

-

사색

-

풍자

-

평등

-

선택

모리와 함께한 화요일 _ 지혜

"어떻게 죽어야 좋을 지를 배우게. 그러면 어떻게 살아야 할지도 배우게 되니까. 하지만 여기 비밀이 있네. 아이 때와 죽어갈 때 외에도, 즉 그 중간 시기에도 사실 우린 누군가가 필요하네."

지금 이 순간을 마지막처럼 살아라

살아가면서 우리는 홀로 살 수 있는 존재가 아님을 깨닫는다. 그리고 더불어 사는 존재라는 것을 깨닫는다. 누군가를 필요로 하고, 누군가를 그리워하고, 누군가를 사랑하고자 할수록 우리에게 꼭 필요한 그 누군가를 잘 만나는 것은 인생의 지혜를 풍부하게 살찌울 수 있게 하는 중요한 일이 될 것이다.

인생, 이 단어를 대하며 우리는 '어떻게 살 것인가?'라는 질문과 '어떤 죽음을 맞을 것인가?'라는 질문을 떠올린다. 우리의 삶은 결국 삶이라는 한 세상과 다른 세상으로 통하든, 한 세상으로 마감하든, 시작과 결론을 의미한다. 삶을 진지하게 생각한다는 것은 지금의 삶을 의미심장하게 받아들이고 삶을 사랑한다는 의미이며, 이내 다가올 미래의 죽음을 향한 풍요로운 준비를 한다는 의미도 된다.

우리는 누구나 시간의 지배를 받으며 산다. 어쩔 수 없이 어른이 되고, 또 노인이 된다. 아무리 발버둥친다 한들 우리는 시간을 이길 수 없다. 그리고 운명으로 다가오는 다른 세계, 즉 죽음의 세계에 맞닥뜨리게 된다. 그 누구도 알려주지 않은 죽음의 세계, 도무지 알 수 없는 세계여서 우리는 더욱 두려워한다. 하지만 죽음이란 세계를 두려움의 대상으로만 받아들이면 삶은 평안하지도 않을 뿐만 아니라 염려 속에서 살아갈 수밖에 없다. 그러므로 우리는 죽음을 아름답게 받아들이려는 노력을 해야 한다.

"어떻게 죽어야 좋을지를 배우게. 그러면 어떻게 살아야 할지도 배우게 되니까."

아마도 이 한마디를 가슴에 새기고 살아간다면 입시의 실패, 사랑의 실패로 인해 죽음을 생각하는 일은 사그라질지도 모르겠다. 실상 우리는 날마다 죽음을 체험하며 살아간다. 이 세상에 대한 의식이 없이 잠들어 있는 시간은 곧 죽음의 시간이다. 그리고 우리는 다시 깨어난다. 지금 우리가 살고 있는 이 순간도 아주 긴 꿈인지도 모를 일이다. "잘 지낸 하루는 평안한 잠을 이루게 하고, 잘 보낸 인생은 행복한 죽음을 가져온다"는 토머스 칼라일의 말처럼 죽음이 추하다거나 아름답게 될 수 있는 것은 지금 이 순간들을 우리가 어떻게 살아가느냐에 달려 있다.

루게릭병(Lou Gehrig's disease)

『모리와 함께한 화요일』, 이 책이 세계적인 화제를 일으키면서 일반인들도 알게 된 루게릭병은 온몸의 근육이 점점 위축되는 병이다. 모리 교수는 결국 루게릭병으로 자신의 죽을 날을 기다리면서도 그 죽음을 아름답게 받아들이는 모습을 보여줌으로서 많은 사람들에게 감동과 애잔한 슬픔을 안겨주었다. 이 병의 병리학 용어로는 근위축성측삭경화증(筋萎縮性側索硬化症, amyotrophic lateral sclerosis)라고 한다. 이 병은 어려운 병리학 용어보다는 루게릭병으로 더 잘 알려져 있다.

1903년에 태어나서 38세의 나이로 1941년에 죽은 루게릭이라는 사람이 있었다. 루게릭은 미국 프로야구 뉴욕 양키스 선수로 메이저리그 사상 2130경기 연속출장 기록과 타율 3할4푼을 기록할 정도로 실력 있는 야구선수였다. 루게릭의 백넘버 4번은 영구 결번으로 지정될 정도로 그는 야구사에 훌륭한 업적을 남겼다. 그런데 루게릭은 한창 활동할 나이에 원인 모를 병을 얻어 야구를 포기하고 결국 요절하고 말았다. 별명이 '철마'라고 불리울 정도로 건강했는데 말이다. 루게릭이 앓았던 병은 바로 근위축성측삭경화증이었다. 그가 이 질환으로 사망하고 난 후 그의 이름을 본 따서 루게릭병으로도 부르게 되었다.

아직 이 병에 대한 원인은 명확하게 밝혀져 있지 않고 있다. 따라서 이 병을 치료할 수 있는 치료법이나 약이 개발되지 못한 불치병이다. 주로 40세 이후 성인에게 생기며 여성보다 남성에게 더 흔하게 생기는 병으로 알려져 있다. 처음에는 손·팔 등 몸의 일부가 위축되고, 그럼으로써 팔 다리 등에 힘이 없어져서 나중에는 전혀 걷거나 움직일 수 없게 된다. 더 진행되면 결국 호흡 곤란 등으로 사망하게 되는 병이다. 일단 이 병에 걸리면 경과가 급속도로 진행되어 대부분 발병 뒤 2~5년 내에 죽는 것으로 알려진 무서운 병이다.

『모리와 함께한 화요일』은 루게릭병에 걸려 죽음을 앞둔 스승 모리를 그의 제자 미치가 매주 화요일에 찾아가서 인생의 의미에 대해 나눈 의미의 시간들을 그린 소설이다. 이 만남과 대화를 통해 모리는 미치의 가슴에 지워지지 않는 삶의 발자국을 남겼다.

학창시절에 미치는 가장 존경하며 친근한 존재였던 모리 스워츠 교수를 잊고 자신의 생활에 쫓겨 스포츠 저널리스트로서의 나날을 보내고 있었다. 그러다가 우연히 모리 교수를 다시 만나게 된 미치……. 이제 미치의 잃어버린 시간을 찾아 떠나는 여행이 시작된다.

모리 교수는 노년에 루게릭병에 걸려 시한부 인생을 살아가고 있었다. 그의 병세는 나날이 나빠지고 있었고 다리 마비부터 시작되고 있었다. 그러나 그는 절망의 나날을 보내는 대신 죽음을 가까이 두고 친근한 존재로서 겸허하게 받아들이는 자세를 취한다.

미치는 매주 화요일 모리 교수를 찾아가 옛이야기도 하면서 인생의 참 의미에 대한 모리 교수의 마지막 강의를 수강하게 된다. 물론 1대1 수업이다. 이 책은 우리가 인생이라는 굴레 속에서 얼마나 소중한 기억들을 잊고 있는지를 하나하나 끄집어낸다. 인생의 진정한 의미를 깨우치기에 도움이 되는 좋은 책이다.

인간답게 사는 것은 무엇보다 중요하다. "레슬링 경기에서 어느 쪽이 이기나요?"라고 미치가 모리에게 묻자 이렇게 말한다. "사랑이 이기지, 언제나 사랑이 이긴다네……. 사랑을 나눠주는

의미있게 살려면 자기를 사랑해 주는 사람들을 위해 몸과 마음을 바쳐야 하네. 자기가 속한
공동체에 헌신하고, 자기에게 의미와 목적을 주는 일을 창조하는 데 헌신해야 하네.

법과 사랑을 받아들이는 법을 배우는 것이 인생에서 가장 중요하다는 거야."

다른 사람과의 관계 맺기에 대해 들려준 모리의 격언과 삶을 대하는 그의 태도는 미치의 삶에 신선한 충격을 준다. 또한 무의미한 삶을 살아가고 있는 현대인들에게 충격을 던져주고 있다.

"의미 없는 생활을 하느라 바삐 뛰어다니는 사람이 너무도 많아. 자기가 중요하다고 생각하는 일을 하느라 분주할 때조차도 반은 자고 있는 것 같다고. 그것은 그들이 엉뚱한 것을 좇고 있기 때문이지. 자기의 인생을 의미 있게 살려면 자기를 사랑해 주는 사람들을 위해 몸과 마음을 바쳐야 하네. 자기가 속한 공동체에 헌신하고, 자신에게 의미와 목적을 주는 일을 창조하는 데 헌신해야 하네."

"자네 세대가 안쓰럽네. 이런 문화에서는 다른 사람과의 사랑하는 관계를 발견하기란 참으로 힘들지. 왜냐면 문화가 우리에게 그런 걸 주지 않으니까. 요즘 가여운 젊은이들은 너무 이기적이어서 진심으로 사랑하지 못 하든가, 성급하게 결혼하고는 대여섯 달 후에 이혼을 할까 말까 둘 중 하나를 택하네. 그들은 상대방이 뭘 원하는지 몰라. 또한 자기가 진정 누구인지 몰라. 그러니 결혼하려는 사람이 어떤 사람인지를 어떻게 알겠나?"

인간이니 인간답게 사는 것은 당연한 일이지만 인간답게 산다는 것은 그리 녹록하지만은 않다. 인간답게 살기 위해서는 그에 걸맞은 자기 원칙과 인생관이 배어 있어야만 가능한 일이다. 그러면서 다른 삶과 관계 맺기를 잘해야만 인생은 드디어 의미 있는 삶이된다.

"의미 있는 삶을 찾는 것에 대해 얘기한 것 기억하나? 적어두기도 했지만, 암송할 수도 있네. 사랑하는 사람을 위해서 자신을바쳐라. 자기를 둘러싼 지역 사회에 자신을 바쳐라. 그리고 자기에게 목적과 의미를 주는 일을 창조하는 데 자신을 바쳐라."

"마음속에서 우러나는 일들을 하라고. 그런 일들을 하게 되면결코 실망하지 않아. 질투심이 생기지도 않고, 다른 사람의 것을탐내지도 않게 되지. 오히려 그들에게 베풂으로써 나에게 되돌아오는 것들에 압도당할 거야."

사람은 죽음을 향해 나가는 유한한 존재이지만, 가끔 죽음을 망각한 채 살아간다. 물론 이런 망각이 우리 삶에 보탬이 되기도 한다. 그래서 우리는 죽음이 지극히 자연스러운 현상임에도 불구하고 죽음을 전염병처럼 재수가 없으면 걸릴 수도 있는 것으로 받아들이고 싶어한다. 하지만 모리에게 있어서 죽음은 생을 영위하는우리가 맺는 계약의 일부로 보고 있기에 죽음을 자연스러운 것으로 받아들인다.

살아가면서 정말로 잊기 싫은, 이미 끝난 일임을 알지만 미련이

남는 그 누군가를 잊어야 하는 일 앞에서 이 책은 우리에게 많은 의미를 던져준다. 억지로 잊으려 애쓰기보다는 잊고자 하는 것 안에서 충분히 힘들어하는 것이 오히려 좋다는 사실을 말이다.

메마른 정서에 위안이 되는 『모리와 함께한 화요일』

살다가 어느 날 갑자기 우리 앞에 죽음이란 상황이 도래했을 때 우리는 모리처럼 정말로 죽음을 비열하지도, 그렇다고 추하지도 않고 아름답게 받아들일 수 있을까? 이 책은 가슴을 울리며, 마치 모리가 내 옆에 와 있는 것 같은 착각을 일으키게 한다. 죽음 앞에서 세상에 남은 사람들을 위해 남기는 모리의 철학. 현대인들의 좌표 잃은 정체성과 메마른 정서에 자상하고 따뜻한 모리의 숨결을 느껴지게 하는 책이다.

모리는 급속도로 병세가 악화돼 차 브레이크를 밟을 힘도 없어지고, 혼자 걷기도 어려워진다. 근위축성측색경화증이라고 불리는 루게릭병은 이처럼 대개 다리부터 시작해 근육이 서서히 위축돼가다가 급기야 호흡이 불가능해져서 죽음에까지 이른다. 이 모든 사실을 안 모리는 생각보다 빨리 그 끝이 오리라는 것을 본능적으로 알고는 중요한 결정을 내린다. 이미 병원에서 시한부 생명이라는 선고를 받고 나오면서 계획을 세우기 시작한다. 자신의 죽음을 삶의 중심이 될 마지막 프로젝트로 삼는다.

"천천히, 참을성 있게 생명이 사위어가는 나를 연구하시오. 내게 무슨 일이 일어나는지 지켜보시오. 그리고 나와 더불어 죽음을 배우시오” 자신이 죽어가는 상황에서 담담하게 자신을 바라보면서 누군가에게 자신의 생각을 피력한다는 것은 참으로 어려운 일이다. 모리가 죽음을 담담하게 그리고 자신의 인생에 비춰서 설명하고 충고하는 모습은 우리에게 지식을 전달하는 선생이 아니라 진정한 인생을 가르쳐주는 참스승처럼 보인다.

죽는다는 생각이 들면 누구나 이 세상이 너무 소중하게 느껴질 것이다. 우리가 죽음을 대하는 모습들은 서로 다르게 나타날 것이다. 그러나 저녁 무렵 산을 넘어가는 석양이 낮의 태양보다 더 찬란한 것을 기억했으면 좋겠다. 우리에게 주어질 죽음도 삶보다 아름답게 다가올 수 있을 것이다. 그렇다면 이 책은 우리에게 석양처럼 아름다움의 가능성을 전해주는 책이다.

사람들은 누구나 죽는다. 하지만 언제 죽을지 모르기 때문에 지금 살고 있는 오늘이 얼마나 중요한지를 알아채지 못한다. 나와 함께 하는 가족, 친구와 그리고 내가 마지막이 될 오늘이 얼마나 소중한지를 느끼지 못하고 살아간다.

죽음이 아름다울 수 있는 건 우리가 삶을 어떻게 살아왔으며, 어떻게 생각하고, 삶의 순리를 어떻게 받아들이느냐에 달려 있다. 아무렇게나 던져지는 삶과 죽음은 추하다 못해 두렵고 무서우며 한편 서글픈 것이다.

다른 사람에 대한 배려, 그리고 용서하는 진지한 마음의 소유자는 삶과 죽음을 아무렇게나 생각하지 않을 것이다. 이 두 명제는 우리 인생에서 가장 중요한 것이기에 더욱 그렇다. "우리가 용서해야 할 사람은 타인만이 아니라네, 미치. 우린 자신도 용서해야 해" "죽음은 생명이 끝나는 것이지, 관계가 끝나는 것이 아니네" 라고 말한 미치처럼 말이다.

우리에게는 그런 삶의 진실과 숭고함을 몸으로 가르쳐주고, 보여줄 진정한 스승이 없다는 것이 씁쓸하다. "당신은 있는 그대로의 귀한 존재로, 닦으면 자랑스럽게 빛날 보석으로 봐줄 그런 스승이 몇 명이나 있는가?"라는 미치의 질문이 오늘을 사는 우리에게 무거운 부담으로 작용한다. 살아가면서 우리는 홀로 살 수 있는 존재가 아님을 깨닫는다. 더불어 사는 존재라는 것을 깨닫는다. 누군가를 필요로 하고, 누군가를 그리워하고, 누군가를 사랑하고자 할수록 우리에게 꼭 필요한 그 누군가를 잘 만나는 것은 인생의 지혜를 풍부하게 살찌울 수 있게 하는 중요한 일이 될 것이다.

미치 엘봄
Mitch Alborm

　이 책은 브랜다이스 대학에서 평생 학생들을 가르친 모리 슈워츠(Morrie Schwartz
: 1916~1995)와 그의 제자 미치 엘봄(Mitch Alborm : 1958~)의 만남을 통한 이야기
이다. 모리 슈워츠는 시카고 대학에서 사회학을 전공해 석사, 박사 학위를 받았으며
1959년 브랜다이스 대학 교수가 되어 사회학 강의를 해왔다.

　그는 루게릭병에 걸려 투병생활을 하면서도 최선으로 강의했지만 1994년 병 악화로
더 이상 강의를 하지 못하게 됐다. 이후 제자인 미치 엘봄과의 만남을 통해 병상에서
나눈 말들을 엮어 책으로 출간됐다. 미치 엘봄은 모리의 20년 전 제자로 에미상을 받
기도 한 방송인이자 칼럼니스트로도 유명하다. 물론 이 책으로 유명 작가의 대열에 끼
게 됐다.

　미치는 바쁜 생활에 쫓기며 살아가다가 어느날 우연히 학창시절에 가장 존경하며 친
했던 스승 모리 스워츠 교수를 만난다. 스승은 루게릭 병에 걸려 얼마 남지 않은 삶이지
만 인생의 진정한 의미를 미치에게 이야기해 준다. 매주 화요일 스승과의 만남과 대화
를 통해 미치는 가슴에 지워지지 않는 인생의 중요한 의미를 깨닫는다. 인간답게 살기
란 쉬운 일이 아니지만 참다운 인간상에 대한 자기원칙과 인생관이 올바로 배어 있다면
불가능한 일도 아니다. 다른 삶과 관계 맺기를 잘하면 인생은 의미있는 삶이 된다.

『모리와 함께한 화요일』이
너에게 전하는 편지

여러분, 다가오지 않은 미래에 대해 너무 걱정하지 말아요. 우리가 살고 있는 현재의 상황을 우리의 과거가 만들어 주었듯이 미래는 이제부터 만들어 가면 되는 것이에요. 지금 이 순간들을 어떻게 살아내느냐가 여러분의 미래를 만들어 주는 거예요. 더 먼 미래도 있죠. 우리가 사는 이 땅에서 소명을 마치고 다른 세상으로 옮겨갈 때도 마찬가지예요. 우리가 이 땅에서 어떻게 살았느냐가 저 세상에서의 나를 이미 만드는 것이거든요. 그러니 여러분이 할 일이란 지금 이 순간들을 얼마나 긍정적으로 열심히 살아가느냐가 중요해요. 지금 주어진 일에 최선을 다하면서 웃을 수 있는 여러분이 됐으면 해요.

아우렐리우스의 명상록_ 사색

"당신이 가난한 자의 역을 하는 것이 신의 즐거움이라면 당신은 그 역을 잘 해내야 한다. 주어진 역이 절름발이나 지배자, 혹은 소시민의 경우라 하더라도 마찬가지다. 왜냐하면 주어진 역을 잘 해내는 것이 당신이 해야 할 일이기 때문이다."

🍎 독서와 사색을 계속하라

이 책의 작가인 마르쿠스 아우렐리우스는 황제로 재임하는 동안 계속되는 재난과 전쟁 속에서 살아야만 했다. 이 와중에서 『명상록』을 쓴 것에서 알 수 있듯이 마르쿠스 아우렐리우스는 이러한 현실에서 도피하려 하지 않고 당당해지려고 애썼다. 그는 무엇보다도 이성이나 영혼의 강함을 주장했다. 그에게 있어서 이성이나 영혼은 외부 압력이 미치지 못하는 마음속에 있었기 때문이었다. 그는 그 영혼 속에서 휴식을 취하려 했으며 자연의 원리, 즉 운명에 항상 순응하려는 자세를 견지한 스토아 철학의 신봉자였다. 그는

산다는 것, 병들고 고통을 당한다는 것, 늙거나 병들어서 죽는다는 것 따위는 그리 중요하지 않다.
중요한 것은 자신의 정열과 욕구를 억제하며 주어진 숙명대로 사는 것이다.

늘 혼란스러운 재난과 전쟁의 소용돌이 속에서도 끊임없이 독서와 사색에 몰두했다. 이는 삶에 대한 의연한 자세를 견지하려는 그의 삶의 철학이기도 했다. 이러한 사색의 결과로 세상에 내보인 것이 바로 『명상록』이다.

『명상록』은 마르쿠스 아우렐리우스가 로마 황제의 자리를 떠나 보통 사람으로서의 사색하는 생활인으로서, 스토아학파의 대표적 철학자로서 자신의 사상과 체험을 토대로 쓴 에세이이다.

스스로 인생을 올바로 살기 위해 경계하고 깨우치는 목적으로 쓴 『명상록』은 자신의 결함을 경계한 것, 행한 일을 반성하고 스토아적 입장에서 스스로에게 충고한 것, 귀감이 될 만한 다른 사람들의 글을 발췌한 것 등으로 내용이 구성돼 있다. 이 글들은 그때그때 체험에서 우러나온 단상(斷想)들을 전시(戰時) 상황에서 진중이나 정사를 돌보는 바쁜 가운데 틈틈이 쓴 것이다.

『명상록』은 단편적인 철학적 수상(隨想)들을 모아놓은 것임에도 글을 읽어 가면 갈수록 구절마다 발견하는 그의 사상적 깊이에 새삼 놀라지 않을 수 없다. 마르쿠스 아우렐리우스의 사상은 그가 평생에 걸쳐 연구하고 고민했던 스토아 철학에 기반을 두고 있다. 인간의 가장 본질적인 문제인 삶과 죽음의 문제, 이러한 것들을 지배하는 자연이라는 거대한 신, 살아가면서 부딪치는 갖가지 삶의 국면을 굳건한 사상적 바탕 위에서 다루고 있는 『명상록』은 스토아 철학의 진수를 설명한 것으로도 평가되고 있다.

그가 심취했던 스토아철학(스토이시즘)은 명상록에 나오듯이 자연의 법칙에 순응하며 주어진 운명을 진지하게 받아들이려는 골격을 기본으로 하고 있다. "자연에 부합되도록 살라. 자연의 법칙에 따르라" 스토아철학은 주어진 운명에 따라 살아가라, 신음하거나 울지도 말며 무엇을 달라고 기도하지도 말라, 모든 것은 나약한 것이며 침묵만이 위대하다, 주어진 대로 살며 죽음에 닥쳤을 때에도 여타의 다른 동물과는 달리 고상한 동물로서의 체통을 지켜야 한다는 내용으로 요약된다. 이와 같은 윤리 사상이 스토아철학, 즉 스토이시즘이다. 우리말로 굳이 옮긴다면 극기주의라고 한다.

스토이시즘은 스토아학파의 철학 이론을 16세기 후반에 귀욤 뒤 베르 등이 벨기에, 프랑스 등지에서 부활시켜 이전보다 한층 진일보시킨 철학사조이다. 스토이시즘은 사회적 문제들을 단순한 정신적 문제로 파악하고, 인간 내면의 삶을 사회 또는 자연에서 발생하는 외적 사건보다 높게 평가하는 것에 더 비중을 둔다. 칼비니즘, 프로테스탄티즘, 칸트의 윤리학도 이 유파에 속한다고 할 수 있다.

스토이시즘의 이론적 토대의 시발점은 그리스 철학자 제논에서 시작한다. 제논은 기원전 400년경 초반의 인물이다. 역설의 대가 제논은 아리스토텔레스가 변증법의 발명자라고 일컫기도 했다. 이러한 제논의 추종자들이 아테네의 스토아(stoa)에서 모임을 가졌다고 해서 스토아학파란 이름이 붙는데, 이 학파가 발전을 거듭해 이론적 체계를 견고히 다지면서 스토이시즘을 구축했다.

이 학파는 철학을 자연학, 논리학, 윤리학의 세 분야로 나뉘었다.

자연학은 존재 및 세계에 관한 실체를 이론으로 규명하기 위한 분야로 유물론적 범신론으로 진화했다. 유물론적 변증법에 따르면 세계 전체는 하나의 내재적인 법칙성에 의해 지배를 받게 된다. 여기에서 말하는 지배하는 힘은 하나의 절대적 신이 아니라 로고스(logos), 누스(nous), 영혼, 신 등 여러 형태에서 나온다. 한편 현실적인 것은 눈으로 볼 수 있는 구체적인 사물들로만 한정짓는다.

논리학은 진리와 허위의 구별로서 인간이 참된 삶을 살아가려면 분명한 인식이 있어야 한다는 이론으로, 이 스토아학파의 연구 대상에서 확고한 위치를 차지하게 된다.

스토아학파가 주장하는 분야 중 가장 중요한 분야는 윤리학이다.

윤리학은 품행과 삶의 지혜에 관한 이론으로, 어쩌면 스토이시즘의 모체라 할 수 있다. 이 윤리학의 목표는 무감(격정에 사로잡히지 않는 경지), 안심, 태연, 평정 등을 갖춘 지고의 단계에 있는 인간의 현 존재를 지향한다. 윤리학은 인간이 자연학과 논리학을 통해 밝혀진 이 세계 모든 일의 법칙을 숙명적인 것으로 받아들이고 이 법칙에 일치되게 스스로 행동해야 한다는 내용으로 요약된다. 윤리학은 이렇게 행동해야만 지고한 동물인 인간으로서의 체통을 유지하는 것이며, 또한 지혜롭게 사는 길이라고 제시한다.

윤리학에서 인간은 무엇이 선이며 무엇이 악인지를 판단할 수 있는 존재이므로 덕을 지니고 살아야 한다고 강조한다. 덕은 다름 아닌 자연에 순응하는 것이다. 다르게 말하면 인간이 자신의 정열과 욕구를 억제하면 모든 사람이 행복에 이를 수 있다는 논리를 전개한다. 다른 무엇보다도 중요한 것은 주어진 숙명대로 사는 것이다. 인간의 삶에 주어진 여타의 문제들인 생로병사 등은 선도 아니요, 악도 아닌 논외의 대상이 된다.

이렇게 보면 스토이시즘의 윤리학은 금욕주의 경향을 갖고 있으며, 숙명에 대한 인간의 순응에 대해서 말하고 있다고 요약할 수도 있다. 즉 인간의 존재성은 세계와 자연의 법칙에 의해 숙명적으로 정해져 있으므로 각자 자신에게 주어진 숙명에 순응하고 그 숙명에 자신의 모든 것을 내던져야만이 인간답게 사는 것이자 인간답게 죽는 것이 된다. 그러나 스토이시즘은 염세주의 내지는 포기주의라고는 단정할 수 없다. 스토이시즘은 숙명론과 범신론을 중심으로 하는 금욕주의적 경향을 지향하고 있기 때문이다.

🌸 자신의 품위를 지키고 살아라

산다는 것, 병들고 고통을 당한다는 것, 늙거나 병들어서 죽는다는 것 따위는 그리 중요하지 않다. 중요한 것은 자신의 정열과 욕구를 억제하며 주어진 숙명대로 사는 것이다. 모든 숙명은 우리 인간 자신이 감당해야 할 몫이다. 어디에도 의지할 데가 없는 인간이 해야 할 일이란 자기에게 주어진 운명을 기꺼이 받아들여서 최선을 다하다가 죽는 것이 최상의 길이라고 스토이시즘은 제시한다.

또한 인간은 비굴하게 살아가는 동물이 아니라 숭고한 동물이며, 인간은 숭고한 동물인 만큼 긍지를 갖고 살아야 한다고 스토이시즘은 말한다. 자연과 절대 신에게 의지할 수 없는 인간은 자기 의지대로 인생을 살아갈 수 없다. 인간은 태어날 때부터 인간을 짓누르고 있는 숙명의 무거운 짐에서 벗어날 수도 없다. 인간은 무자비한 운명의 중압에 눌려 방황하고 있는 무기력한 존재일 뿐이다.

"아! 아! 이 위대한 인간이라는 이름에도 불구하고 나는 우리가 수치스럽다고 생각했다. 우리는 얼마나 나약한 존재란 말인가! 어떻게 죽어야 하며 모든 악은 어떻게 피해야 하는지 그것을 알고 있는 것은 바로 당신들이다. 숭고한 동물들이여, 이 땅 위에 존재하는 것, 남겨지는 것을 생각해 보건대 침묵만이 위대하고 나머지는 나약하기 그지없구나.

―아아, 야생의 방랑자여, 이제 너의 뜻을 깨달았으니 너의 마지막 눈초리는 나의 가슴까지 와 닿았다. 그 눈초리는 말하였다.

'…… 할 수 있다면 너의 영혼이 노력하고 심사숙고하여 숲속에 태어난 우리들이 제일 처음 올랐던 극기의 고결한 지고의 단계에까지 이르도록 하라. …… 신음하는 것, 우는 것, 기도하는 것은 다 같이 비열한 일이다. 운명이 너를 부르려는 길에서 너의 길고도 무거운 책무를 힘껏 수행하라. 그리고 나서 나처럼 고통을 당하고 말없이 죽어가라.'"

―알프레드 드 비니의 늑대의 죽음

이것은 인간이 어떻게 죽는 것이, 그리고 어떻게 악을 피해야 하는지의 문제에 있어 우리는 숭고한 동물들이므로 묵묵히 숙명을 감내해야 한다는 내용이다. 어떠한 불행 앞에서도 태연자약하라는 것이다.

극기로 인한 긍지의 지고(至高) 단계는 금욕 없이는 이를 수 없는 영혼의 단계로, 이는 금욕주의적인 면과 극기주의적인 면을 동시에 보여준다. 신음하고, 눈물 흘리고, 기도하는 행위는 모두 매한가지로 비열한 짓이니 해서는 안 된다. 숭고한 존재인 인간은 자존심과 긍지를 가지고 인간다운 체통을 지키면서 어떠한 경우라도 품위를 잃지 말아야 한다. 이것이 인간으로서 누릴 수 있는 덕이요, 행복이다. 어떠한 일이든지 최선의 노력을 다하고, 최선을 다해도 안 되면 극기하고, 고통은 의연하게 참고, 말없이 주어진 운명을 감수하며 인간답게 죽어가라는 것이 『명상록』이 말하고자 하는 내용이다.

인간은 살아가면서 무모한 싸움은 걸지 말고, 고통을 의연하게 감내하고, 주어진 숙명은 군말 없이 받아들여야 한다. 이것은 스토아 철학에 나타난 인간상이다.

스토이시즘이 찬사를 받을 만큼 현실적인 사상이라고는 할 수 없다. 그러나 내 편 네 편으로 가르고도 모자라 대의를 팽개치고 이쪽저쪽을 넘나들면서 이익을 좇는 현 세태에 스토이시즘이 시사하는 바가 아주 크다. 특히 정치문화권에 있는 몸을 담고 있는 입장이라면 다시 한 번 더 새겨 보아야 할 사상이 아닐까 한다. 인간은 인간답게 살아야 진정한 인간이다. 어떤 것이 인간다운지, 진정한 인간은 어떠해야 하는지 마르쿠스 아우렐리우스는 『명상록』을 통해 담담하게 제시하고 있다. 인간은 무엇 때문에 살아가며 어떻게 살아야 가치가 있는지, 나아감과 물러남에 있어서의 올바른 처신은 무엇이며 죽음은 어떻게 맞이해야 아름다울 수 있는지 『명상록』은 제시해주고 있다.

무대 위 배우와 같은 인간의 운명을 향한 이야기

스토아 철학자들이 말하는 인간의 본질을 에픽테토스는 연극과 비교해 설명한다. 예를 들어, 배우는 다른 배역 또는 배경의 모양과 형태 등 무대 구성 요소나 줄거리 또는 주제 등 희곡에 대한 통제 권한이 없다. 그러나 배우가 통제할 수 있는 것이 있다. 그것은 자신의 태도와 감정이다. 그가 단역을 맡았기 때문에 샐쭉할 수도 있고, 다른 사람이 영웅 역을 맡은 것을 시샘할 수도 있다. 그러나 그러한 시샘 등이 단역을 맡은 것이나, 영웅이 되지 못한 사실 자체를 변화시키지는 못한다. 다만 이러한 감정에 의해서 그의 행복이 사라질 뿐이다. 그가 이러한 감정에서 자유로워질 수 있거나 무관심해진다면, 그는 현명한 사람이 누리는 평정과 행복을 얻을 수 있다. 현자(賢者)는 자신의 역할이 무엇인지를 아는 사람이다.

스토아학파에서는 자기의 역할을 아는, 즉 자연에 따르는 생활을 하는 사람을 현자라고 일컫고 현자의 경지에 이른 마음의 상태

스토아 철학의 지혜

스토아 철학의 중심적 관념은 신이 만물 안에 내재한다는 범신론의 개념이다. 여기서 신은 불, 힘, 로고스, 이성의 형태를 띤다. 신이 만물에 내재한다는 것은 곧 자연 전체가 이성의 원리로 가득 차 있음을 뜻한다. 신 즉 로고스는 불, 기(氣), 물, 땅을 만들고 이것들을 혼합해 만물을 만들어 낸다. 로고스는 쇠에서는 단단함, 돌에서는 밀도, 은에서는 하얀 광택으로 각각 부른다. 모든 사물은 최후에 원래의 모습으로 돌아간다. 그리고 다시 새로운 모습으로 만들어지는 과정이 주기적으로 반복된다고 보고 있다. 이것은 긴 세월을 주기로 하여 되풀이된다는 주장이다.

스토아 철학자들은 이러한 현상이 운명적으로 이미 결정돼 있다고 본다. 마치 씨앗에 그것이 자라게 될 요소가 모두 포함돼 있듯이 만물의 모든 현상은 처음부터 로고스 안에 존재한다는 주장이다. 그것은 우주, 즉 신에 의해 정해진 섭리이기도 하다. 이렇게 우주는 전체로서 유기체를 이루고 있으며 필연과 결정에 의해 지배된다. 다시 말해 운명이 이미 결정돼 있다는 것이다.

스토아 철학자들은 인간의 본질은 세계가 이성 또는 신에 의한 물질적 질서인 것처럼 인간도 신에 의한 물질적 존재로 보고 있다. 인간이 자신의 내부에 신성(神性)을 가지고 있다는 것은 바로 인간이 신의 실체 일부분을 포함하고 있다는 의미이다. 또한 신은 세계의 영혼이며, 인간의 영혼은 신의 일부분이라는 논리를 편다. 인간의 영혼은 신에게서 비롯돼 물리적 방식으로 부모에 의해 자식에게 전달된다는 주장이다. 신은 로고스, 즉 이성이므로 인간의 영혼 또한 이성에 뿌리박고 있음을 의미한다. 결국 인간의 개성은 이성의 힘 속에서 독특하게 발현되는 산물이 된다.

에픽테토스는 이러한 문제들을 연극과 비교해 설명한다. 인간은 연극 속의 배우로 배우가 자신의 역할을 택하는 것이 아니라 여러 배역을 담당할 배우를 선택하는 것은 연출가나 작가이다. 나아가 세계라는 연극 속에서 개인이 각 인물의 배역과 역사 속에서 개인이 처해야 할 상황을 결정하는 것은 이성의 원리인 신이다. 인간의 지혜는 이러한 연극에서 자신의 역할을 인정하고 맡은 부분을 잘 수행해 냄으로써 진가는 발휘된다.

를 아파테이아(apatheia ; 不動心)라고 한다. 아파테이아는 외부로부터의 자극에 의한 쾌락과 고통, 기쁨과 슬픔, 좋아함과 싫어함 등의 파토스를 자제할 수 있는 초연한 무감동의 경지를 가리킨다. 이러한 아파테이아의 경지에 이르러 본능적 욕정에 흔들리지 않는 사람이 바로 현자이다.

인간은 자신이 하고 싶은 대로 살 수 없다. 인간은 신이 창조하고 주관하는 우주의 작은 존재에 불과하기 때문에 신의 섭리에 거역하거나 대항해서는 안 된다. 이를 연극에 비유하면 인간은 자기의 배역을 선택하지는 못하며 단지 그 배역에 대한 태도만은 자유롭게 선택할 수가 있다. 즉, 인간의 자유는 자기 운명을 스스로 결정하는 것이 아니라 이미 신에 의해 정해진 테두리 내에서 만족하거나 불만을 품을 수 있다.

인간이 자연의 법칙을 이해하고 자기의 역할이 필연적임을 받아들인다면 그는 억지로 운명에 반대하지 않고서도 역사와 보조를 맞추어 갈 수 있을 것이다. 행복은 선택의 결과가 아니라 이미 필연적으로 정해진 과정을 묵묵히 따르는 데에서 생긴다. 이런 의미에서 진정한 '자유'는 우리의 운명을 변경시키는 힘이 아니라 마음의 혼란이 없는 상태가 된다.

앞서 설명한 에픽테토스와 같이 인간은 누구나 무대에 선 배우와 같다. 배역은 이미 운명적으로 정해져 있으니 우리는 이미 무대 위에 서 있는 배우가 된다. 이 무대 위에서 우리가 해야 할 일은 주어진 배역을 잘 소화해 내는 것이다. 배역이 마음에 안 든다고 해서 그 배역을 거부할 권한은 우리에게 없다. 우리가 할 수 있는 것은 맡게 된 배역을 어떻게 연기하느냐이다. 이 연기의 힘은 다름 아닌 사색의 힘에서 나온다. 이 사색의 총체는 결국 자신의 철학으로 자리매김을 한다.

이러한 사색의 위대한 힘을 일깨워 준 『명상록』은 세계의 정치 지도자라면 한번쯤 읽어야 하는 필독서로서 한 자리를 차지하고 있다. 많은 사람들, 특히 정치인이라면 철학과 사색과 명상에 있어서 타의 추종을 불허하는 카리스마의 소유자 마르쿠스 아우렐리우스를 만나지 못한다면 이는 불행이다. 마르쿠스 아우렐리우스의 모든 것이 담겨진 『명상록』은 세계의 유명 지도자들의 손때가 가장 많이 묻어있는 책이라고 해도 지나친 말이 아니다.

마르쿠스 아우렐리우스
Marcus Aurelius

마르쿠스 아우렐리우스(Marcus Aurelius : 121~180)는 로마 제국의 16대 황제이자 5현제의 마지막 황제로, 스토아 철학자로도 유명하다. 그는 121년 4월 로마에서 마르쿠스 안니우스 베루스(Marcus Annius Verus)와 도미티아 루킬라(Domitia Lucilla)의 아들로 태어났다. 그는 어려서부터 할아버지와 친분이 있었던 황제를 자주 만날 기회를 얻을 수 있었고, 황제의 귀여움을 받기도 했다. 황제 이름은 하드리아누스. 황제는 진리에 대한 탐구 정신이 강한 이 소년을 '안니우스 베리시무스', 즉 '가장 진리를 좋아하는 안니우스'라는 의미의 별칭을 주었다.

어려서 아버지를 여읜 마르쿠스 아우렐리우스는 할아버지의 영향을 받으며 자랐다. 그는 당대 최고의 학자들에게서 수사학, 철학, 법학, 미술 등을 공부했다. 특히 수사학자 프론토에게서 라틴 수사학을 배웠고, 헤로데스 아티쿠스에게서 그리스 수사학을 배웠다. 146년부터는 스토아 철학자 루스티쿠스와 에픽테토스의 영향을 받았다. 로마 제국의 패망기에 접어들 무렵 황제가 된 마르쿠스 아우렐리우스는 전선에서 여러 해를 보내며 격무에 시달리는 중에도 틈틈이 『명상록 Meditations』(170~180)을 집필했다. 하지만 인생에 대한 성찰, 우주의 본성, 신들의 존재 방식에 관해 그리스어로 기록한 이 책을 '명상록'이란 제목을 붙인 것은 그가 아니라 후세 사람들이었다. 이 책에는 스스로를 경계하며, 자신을 깨우쳐 올바른 길을 가고자 했던 황제로서의 그의 치열한 고뇌와 자기정화가 담겨있다.

『명상록』이 너에게 전하는 편지

고전이 고전인 것은 그 책이 오래도록 독자들의 사랑을 받는다는 사실이지요. 이렇게 많은 세월이 흐르고 시대가 몇 번 바뀌어도 당대인들의 공감을 얻어낸다는 것은 다름 아닌 마음의 힘이지요. 사람의 마음의 본질은 아무리 시간이 흐르고 시대가 바뀌어도 변하지 않아요. 단지 모양이 바뀌거나 겉모습만 달라질 뿐이지요. 이 영원불변의 핵심을 찾아낼 수 있도록 하는 것은 바로 사색입니다. 이 사색의 세계는 무한해 시대와 관계없이 인류 보편의 진리를 발견할 수 있도록 해 줍니다. 많은 사색을 통해 자신의 철학을 갖게 되는 것, 이것은 인생을 가치 있게 사는 지름길입니다.

동물농장_ 풍자

"장 밖의 동물들은 돼지에게서 인간으로, 인간에게서 돼지로, 다시 돼지에게서 인간으로 번갈아 시선을 옮겼다. 그러나 누가 돼지고 누가 인간인지, 어느 것이 어느 것인지 이미 분간할 수 없었다."

♥ 세상을 읽는 눈을 가져라

우리가 사는 세상은 참으로 다양한 모습으로 이뤄져 있다. 자연계를 제외한 동물계도 다양한 종류로 이뤄져 있다. 인간만 놓고 보아도 참으로 다양한 군상이 더불어 살고 있다. 한편 인간의 습성을 조심스레 들여다보면 각양각색의 동물을 닮아 있음을 발견할 수 있다. "개돼지만도 못한 놈들!"이라며 마음에 들지 않는 사람들을 가리켜 욕을 하면서도 우리들 마음속엔 그 돼지를 닮아 혼자 먹고 살려는 욕심이 웅크리고 있다. 또한 강한 자에게 빌붙어 자존심도 버린 채 그 삶을 자기 삶인 양 살아가는 비열한 무리도 얼마든지 찾아볼 수 있다.

아마도 조지 오웰은 이러한 인간 군상의 심리를 알아내어 『동물농장』을 쓸 수 있었던 것 같다. 이 작품은 인간에게 착취당하는 동물들이 인간을 내쫓고 동물농장을 세운다는 줄거리로 전개되어 문제 소설로 주목을 받기도 했다. 지금은 동서체제가 무너졌지만 당시의 이 작품은 구소련의 독재자와 사회주의 사회의 문제를 신랄하게 비판한 풍자소설이었다. 그래서 『동물농장』은 볼셰비키 혁명 이후 스탈린 시대까지 소련의 정치 상황을 배경으로 하고 있다. 작품 속에 등장하는 인간 군상 또는 동물들의 모습은 현대를 살고 있는 우리에게도 많은 교훈을 주고 있기도 하다.

우화나 풍자 소설은 우리에게 쉽게 다가오는 특징이 있다. 또한 기억에도 오래 남아서 우리에게 많은 영향을 미치기도 한다. 『동물농장』은 소련, 더 정확하게는 스탈린 시대의 소비에트라는 대상을 풍자하고 있다. 그런데 제2차 세계대전 기간에 소련은 서방 연합국의 사실상 동맹국이었다. 따라서 소비에트 체제에 대한 통렬한 캐리커처(사건이나 인간의 모습에 대한 특징을 익살스럽게 그림이나 문장으로 표현한 것)가 출판된다는 것은 당시의 영국 정치 사회로서는 생각하기 어려운 일이었다. 자칫 이로 인해 영국이 소련과 맺고 있던 협력 관계에 상당한 불편을 초래할 수도 있어서 이 책의 출간 허용은 일종의 정치적 위험이자 모험일 수 있었다. 따라서 직접적으로 구소련 체제의 모순을 희화화하기란 어려운 일이었다. 이러한 시대적 배경 때문에 작가는 은연중에 체제를 비판하기에 가능한 풍자 소설을 택한 것이다.

조지 오웰, 진정한 사회주의를 찾아서

마르크스의 '대의'를 이어받아 레닌이 실행했던 사회주의 혁명은 스탈린에 의해 독재의 잔해가 되어 역사 속으로 사라졌다. 사회주의 혁명은 결국 노동자를 위한 희망이자 새로운 혁명이 되지 못하고 오히려 비참하고 이상뿐인 독재의 잔해가 됨으로써 분해되고 말았다.

조지 오웰은 이를 예견이라도 한듯 '평등'과 '공존'을 기치로 삼아 나폴레옹이 일으켜 세운 '동물농장'을 제시한다. 주인인 인간을 몰아내고 권력을 장악한 나폴레옹의 타락한 야망, 나폴레옹의 제물이 되어 이전보다 못한 생활로 전락해 가는 동물들을 통해 우리는 부조리의 피폐상을 알 수 있다.

『동물농장』은 물론 소비에트 연방 체제와 사회주의의 부조리함을 날카롭게 비판하고 있다. 비록 시대적으로, 정치체제적으로는 다르다. 그러나 동물농장은 지금의 우리에게 좌냐 우냐를 부르짖는 지도자들의 순수성을 냉정하게 파악해야만 한다는 의미있는 메시지를 전해주고 있다.

공동의 분배, 평등한 사회라는 구호는 참으로 매력적이다. 하지만 이런 구호들이 국민을 위한 것이 아니라 여론 호도용 내지 권력을 이어가기 위한 내편 만들기의 도구로 기능한다면 이는 민족과 국가와 국민의 입장에서는 매우 불행스런 일이 될 수밖에 없다.

한 개인의 타락한 야망과 권력의 산물로 전락한 이상뿐인 사회, 시대의 변화와 격동 속에서 언제나 착취 받고 버림받는 민초들의 모습을 『동물농장』은 신랄하게 풍자하고 있다. 이런 의미에서 조지 오웰은 진정한 사회주의자이다. 결코, 사회주의 변절자는 아니다. 그가 설정한 메이저 영감이라는 캐릭터는 마르크스를 풍자한 것이었고, 혁명이라는 가치 아래 교묘히 민중을 선동해 권좌에 오른 뒤 막강한 권력을 휘두르며 민중을 착취하는 독재자인 나폴레옹은 스탈린을 비꼬아 놓은 것이었다.

이들은 소설 속의 캐릭터이지만 이런 존재들이 이 지구상에 실제로 존재하고 있는 것은 아닐까?

권력의 이인자로 동물들을 선동하고 속이면서 나폴레옹의 수족으로 온갖 일을 도맡았던 스노볼은 레닌의 손과 발 역할이었던 트로츠키를 풍자한다. 그러나 우리의 역사 속에서도 이런 몹쓸 이인자는 어느 시대이든지 있었고, 지금도 없으리라고 장담할 수 있는 사람은 아무도 없을 것이다.

또한 묵묵히 시키는 대로 따르며 불평 한마디 없이 일만 하다가 버림받은 복서를 주목해 보자. 그는 달콤한 말에 빠져 나름대로 희망을 갖고 묵묵히 맡은 소임을 수행한 그 시대의 힘없는 전형적인 서민의 캐릭터였다. 그러나 우리 자신도 『동물농장』의 동물들처럼 불의를 지켜보고 현실이 잘못 돌아가고 있음을 알고 있으면서도 침묵하고 있는 그런 존재들은 아닌지 한번쯤 돌아볼 필요가 있다.

나폴레옹이 자신의 행위를 정당화하기 위한 도구로 이용했던 양들처럼, 자신들이 가진 얄팍한 전문지식이나 인기를 총동원해가며 매스컴을 휘어잡는 권력에 빌붙은 무리는 과연 없을까?

도처에 숨어 있다가 반사회주의자들을 처단하던 『동물농장』의 개들처럼, 구소련의 비밀경찰과 같은 권력기관의 존재는 우리 사회에서 정말로 과거 일이 된 것일까?

조지 오웰은 소설 『동물농장』을 통해 공산주의가 실패할 수밖에 없었고, 결국 실패했음을 우화의 힘을 빌려 예지적으로 보여준다. 그러나 조지 오웰은 부인할 수 없는 '사회주의자'이다. 더 정확하게 표현하자면 '민주적 사회주의자'라고 할 수 있다.

이 소설은 사회주의가 실패한 원인을 권력자의 부패와 더불어 그러한 부패를 무기력하게 받아들인 무지한 민중에게도 있음을 보여 주려는 것이다. 이런 면에서 조지 오웰은 비판적 사회주의자라고도 할 수 있다.

'인간이라는 존재에게서 억압받지 않고 자유롭고 평등하게 살아가자'는 구호 아래 동물들은 인간을 물리치고 그들 스스로 농장을 운영한다. 동물들은 인간의 압제에서 벗어난 것이 무척이나 자랑스럽고 기뻤을 것이다. 그러나 그 동물들 중에도 더 똑똑하고 지도력을 가진 존재들이 있다. 다름 아닌 돼지들이다. 이제 돼지들은 인간의 뒤를 이어 동물의 왕국을 다스리는 역할을 담당한다.

권력을 잡은 동물들 가운데 중심에 선 돼지들. 이 돼지들 가운데 나폴레옹은 몰래 개를 키워 그 개로 하여금 다른 동물들을 제압하고 독재를 시작한다. 권력을 잡은 나폴레옹과 스노볼의 권력 다툼 끝에 스노볼은 쫓겨난다. 적수가 사라진 그곳에서 권력을 송두리째 잡은 나폴레옹은 자신과 같은 돼지들에게만 특혜를 준다. 반면 다른 동물들은 처참하게 일만 할 수밖에 없는 극한 환경에 처해진다. 그리고 돼지들은 자신들만의 교육시설을 만들며 풍족하게 먹고 마시면서 동물들이 주인이 되는 농장을 만들자는 처음 취지와는 다른 행태를 보인다.

다른 동물들은 공포 분위기 속에서 숨을 죽인 채 살아간다. 나폴레옹에게 조금이라도 항의하거나 반항하면 그 자리에서 무자비한 숙청과 처형을 당하는 모습을 그들은 보아왔기 때문이다. 나폴레옹을 대신해 처형을 집행하는 동물은 나폴레옹에 의해 길러진 늑대처럼 사나운 개들이다. 이 무서운 개들에게 처형당하는 동료들이 흘린 피의 냄새와 끔찍하게 당한 주검을 지켜본 동물들은 공포에 떨며 아무 말도 할 수가 없었다. 이들이 이제 할 수 있는 일이란 각자 위치에서 맡은 과업을 열심히 수행하는 것뿐이다.

그런데 무슨 신호를 받기라도 한 듯 양들이 일제히 목청을 높여 우렁차게 외쳐대기 시작한다. "네 발은 좋고 두 발은 더 좋다! 네 발은 좋고 두 발은 더 좋다!" 양들이 외침은 돼지들이 본채로 돌아간 뒤에도 얼마동안 계속 이어졌다. 워낙 힘도 좋고 우직한 성격을 가진 복서는 지배자인 나폴레옹이 알아서 다 잘 해줄 것이라는 확신 아래 그저 최선을 다해 일하는 것이 가장 좋다는 신념을 갖고 다른 동물들보다 더 열심히 일을 한다.

스노볼이 추방된 후 나폴레옹이 계획한 풍차 건설이 다시 추진되면서 동물들은 더욱 힘든 나날을 보내게 된다. 반면 아무 일도 하지 않는 나폴레옹과 같은 종족인 돼지들은 말로만 위해주는 척 동물들을 기만하면서 현실의 참혹함을 은폐시킨다. 복서는 힘든 일을 앞장서서 무리하게 하다가 결국 중상을 입게 된다. 나폴레옹은 복서를 요양소에 보내 여생을 편안하게 보내도록 해주겠다며 다른 동물들에게 말을 해놓고는 도살장에 팔아넘기고 만다.

나폴레옹은 다른 동물들을 혹사시킨 대가로 얻은 물질들을 통해 인간들과 거래를 한다. 그는 인간과 똑같은 옷을 입고, 인간처럼 두 발로 걸으며 술을 마시는 등 인간이 하는 행동을 고스란히 흉내 낸다. 이것을 지켜보는 다른 동물들은 돼지가 인간인지, 인간이 돼지인지 구분을 할 수 없는 혼란에 빠진다.

열두 개의 화난 목소리들이 서로 고함질을 치고 있었지만, 그 목

소리들은 서로 똑같다. 창 밖의 동물들은 돼지에게서 인간으로, 인간에게서 돼지로, 다시 돼지에게서 인간으로 번갈아 시선을 옮긴다. 그러나 누가 돼지고 누가 인간인지, 어느 것이 어느 것인지 이미 분간할 수 없었다.

__ 권력을 잡은 자의 본질을 찾아라

동물들로 인간 사회를 풍자한 이 소설의 사회적, 정치적 현실은 지금은 사라진 구소련에만 국한되는 것이 아니다. 사회주위 체제의 나라들은 아직도 현존하고 있다. 당장 북한을 떠올릴 수도 있으며, 양극화되는 자본주위 모순을 체험하는 이 땅에도 사회주의 향수에 젖어드는 지도자들에게서도 엿볼 수 있다. 『동물농장』의 나폴레옹이 행사하는 주도권은 우리가 살고 있는 이 땅에서도 얼마든지 일어날 수 있는 달콤한 유혹의 체제일 수도 있다. 북한과 같은 나라에만 해당된다기보다 지금의 우리 현실에도 적용할 수 있는 모습이다.

우리는 권력에 기생하는 권력층의 주변 모습들, 자신들의 이익을 위해 시행하는 모순된 정책들을 쉽게 접할 수 있다. 부패한 권력층은 양극화돼 권력의 지배를 받아 불만이 팽배해진 민초(백성을 질긴 생명력을 가진 잡초에 비유한 말)를 향해 거짓으로 포장된 말들을 쏟아놓는다. 이들의 속셈을 아는지 모르는지 우리 민초들은 양들이 고함을 치듯이 그들이 쏟아내는 정책 구호들을 따라 연호한다. 그렇게 그들을 응원하고 나면 뭔가 좋은 일이 있을 것이라는 기

권력이란 비열하고 유치한 존재로 전락시킨다. 힘을 가지면 그 힘을 쓰고 싶어 하는 것이
권력의 본능인 까닭이다. 돼지들이 지배하는 나라 동물농장과 우리가 살고 있는
이 나라는 어떤 동물을 닮은 이들이 지배하고 있을까.

대와 확신도 하게 된다. 하지만 그 기대는 허구일 뿐이다. 수많은 시행착오를 겪었으면서도 그럴듯한 포장을 하는 인물이 또 나타나면 우리는 지난날의 실망감과 어리석음을 뒤로 하고 그를 열렬히 응원한다. 이러한 모습을 보면서 우리는 참으로 어리석고 생각이 없는 동물이라 하지 않을 수가 없다. 이렇게 해서 다수의 우리에게 남겨지는 것은 이전보다 더 비참해지는 일, 빚, 가난한 삶의 형태들뿐이다.

우리에게 무엇보다도 중요한 것이 빵으로 귀결될 수밖에 없다고 가정한다면, 자본주의가 모순은 내재하고 있지만 사회주의보다 더 나은 체제임에는 틀림이 없다. 자본주의 체제 아래에서 정치권은 여야로 나뉘어진다. 그들은 나라와 국민을 위해 정치 현안을 두고 치열하게 싸우기도 한다. 그러나 이들 정치인은 각자가 추구하는 이익만 합치 된다면 언제라도 적이 아닌 동지가 될 수도 있다. 이러한 위정자들의 모습을 지켜보면서 『동물농장』의 돼지들이 벌이는 비밀 회의가 자연스럽게 떠올려지는 것은 우연의 일치라고 할 수 있을까.

우리는 현실에 대한 무관심과 무지로 인해 일부 선동 세력에 속아서 우리 스스로를 어리석은 동물로 격하시키고 있는 것은 아닌지 한번쯤 짚고 넘어갈 필요가 있다. 우리에게 개혁이나 혁명은 꼭 필요한 것일까? 그들이 주장하는 대의명분은 누구를 위함이며, 개혁이나 혁명에 성공해 잡은 주도권은 진정 누구를 위한 권력인가.

권력이란 이렇게 인간을 비열하고 유치한 존재로 전락시킨다.

힘을 가지면 그 힘을 쓰고 싶어 하는 것이 인간의 본능인 까닭이다. 돼지들이 지배하는 나라 『동물농장』. 우리가 살고 있는 이 나라는 어떤 동물을 닮은 이들이 지배하고 있을까! 독재자를 타도하기 위해 우리는 한때 모두 일어나 자유를 목청껏 외쳤다. 그렇게 해서 얻은 소중한 자유는 지금 잘 지켜지고 있는가? 그렇게 몰아내고자 했던 부패가 지금은 영원히 사라졌는가? 이 땅 어디에도 독재의 잔재를 찾아볼 수 없다고 하더라도 삶의 질은 조금이라도 향상이 되었는가?

우리가 목격하는 권력은 누가 행사를 하더라도 과거의 상황과 대동소이하다는 점에서 씁쓸함을 느낀다. 힘이 없는 사람도, 돈이 없는 사람도 일단 권력만 잡으면 끼리끼리 모여서 자기들만이 힘과 부와 자리를 나눠 갖는다. 모양만 다를 뿐이지 권력을 잡은 자의 본질은 『동물농장』이 전하고자 하는 메시지에서 크게 벗어나지 않음을 우리는 알 수 있다.

조지 오웰
George Orwell

조지 오웰(George Orwell : 1903~1950)의 본명은 에릭 아더 블레어(Eric Arthur Blair)이다. 인도 벵골의 모티하리라는 곳에서 세관 관리의 아들로 태어난 조지 오웰은 1904년 어머니를 따라 영국에서 교육을 받았다. 이로 인해 조지 오웰은 영국 소설가로 알려졌다.

장학생으로 이튼 고등학교를 졸업했으나, 대학에 가지 않고 곧바로 버마(현재의 미얀마)의 경찰관이 돼 1922년부터 경찰생활을 했다. 1937년 스페인 내전에 참전하기도 했으며 스페인의 사회주의 시민군 단체인 POUM(마르크스주의 통일노동당)에 가입해 본격적으로 사회주의자의 길을 걷는다.

초기작인 『파리와 런던의 안팎에서 Down and Out in Paris and London』(1933)는 밑바닥 인생을 흥미롭게 담아내고 있다. 프랑스 창녀들과의 생활이나 유곽의 풍경들이 사실주의적이면서도 상당히 폭력적인 시선으로 담았다.

조지 오웰의 정서 밑바닥에 흐르는 사상은 허무주의였다. 그러다가 만년에 이르러 변하게 된다. 폐결핵으로 고생하던 그는 "지난 10년 동안 가장 열망해 온 것은 정치소설을 예술 수준으로 승화하는 것"이라며 의식 전환이 이뤄진다.

전쟁과 소비에트 연방의 철저한 전체주의의 참상과 혹독함을 지켜보면서 개인적인 절망으로 갈등하고 있을 때 조지 오웰은 『동물농장 Animal Farm』(1945)을 썼다. 1948년에 완성한 『1984년 Nineteen Eighty-Four』은 세계 각국에 번역돼 세계적 베스트셀러가 됐다. 2차 대전이 종결되던 해인 1945년에 아내를 잃었으며, 1950년 1월 21일 마흔 여섯의 나이에 심한 각혈과 함께 숨을 거뒀다.

『동물농장』이 너에게 전하는 편지

'개구리 올챙이 적 생각 못한다'는 속담이 있지요. 우리는 살아가면서 많은 지도자를 만납니다. 우리 사회를 지배하는 구조가 삼각형으로 구성돼 있다고 가정하면, 맨 위층에는 아주 좁은 면이 있게 되지요. 하지만 그 위로 올라갈수록 힘은 더 강해지며, 그 영향력은 배가 되는 것이랍니다. 혁명을 부르짖고, 개혁을 부르짖는 사람들은 누구나 처음엔 순수한 의도를 가지고 시작했을 거예요. 하지만 주위에서 띄워주면 자신도 모르게 우쭐해지고 자칫하면 자신의 정체성을 잃게 됩니다. 그러면 자신이 그토록 경멸하고 타도하고자 했던 그 대상의 전철을 그대로 밟아 간답니다. 우리는 살아가면서 늘 겸허한 자세를 잃지 말고, 처음의 순수했던 마음을 유지하며 살아야 합니다. 순간의 우쭐함, 순간의 영웅이 되기보다는 의미있는 인생을 살아야겠지요.

인간불평등 기원론 _ 평등

"나보다 힘이 아주 센 데다가 상당히 타락하고 게으르며 사납기까지 한 사나이가 아무 일도 하지 않으면서 나에게 자기를 먹여 살리고 강요한다면 어떻게 될까? 잠시도 나에게서 눈을 떼지 않고 자는 동안에도 주의를 게을리 하지 않으려면 그는 나를 꼼짝없이 매어두기라도 해야 한다. 그렇지 않으면 나는 재빨리 숲 속으로 이십 보쯤 달아날 수 있다. 그리하여 나를 얽어맨 사슬은 끊어지고 그는 두 번 다시 나를 볼 수 없게 될 것이다."

❤ 불평등을 인정해야 평등을 찾을 수 있다

　루소의 『인간불평등 기원론』은 인간이 왜 불평등하고, 불평등하다고 느끼며, 불평등할 수밖에 없는지를 제대로 알게 해주는 책이다.

　방종과 같은 자유는 오히려 우리를 구속할 수도 있다.

　어느 정도의 울타리 안에 있으면 그것이 보호막이 돼 오히려 안전하고 편안할 수도 있다. 누군가에게 보호받을 수 있으며, 외적인 문제에 관해서는 생각할 필요가 없으므로 오히려 그것이 자유인 것이다. 이런 이유로 진정한 자유는 방종과 구별된다. 사실 자유의 인식으로부터 불평등은 시작된다. 아무리 외부에서 봤을 때 불평등하게 여겨도 내가 평등하다는 의식을 가지고 있으면 그것을 굳이 불평등이라고 할 수는 없을 것이다. 루소의 말대로 인간 자체를 알지 못하면 인간들 사이에 존재하는 불평등의 기원을 알 수 없기 때문이다.

그런데 사람은 본질적으로 평등하게 태어나지 않았다. 그렇다면 이 문제는 어떻게 해결할 것인가. 평등이란 말은 듣기에 좋지만 평등에 동의하는 순간 우리는 이미 속아 넘어가고 있는 것이다. 예컨대 '옆집 철수는 나보다 키가 크다. 그런데 나는 키가 작다'라든가 '김씨는 아주 빠르게 달리는데 나는 빠르지 않다', '박씨는 아주 미남인데 나는 그다지 잘 생기지 못했다'라고 한다면 이는 평등한 것인가, 불평등한 것인가. 분명 우리는 이를 불평등하다고 여기지 않는다. 본질적으로는 불평등한데도 말이다. 우리는 천부적으로 불평등하게 태어난다. 그리고 이렇게 타고난 불평등에 대해서는 어떠한 토도 달지 않는다.

그럼에도 불구하고 우리는 평등이라든가 평준화란 말에 매혹된다. 이렇게 본질적으로 타고난 불평등을 극복하기란 불가능하다. 그것은 신의 영역에 속하는 것이다. 그래서 우리는 이 영역에 대해서는 침해하지 않으려 한다. 즉 이러한 불평등을 불평등으로 여기지 않으며, 이후에 발생하는 불평등에 대해서만 불평등으로 여기는 것이다.

루소는 "인간은 본래 서로 평등하다. 그것은 마치 어떤 종류의 동물이든 여러 물리적 원인이 오늘날 우리가 알고 있는 것과 같은 몇몇 변종들을 발생시키기 이전에 모두 평등했던 것과 마찬가지다"라고 말했다. 그의 말대로 아무런 지식이나 인간의 깨우침이 대두되지 않는 한에 있어서는 인간은 평등하다. 하지만 소유나 평등의 개념으로 넘어가면서 불평등의 문제는 대두됐을 것이다.

"말이나 고양이, 황소, 심지어 당나귀 등 가축들은 집에 있을 때보다도 숲 속에 있을 때 대체로 키가 크고 체격이 좋으며 기운도 차고 힘도 세며 용맹스럽다. 그러나 울타리에 갇히게 되면 이러한 장점의 절반은 잃고 만다. 인간의 경우도 마찬가지다. 사회화하고 노예화한 인간은 연약하고 겁이 많아지며 비굴해진다. 게다가 나약하고 여성화한 생활양식은 인간의 힘과 용기를 완전히 무기력하게 만든다……. 피부에 털이 많지 않더라도 따뜻한 지방에서는 문제가 되지 않으며 추운 지방에서는 짐승의 털가죽을 자기 것으로 하는 법을 배우게 된다. 인간은 달릴 때 두 다리로만 뛰지만, 자기 방어와 욕구를 충족시킬 수 있는 두 팔을 가지고 있다."

가령 높은 곳에 위치한 열매를 따야 할 때는 키가 크냐 작으냐에 따라 유리하고 불리하고가 달라진다. 키의 차이가 불평등을 만든다. 또한 오늘날에 와서는 미모가 있느냐 없느냐에 따라서 타고난 불평등도 분명히 존재한다.

🍎 인위적 불평등의 기원-소유와 사회화

루소가 동의하든 말든 불평등의 기원은 결국 상대비교에 따라
발생하게 됐다고 볼 수 있다. 예를 들면 인간이 먹고 사는 문제에
직면하면서 소유의 개념을 알게 되고, 공통으로 가진 자원의 양이
충족되지 않을 때 발생하게 되는 부족함을 채우려는 욕구, 즉 경쟁
에서 불평등은 비롯되는 것이다.

"원시 상태에서는 이와 달리 집도, 오두막도 없고, 어떤 종류
의 재산도 없이 각자 우연한 기회 혹은 하룻밤을 지내기 위해 거
처를 정하곤 했다. 그리하여 남성과 여성은 기회가 있을 때마다
욕망에 따라 우연히 결합했으므로, 그들이 서로 주고받고자 하는
내용들을 대변하는데 있어서 말이 반드시 필요한 것은 아니었
다. 그들에게는 헤어지는 일 역시 쉬운 일이었……. 섣부른 지
식에 눈이 어두워지고 정념에 시달려 자기 처지와는 다른 처지에
대해 추론하는 미개인이 있었다면, 이러한 존재보다 더 비참한
것은 없을 것이다."

이렇듯 루소도 인간에게 본질적으로 불평등한 자연적인 요소를
인정하고 있다. 그래서 모든 인간을 평준화하거나 평등하게 하자
고 주장하지는 않았다고 본다. 그는 '인간은 평등한가'라는 질문에
대해서는 애초부터 회의적이다. 그러나 그는 인간이 타고난 신체
적인 면과 정신적인 면, 예를 들면 지능, 인상, 두뇌 관점에서 평등

인간은 본래 서로 평등하다. 그것은 마치 어떤 종류의 동물이든 여러 물리적 원인이 오늘날
우리가 알고 있는 것과 몇몇 변종들을 발생시키기 이전에 모두 평등했던 것과 마찬가지다.

한가 하는 문제에 관심이 있었다. '인간은 누구나 평등하게 태어났다'라고 한다면 이는 우리가 위에서 언급한 인간에 내재한 본래적 모습의 평등을 이야기하는 것이 아니다. 프랑스 혁명에 지대한 영향을 미친 루소는 이미 200여 년 전에 이러한 문제에 관심을 가지고 있었다. 그는 인간의 근원적인 평등과 불평등이라는 문제에 관심을 갖는다. 그는 원시적 자연 상태에서 인간의 삶을 이상적인 삶으로 본다. 이는 당시 학문과 예술을 바탕으로 진보적 역사관을 추종했던 계몽주의 사상에 정면으로 배치되는 견해였다.

루소는 인간의 역사를 진보가 아니라 타락과 퇴보의 과정으로 보았다. 그는 인간이 불평등의 길을 걷게 되는 것은 인간이 본래 지니고 있지 않은 몇 가지 지식과 그들이 자연 상태를 벗어난 뒤에야 생각할 수 있는 입장에서 나왔다고 생각했다. 결국 불평등의 기원은 자신의 부족함을 알게 하는 지식에서 비롯된다는 것이다.

수가 적을 때에는 인간 각자가 먹고 사는 문제에 전혀 인식할 필요가 없었을 것이다. 그러나 사람의 수가 늘어남으로써 늘어난 수에 맞는 공간만이 아니라 그만큼의 양식도 필요해졌다. 그 여건이 충족하지 않은 데서 오는 소유에 대한 필요성으로 경쟁은 불가피해져 갔다.

루소의 말대로 "사람들은 공동의 이익을 위해 서로가 일치하고 있다고 생각되는 규칙을 찾는 일부터 시작한다. 그다음 이렇게 모여진 규칙들에다가 자연법이라는 이름을 붙인다."

결국 불평등의 기원은 자연법에서 비롯된 것이다. 법이 없다면,

경쟁의 규칙이 없다면 불평등이란 말은 생겨나지 않았을 것이다. 불평등이란 말은 경쟁의 규칙이 과연 공정한가 하는 문제로 귀결된다. 이런 의미에서 애초에 인간은 평등하다는 루소의 말에는 일리가 있다.

> "나는 인류에게 두 가지 불평등이 있다고 생각한다. 하나는 자연적 또는 신체적 불평등이라고 부르는 것이다. 이것은 자연에 의해 정해지는 것으로 나이, 건강, 체력의 차이와 정신이나 영혼의 자질 차이로 성립된다. 또 다른 불평등은 일종의 약속에 좌우되고 사람들의 동의로 정해지거나 적어도 용납되는 것으로, 도덕적 또는 정치적 불평등이라고 할 수 있다."

자연에 의해 정해지는 불평등에 관해서는 누구나 불평등하다고 느끼지 않는다. '하늘도 무심하시지'와 같은 넋두리는 개인적으로 푸념할 수 있는 문제에 불과하다.

물론 인간 불평등의 기원은 신체적 불평등에서 비롯됐다. 루소는 이러한 애초의 문제, 즉 사람들이 불평등으로 여기지 않는 문제에서부터 근원을 파고든다. 그래서 인간 불평등의 기원은 동물과 비슷한 존재라는 것에서 시작한다. 인간이 가진 최초의 감정은 자기의 생존이며, 인간의 최초의 배려는 자기보존에 대한 것이다. 애초에 땅에서 나는 생산물은 인간에게 필요한 모든 것을 제공했으므로 생존의 문제는 없었다. 하지만 인간도 애초에는 일종의 동물과 같은 존재였으므로 자기보존의 문제는 가지고 있었다. 약육강식의 세계에서 살아남기 위해서 인간은 힘을 가져야 했다. 하지만 힘으로 따지면 곰이나 멧돼지에 비길 수가 없다. 용맹에 관해서도 호랑이나 사자를 당할 수 없는 존재가 인간이다. 결국 인간이 살아남는 방법은 인간들끼리 무리를 지어 살며 지혜를 짜내 방어하며 살아남는 일이다. 그래서 인간은 사회적 동물이 되었고, 이들 간에 분쟁이 일어날 경우 조정할 수 있는 룰이 필요했다. 이렇게 해서 나온 것이 자연법이다.

> "동물은 본능에 따라, 인간은 자유로운 행위에 따라 취사선택을 하게 된다. 이로 말미암아 동물은 자기에게 정해진 규칙에서 벗어나는 것이 아무리 자기에게 유리하다 해도 그렇게 할 수 없지만 인간은 자신에게 해로 돌아와도 종종 그 규칙을 벗어나 행동한다."

인간이 사회적 동물이 되지 않았다면 인간 불평등의 문제는 없었을 것이다. 인간은 다른 동물들과 달리 이런 생존의 욕구 이외에도 다양한 욕구를 가진 이상한 존재이다. 이런 다양한 욕구 때문에 인간은 다양한 이유로 다른 종을 침해할 뿐 아니라 동종 간에도 치열한 투쟁을 하는 동물이다. 필요 이상을 소유하려는 습성, 필요 이상의 힘, 필요 이상의 섹스 상대 등 무수하게 많은 욕구를 한없이 분출해내는 인간에겐 다양한 불평등이 수없이 발생하는 것은 어쩌면 당연하다 할 수 있다.

__ 루소의 강의는 현재도 우리를 향한다

루소는 인간에게 두 가지 부여된 속성이 있다고 본다. 하나는 자연 그 자체의 속성이며, 다른 하나는 사회에 의해 만들어진 속성이다. 따라서 루소는 본원적 자연 상태의 인간을 관찰하기 위해서 인간으로부터 사회성을 제거해야 한다고 주장한다. 고립된 개별 인간이 타인과 관계를 맺게 되는 바로 그 순간 인간의 도덕성은 발현될 수 있는 물질적 공간을 확보하게 된다. 이곳이 바로 사회이며, 사회가 존재해야 하는 이유이다. 루소에게 있어서 사회라는 공간은 인간 도덕성이 발휘될 수 있는 유일한 곳이다.

사회의 틀에서 인간은 공유라는 개념과 사유라는 개념을 갖게 된다. 결국 인간은 사유재산의 틀 속으로 들어서면서 불평등에 대한 의식을 갖게 된다. 여타의 동물들과 달리 갖가지 다른 재능과 능력의 차이를 가진 인간이 동일한 노력, 동일한 시간을 투자한다고 해도 동일한 결과를 얻을 수는 없다. 그나마 원시사회와 같은 단순 사회에서는 능력과 소유의 차이가 크게 나지 않았지만 다양하게 변해가는 사회에 이를수록 차이는 너무나도 크게 벌어지는 것이다. 그제야 인간은 불평등이라는 용어를 생산하게 됐던 것이다.

이제 루소의 인간 불평등 기원에 관한 여행을 마무리할 때가 됐다. 루소의 주장을 한마디로 요약할 수는 없지만, 그가 주장하고자 하는 것은 이렇다. 적어도 원시 상태의 인간은 자기 생존과 자기

보존에 대한 관심이나 욕구 충족에만 있었지 그 이상은 없었다는 것이다.

> "마음에서 우러난 감정이라고는 전혀 없는 이러한 맹목적 경향은 순전히 동물적 행위만을 낳았을 뿐이다. 욕구가 충족되고 난 후 남성과 여성은 남남이나 다름이 없었고, 자식들까지도 어머니 없이 살 수 있게 되면 곧 어머니와 무관한 존재가 됐다."

각각의 인간은 이런 본질적인 욕구를 충족하기 위한 공간이나 자원의 양은 충족돼 있었으므로 신체적 불평등마저도 느끼지 않았다는 것이다. 서로 간에 별다른 관계 맺음이 없었기 때문에 여타의 동물들처럼 인간은 떠돌았다. 그러나 인간이 사회적 기능을 알게되면서, 그 깨우침을 통해 다른 종과의 대립에서 살아남을 줄 아는 기술을 익혔다. 세상이라는 숲의 제왕으로 등극한 인간은 이제 같은 인간들끼리 파이를 나누고, 수적 규모가 커지면서 이것이 부족해지자 독차지하려고 싸움까지 벌이게 된다. 이것이 인간이 가지게 되는 불평등의 시작인 것이다.

❤ 사회화에 따른 불평등의 탄생

원시의 인간이 문명을 만들면서 세상에 등장할 수 있게 한 것은 사회화 덕분이다. 그 사회화의 시작은 가정이라는 작은 공간이었다.

"인간의 마음에 최초의 변화가 생겨난 것은 남편과 아내, 아버지와 자식이 공동의 거처에서 함께 사는 새로운 형태의 사회화 결과였다. 함께 생활하는 습관은 인간이 체험한 가장 감미로운 감정이라 할 수 있는 부부애와 부성애를 낳았다. 이렇게 해서 각각의 가정은 상호 간의 애착과 자유가 그들을 이어주는 유일한 끈이라는 점에서 더욱 더 긴밀하게 결합된 하나의 작은 사회를 이뤘다. 그리고 지금까지 동일했던 남녀의 생활 방식에 처음으로 차이가 생겨났다. 여자들은 점차 집안에 있게 되면서 오두막과 어린애들을 돌보는 데 익숙해졌고 남자들은 가족을 먹여 살리기 위해 먹을거리를 찾으러 나갔다. 남자와 여자는 전보다 다소 부드럽고 약해진 생활로 사나움과 원기를 조금씩 잃어가기 시작했다. 그러나 각자가 흩어진 상태에서 전처럼 짐승들과 싸우기에는 벅찼지만 힘을 합쳐 싸우기 위해 모이기에는 훨씬 쉬워졌다."

사회적 동물이 된 인간은 공적인 것과 사적인 것을 구별할 줄 알게 됐다. 자유와 억압이라는 것도 체득하게 된다. 이렇게 해서 소유라는 개념에 눈을 뜬 인간의 욕구는 필요 이상의 것을 차지하려는 싸움을 벌이게 된다. 그러면서 과다하게 가진 자와 필요한 만큼도 갖지 못하는 자가 생겨나게 되는 것이다. 이로 인해 이제 불평등의 문제가 대두됐다.

이 불평등의 단초를 소유라는 개념에서 찾은 인간은 나아가 불평등을 조정할 제도를 찾게 된다. 하지만 잘못 처방된 약은 독약이 되는 것처럼 잘못된 제도는 불평등을 심화시키거나 필요악이 되는 결과를 낳고 말았다. 그것이 바로 권력의 쏠림이라는 불평등이다. 인간이 새롭게 만들어 내는 것은 유형이든 무형이든 불평등이란 이름이 붙게 된다.

소유와 힘의 불평등을 체험한 인간은 이제까지 불평등으로 여기지 않았던 동물적 불평등의 문제도 대두시켰다. 요컨대 신체적인 불평등이다. 타고난 불평등은 인간의 몫이 아니었지만 그것을 불평등으로 선택할 수 있는 것은 인간의 몫이기 때문이다.

원시 상태에서 자기 생존이나 자기 보존 외에는 관심이 없었던 사회화한 인간은 소유라는 개념을 알게 되면서 재산을 늘려 남보다 우위에 서려는 욕심 때문에 불평등의 단초를 제공했고, 힘의 우위를 점하려는 지나친 욕구는 불평등을 낳았다. 또 문화의 불평등이라 할 수 있는 신체나 정신 등의 취사선택에서 인간은 또 다른 불평등을 양산하고 있다.

이러한 불평등을 치유할 수 있는 유일한 방법은 루소의 말대로 원시 상태의 '자연으로 돌아가는 것' 밖에는 없을 지도 모른다. 하지만 일단 진보한 역사는 다시 쓸 수 없는 숙명을 지녔다. 진보할 대로 진보한 각양각색의 인간이 불평등에서 벗어날 수는 없을지라도 불평등을 느끼지 않고 조화를 이루며 살 수 있는 방법은 하나뿐이다. 서로 협력해서 살 줄 아는 공동체 의식, 즉 더불어 살아가는 방법을 강구하는 일이 그것이다.

장 자크 루소
Jean-Jacques Russoeau

장 자크 루소(Jean-Jacques Rousseau : 1712~1778)는 스위스 제네바에서 가난한 시계공의 아들로 태어났다. 어머니는 루소를 낳은 뒤 죽었다. 아버지 손에서 자란 루소는 그나마 10세 때 아버지마저 집을 나가는 바람에 숙부에게 맡겨져서 공장(工匠)의 심부름 따위를 하면서 소년기를 보낸다. 16세 때 제네바를 떠나 청년기를 방랑하며 보냈다. 이 기간에 바랑 남작부인을 만나 모자간의 사랑과 이성간의 사랑이 기묘하게 뒤섞인 것 같은 관계를 맺고, 집사로 일하면서 공부할 기회를 얻었다.

루소는 1742년 프랑스 파리로 나와 진행 중인 『백과전서 L'Ency-clopedie』의 간행에도 적극 참여했다. 1749년 디종의 아카데미 현상 논문에 당선한 『학문과 예술에 관한 담론 Discourse on the Arts and Sciences』(1750)을 출판해 사상가로서 인정받게 됐다. 이후 『인간들 간의 불평등기원론 Discours sur l'origine et les fondements de l'inegalite parmi les hommes』(1755) 등을 쓰면서 디드로를 비롯해 진보를 기치로 내세우는 백과전서파 철학자나 볼테르 등과의 견해 차이를 분명히 했다.

1762년에 출판한 『에밀 Emile ou De l'education』은 출판되자마자 파리대학 신학부가 이를 고발, 파리 고등법원은 루소에 대해 유죄를 논고함과 동시에 체포령을 내려 스위스, 영국 등지로 도피했다. 영국에서 데이비드 흄(David Hume)과 격렬한 논쟁을 벌인 뒤 프랑스로 돌아와 각지를 전전했다.

1768년에 1745년 이래 함께 지내온 테레즈 르바쇠르와 정식 결혼했다. 이후 파리에 정착한 루소는 피해망상으로 괴로워하면서도 집필 활동을 계속 하다가 파리 북쪽 에르므농빌에서 죽었다.

『인간불평등 기원론』이 너에게 전하는 편지

인간으로 태어난 우리는 누구나 동등한 인격을 갖추고 있습니다. 하지만 살아가면서 우리는 알게 모르게 열등감을 느낍니다. 열등감이라는 것은 나 혼자만이 존재하는 세계에서는 일어나지 않습니다. 그런데 같은 공간을 함께 공유해야 한다는 문제, 충분치 못한 자원을 함께 공유해야 한다는 문제에서 우리는 이러저러한 열등감을 갖게 됩니다. 열등감이란 공유해야 하는 것을 내 것으로만 만들어야 하는 경우에 내가 그것을 차지하지 못했을 때 일어납니다. 내가 갖지 못했다는 열등감은 원인을 찾게 되고, 또 우선적으로 내 밖에서 원인을 찾게 되지요. 그 원인이 바로 우리가 불평등한 경쟁을 벌였다는 사실일 겁니다. 하지만 나의 내면에 있는 본질적인 열등의식을 잠재우지 않는 한 불평등하다는 의식은 언제나 존재할 것입니다. 그러니 여러분이 해야 할 일은 자기 자신을 있는 그대로 인정하고 열등감을 갖지 않는 일입니다. 지나친 소유의식을 버린다면 여러분은 훨씬 가벼운 마음으로 세상을 살 수 있을 거예요.

<h1>낙천주의자 캉디드 _ 선택</h1>

팡글로스가 "모든 사건은 있을 수 있는 세계 중 최선의 세계에서는 서로 연계되어 있는 것일세"라고 하자 우리의 순진한 낙천주의자 캉디드는 말한다. "참으로 명언이긴 하지만 이제는 우리의 밭을 가꿔야 합니다."

🌻 마음의 싸움에서 어떤 것을 선택할 것인가

　사람들이 삶을 대하는 태도는 낙천적이냐 비관적이냐로 대별할 수 있다. 볼테르는 프랑스의 계몽주의 작가로서, 삶의 태도를 중심으로 글을 썼다. 그래서 볼테르를 철학가로 기억하는 사람이 많이 있으며, 볼테르의 작품은 문학을 전공하는 사람보다 오히려 철학을 전공하는 이들이 즐겨 읽는다. 그러한 볼테르의 작품 중에서도 낙천주의자 『캉디드』는 백미 중의 백미라 할 수 있다.

　작가는 이 소설을 통해서 자신이 생각하고 있는 인간관을 보여주려는 시도를 하고 있다. 우선 이 작품은 주인공 캉디드를 통해 낙천주의로 출발한다. 이런 점에서 작가는 낙천주의, 즉 당대에 논쟁을 불러일으키고 있던 철학적 논쟁 중에서 라이프니츠의 손을 들어주고 있다고 볼 수 있을 것인가, 아니면 오히려 라이프니츠의 틀에 박힌 듯한 낙천주의를 공격한 것일까? 반대로 니체나 쇼펜하우어와 같은 비관주의 또는 염세주의의 편에 가담하려는 것일까, 아니면 그 중간쯤에 위치하는 제3의 철학을 택할 것인가? 이에 대한 대답은 이 책의 마지막 페이지에 가서야 알게 될 것이다.

🐾 근거 없는 낙천주의를 비판하고, 희망을 찾는 이야기

매우 유순하고 고지식하며 순박한 소년 캉디드는 웨스트팔리아의 툰더 텐 트롱크 남작의 성에서 자라났다. 캉디드는 남작의 아들, 누이동생 퀴네공드와 함께 팡글로스 선생으로부터 교육을 받았다. 이 선생은 '세상은 최선으로 되어 있다'는 것을 증명해 보이곤 했다. 적어도 이때까지는 캉디드의 출생이나 상황을 보아 그의 낙천주의는 희망적이다. 요컨대 그는 '세상과 인생의 의의 및 가치에 대해 악이나 반가치의 존재를 인정하면서도 궁극적으로는 현실의 세계와 인생을 최선의 것'으로 보고 있다. 비록 현실이 괴롭다고 치자! 그래도 미래는 분명 즐겁고 희망적으로 볼 수 있다고 생각하는 낙천관을 무리 없이 받아들이는 캉디드의 삶으로 이 소설은 시작된다.

그러나 우리의 캉디드가 남작으로부터 퀴네공드를 사랑한다는 의심을 받고 성에서 쫓겨나 불가리아 군대에 들어가는 일, 아메리카에서 겪는 일 등 그가 만나는 일들은 최선의 상태로 돼 있는 것이 아니라 오히려 최악이라는 인상을 받기에 충분하다. 엘도라도를 제외하고는 캉디드가 가는 곳은 어디에나 낙천적 모습보다는 추하고 악한 모습으로 가득 차 있다. 군인은 물론 거룩해야 할 종교계 신부들도 추악한 모습뿐이다. 어디에나 정의가 존재하기보다는 불의와 사기가 난무하며, 평화가 아닌 싸움과 전쟁만이 즐비하다. 뿐만 아니라 캉디드가 가는 곳 어디에나 불행의 요소만 그림자처럼 따라다닌다. 자연에서 발생하는 지진이라든가, 비관적인 요소들만이 등장한다. 캉디드가 만나는 사람들도 좋은 인상을 주는 것이 아니라 캉디드가 하는 일을 막거나 방해하는 사람들, 도움이 되기는커녕 사기를 치고 속이고 핍박을 가하는 사람들뿐이다. 캉디드가 어깨를 기대어 쉴 수 있는 사람은 없고, 오히려 그에게 의지하려고 도움을 요청하는 사람들뿐이다. 그러므로 캉디드에게 그토록 존경하는 팡글로스 선생이 가르쳐준 낙천주의 철학을 버리는 일만 남아 있다.

이제 마르탱이 등장해서 비관주의 또는 염세주의를 제시하는 것은 당연한 귀결일지도 모른다. 우리의 주인공 캉디드는 '세계 및 인생을 추악하고 괴로운 것으로 보며, 진보나 개선이 불가능하다고 보는 철학'의 편에 서야 하는 것일까? 그러나 우리의 순진한 주인공은 낙천주의를 증명해 보이기 위해 여러 사람을 만났다. 하지만 모두가 비관적인 일뿐이고, 주변 인물이나 잊혀진 인물들이 다시 그에게 나타나서 들려주는 그들의 경험담 역시 온갖 추악한 일 뿐이다.

결국 선과 악으로 대별되는 마음의 싸움에서 악의 편을 들어주는 것이 신의 섭리라면 이제는 이 세상을 비관주의로 보는 것이 타당할 것이다. 이런 상황에서 캉디드가 만난 낙천주의자 팡글로스는 여전히 낙천적이다. 사상이란 한번 자리를 잡고 나면 그 자리를 결코 내주려 하지 않는다. 비록 온갖 불행한 일로 인해 팡글로스의 모습은 변했지만 여전히 낙천적이다. 비록 낙천주의는 유보되기는 했지만 이후에도 당하는 일마다 비관적인 상황뿐이다. 그러면 이 소설은 낙천주의를 비판하고 비관주의를 옹호하는 것일까? 이 문제는 마지막 결론으로 유보해 두는 편이 좋겠다.

캉디드를 바라보는 작가의 눈을 정리해보자

_ 첫 번째, 종교에 대한 작가의 비관적 입장

당시의 종교인들은 정치 군사적 권력을 휘두르며 현실 참여를 하는 경우가 많았으므로 볼테르는 종교에 대한 반감이 많았다. 당시의 종교는 극도의 타락상을 보여줬다. 성직자들이 행정권이나 재판권까지도 갖고 있는 경우가 왕왕 있었다. 이러한 상황들은 오히려 종교를 더 타락시키고, 불의를 부추기는 요인으로 작용하기도 했다.

이 소설에 등장하는 종교인들 역시 예외가 아니다. 사기 행각이나 매춘 행위 등을 아무런 죄의식 없이 받아들이는 모습에서 당대 종교의 부패상을 간접적으로나마 엿볼 수 있다. 이 소설에서 만나게 되는 미소년들은 수도사들에게서 사랑을 받는 것으로 묘사되고 있다. 다시 말해 남성 등장인물들이 외모에 대한 자랑을 내세우는 것은 당시 암암리에 일어나던 수사들의 동성연애를 은연중에 비판하려는 작가의 의도된 표현이다.

볼테르는 종교를 비합리적이라고 생각하고 증오했다. 종교는 볼테르의 본능을 억제하려고 했다. 그러나 볼테르는 모든 구속에 반대한다. 볼테르는 특히 기독교 도덕을 엄격하게 수호하려는 장세니즘을 비판한다. 반면 세속적인 쾌락과 취미에 매우 관대한 예수회 교도들에 대해서는 그다지 반감을 갖지 않았다. 이유는 당시 파라과이의 예수회 신부들이 기존의 노예정책과 달리 믿음에 기초해 평등과 균등한 소득 분배를 목표로 공동체 부락을 세우는 등 사회공익적 측면에서 긍정적 역할을 했기 때문이다.

_ 두 번째, 작가의 과학에 대한 깊은 관심

볼테르는 과학에 대해서 전폭적인 공감을 갖고 있었다. 종교에 비해 과학은 합리적이며, 사람으로 하여금 사물에 대한 관심을 더욱 증대시켜 주기 때문이다. 과학은 종교와 싸우고 복지를 증대시켜 주는데 매우 유효한 수단이라고 볼테르는 보고 있다. 그러나 볼테르는 과학 그 자체를 위해 사랑하지는 않는다. 볼테르는 어떠한 설명이든 그것이 합리적이기만 하다면 무엇이든 잘 수용하는 합리적인 사고를 가지고 있었다.

이 소설에서도 알 수 있듯이 무엇보다 볼테르가 갈망하는 것은 확실하고 직접적인 결과이다. 그는 본문에 '충족이유', 즉 '어떤 원인 또는 어떠한 결정적 이유 없이는 어떠한 일도 결코 일어나지 않는다'는 라이프니츠의 원리를 차용했다. 또한 주인공 캉디드를 통해 팡글로스의 실험 물리학 수업, 낙천주의를 증명해 내려고 애썼다. 캉디드의 행동이나 말은 볼테르의 과학에 대한 성향을 잘 보여주는 일례들이라 할 수 있다.

그는 사회를 있는 그대로 받아들이고, 거기서 모두가 되도록 잘 살 수 있게 만들려고 힘쓸 뿐만 아니라 더 많은 정의를 기대했다. 왜냐하면 정의의 결핍은 논리의 결핍과 마찬가지로 볼테르의 정신에 거슬리기 때문이다. 볼테르는 물질생활, 사업, 편리한 것, 실제적인 것에 대한 감각을 가졌다. 훌륭한 행정에 의해 국가를 개발한다는 볼테르의 생각은 매우 근대적이기도 하다. 그는 도처에 안락, 복지, 부(富)를 증대시키는 등 국가 번영을 이룩하는 데 있어서 더 많은 활동이 있기를 원했다. 볼테르는 글로는 물론 행동으로도 이것을 실천하는 모습을 보여주고 있다.

_ 세 번째, 사회 부조리에 대한 빈정거림

수학자는 항상 명료한 정리를 차례로 사용해 결론에 도달하는 데 반해 볼테르는 중간 과정을 생략한다. 볼테르는 아직 증명되지 않은 정리 대신에 그 속에 감춰져 있는 불합리성을 대입한다. 이러한 예상치 못한 사상의 대치, 예를 들면 명확한 일에서 불합리한 일로 이르는 뜻밖의 환원은 독자의 정신에 그만큼 커다란 충격을 준다.

볼테르는 이 소설을 통해 익살스럽고 풍자적인 프랑스 콩트 작가들의 심술궂음, 명쾌함, 신속함 등 장점들을 완벽의 경지에까지 올려놓았다. 볼테르가 전개하는 사건 하나하나는 마치 잘 준비된 실험과도 같다. 여기서 볼테르의 추상적인 이론 속에 숨겨져 있는 진실이나 오류의 내용이 튀어나온다. 볼테르의 이 철학적 콩트는 플랜이나 문체에 있어서 수학적 엄밀성을 가지고 구성돼 있다. 이를 바탕으로 모든 것을 증명하고 있다.

_ 네 번째, 볼테르의 역사관

볼테르는 이 작품 속에서 자신의 사상을 뚜렷하게 드러내 보이고 있다. 볼테르의 사상은 지금을 살고 있는 우리가 진정한 자유를 얻을 수 있는 방법을 잘 보여주고 있다. 정치적이든 종교적이든 모든 교리와 싸우기 위해서 볼테르가 사용한 큰 무기는 역사였다. 볼테르는 이 역사적 사실을 인용하면서 역사적 사실을 역설적으로 표현했다. 우리가 존경의 눈으로 바라보았던 역사의 인물이나 우리가 인정하도록 강요받았던 모든 역사적 사건들을 재검토할 시각을 열어주었다. 누가 어떤 역사적 관점을 가지고 있느냐에 따라 그 관점은 당사자의 모든 철학을 지배하게 된다. 이것은 또한 사회를 비평하는 시각마저 지배하게 된다.

볼테르는 검증 없는 낙천주의를 비판하고 있지만 비관주의를 옹호하고 있지는 않다고 볼 수 있다. 작가 볼테르는 실제로 사업적 수완과 실용적 감각으로 페르네 지역을 개화시켰다. 늪을 건조시켜 100채 이상의 집과 학교, 병원, 극장, 교회를 지었다. 저수지와 분수를 기증했으며 시장을 세우기도 했다. 주변 서민들에게 무이자로 돈을 빌려주고, 1771년 기근이 들었을 때에는 주민들을 먹여 주기도 했다. 볼테르에게 있어서 페르네는 실험장이며 증거물이었다. 그렇게 실천을 해 마흔 명의 야만인들이 있던 소굴이 주민 1,200명이 사는 쓸모 있는 작은 도시로 탈바꿈했다. 이러한 볼테르의 실생활은 이 소설 말미에 그대로 나타난다.

이제 작은 농가를 경작하면서 "추론은 그만 하고 일을 합시다. 일을 하는 것만이 삶을 견딜 만하게 만드는 유일한 방법인 것 같습니다"라는 말이 주는 메시지는 이제 미래에 대한 일말의 '최상의 세상'을 구축할 수 있는 여지를 꿈꾸게 해준다.

☙ 우리는 낙천주의를 믿는다.

이제 우리가 앞서 제기한 문제들의 대답을 찾아야 할 차례이다. 요컨대 비관주의 또는 낙천주의 중에서 우리의 주인공 캉디드가 어느 쪽을 선택하느냐 하는 것이다. 이야기가 진행되면서 캉디드가 낙천적으로 볼 수 있는 장소는 단연 엘도라도이다.

팡글로스 선생과의 재회 이후로 캉디드는 함께 리스본으로 갔다. 그런데 이들의 탄 배가 난파하는 바람에 우여곡절 속에 바닷가에 당도하니, 그곳은 이미 지진으로 황폐해져 있었다. 거기다 이들은 종교 재판소에 체포돼 화형의 위기에 처했다. 결국 낙천주의를 신봉한 팡글로스는 교수형을 받았고 그의 제자격인 캉디드는 100대의 태형을 받았다. 이런 와중에도 캉디드는 아리따운 퀴네공드를 다시 만나는 행운을 얻는다. 고통과 기쁨, 즉 낙천과 비관의 교차가 동시에 이뤄진 것이다. 두 사람은 함께 아메리카로 달아났다.

하지만 행운은 거기서 끝이 난다. 캉디드는 사랑하는 여인을 잃을 뿐만 아니라 엎친 데 덮친 격으로 사랑하는 여인의 오빠를 자신의 손으로 죽이게 되는 끔찍한 일을 겪었다. 그는 결국 낙천주의적 입장인 '세상은 최선의 것으로 이뤄진 세상'과 대면하는 것이 아니라 그 반대인 비관적인 입장, 즉 '최악의 것으로 만들어진 세상'과만 맞닥뜨리는 것이었다. 그토록 온갖 악의 사건을 겪은 뒤 그는 '황금의 나라' 엘도라도에 들어간다. 이곳만이 최선으로 돼 있는 지상의 유일한 나라인 유토피아이다. 세상은 행복과 불행, 낙천과 비관이 혼재하고 있어 항상 우리에게 선택의 문제를 던져준다.

이제 그는 이 물질적 유토피아를 버리고 정신적 유토피아로 유일하게 남아있는 퀴네공드를 찾아 비관주의 철학자 마르탱과 함께 유럽으로 떠난다. 아내에게 재산을 빼앗기고, 아들에게서 얻어맞고, 딸에게서 버림받은 비관주의 철학자 마르탱은 이 세상이 악으로만 이뤄져 있다고 주장한다.

한편 캉디드로서는 그렇게 애타게 찾던 최선의 존재인 퀴네공드는 이미 정신적 유토피아와 먼 존재가 돼 있었다. 캉디드가 다시 찾은 그녀는 노예의 처지에 있었고, 아주 보기 흉한 몰골을 하고 있었다. 그럼에도 불구하고 우리의 순진한 캉디드는 순진하다는 이유 하나만으로 그녀를 선택한다. 캉디드는 자기를 희생하면서도 퀴네공드에 대한 순전한 사랑을 유지한다.

그런데 캉디드는 갤리 선의 죄수들 속에서 자기한테 찔려 죽은 줄로만 알고 있었던 퀴네공드의 오빠를 발견한다. 또한 분명히 교수형을 당한 팡글로스도 만난다. 캉디드가 다시 만난 팡글로스는 여전히 낙천적인 사상을 견지하고 있었다. 그러나 캉디드가 겪어가는 일들은 최상의 것이 아니라 온갖 불운의 연속이었다. 그렇다면 답은 자명하다.

그는 낙천주의를 포기하고, 비관주의를 시작해야 할 것이다. 그러나 캉디드는 명확하게 '이것이냐 저것이냐'의 선택은 독자에게 맡기고 명확한 결론을 밝히지 않은 채 소설 밖으로 퇴장한다.

캉디드는 희망이 남아있는 세상인 낙천주의 쪽을 선택하고 싶지 않았을까?

팡글로스는 이렇게 말한다.

"모든 사건은 있을 수 있는 세계 중 최선의 세계에서는 서로 연계되어 있는 것일세. 자네가 퀴네공드 양과의 사랑으로 인해 그 아름다운 성에서 엉덩이를 발로 차여 내쫓기지 않았더라면, 종교재판에 처해지지 않았더라면, 걸어서 아메리카 대륙을 누비고 다니지 않았더라면, 남작을 칼로 찌르지 않았더라면, 엘도라도에서 가져온 양들을 모두 잃지 않았더라면 자네는 이곳에서 설탕에 절인 레몬과 피스타치오 열매를 먹지 못했을 테니까 말일세."

마지막으로 캉디드는 "참으로 명언이긴 하지만 이제는 우리의 밭을 가꾸어야 합니다"라고 말할 뿐이다.

볼테르
Voltaire

　계몽주의 사상가로 잘 알려진 볼테르(Voltaire : 1694~1778)의 본명은 프랑수아 마리 아루에(Fransois-Marie Arouet)다. 프랑스 파리에서 유복한 공증인의 아들로 태어나 예수회 학교 루이 르 그랑에서 공부했으며 1717년 오를레앙 공의 섭정을 비방하는 시를 써서 투옥됐다. 옥중에서 그는 비극 『오이디푸스 Œdipe』(1718)를 완성하고 1718년에 상연해 대성공을 거둔 다음 '볼테르'라는 필명을 이름으로 사용하기 시작했다. 볼테르는 제정 치하의 불평등에 환멸을 느끼고 1726년에 영국으로 건너갔으며 종교전쟁을 끝나게 한 앙리 4세를 찬양하는 서사시 『앙리아드 Henriade』(1723)를 출판하고 귀국, 1746년 아카데미 프랑세즈 회원으로 뽑혀 역사 편찬관이 됐다. 그는 영국의 정치제도를 이상화하고 프랑스의 구제도(앙시앵레짐)를 비판한 『철학 서간 Lettres philosophiques』(1734)을 출판해 정부의 노여움을 샀다. 드니 디드로(Denis Diderot : 1713~1784), 장 밥티스트 루소(Jean-Baptiste Rousseau : 1671~1741) 등과 백과전서 운동을 지원한 백과전서파의 한 사람으로서 중요한 역할과 계몽주의의 보급을 통해 대혁명의 정신적 기반을 형성하는데 크게 공헌했다.

　종교적 편견에 의한 부정재판을 규탄한 칼라스 사건의 성과인 『관용론 Traite de la tolerence』(1763), 세계문명사인 『풍속시론 Essai sur les moeurs』(1756), 철학소설 『캉디드 Candide』(1758), 그리고 『철학사전 Dictionnaire philosophique』(1764)이 만년의 대표작이다. 생전에는 17세기 고전주의의 계승자, 희곡작가로 탁월한 명성을 얻었으나 오늘날에는 철학소설 『캉디드』가 볼테르의 사상을 함축적으로 보여 준다고 평가하고 있다.

『캉디드』가 너에게 전하는 편지

산다는 것이 지겹게 느껴질 때도 있어요. 세상이 마음먹은 대로 되지 않을 때 우리는 좌절을 느끼곤 해요. 그럴 때면 세상은 나와 따로 돌며, 나를 따돌리는 건가 하는 생각이 들 때도 종종 있지요. 하지만 어떻게 보면 행복한 일도 있는데 슬픔이란 큰 그림자에 묻혀서 보이지 않는지도 몰라요. 그러니 어떤 조건이나 상황에서든 세상을 낙관적으로 볼 필요가 있어요. 배가 매우 고팠던 만큼 평소에는 쳐다보지도 않던 음식이 천하 일미로 느껴지듯 주어진 고통이 행복을 더 행복답게 만들어 주기도 하거든요. 세상에 공짜는 없는 것이지요. 열심히 살다보면 행복은 여러분에게 보너스로 찾아 갈 거예요.

3장

운명적인 사람과
만남을 원하는
너에게

용서

-

희망

-

믿음

-

행복

-

불공평

주홍글씨 _ 용서

"이젠 용서하세요. 보복은 하나님께 맡기시고요. 그 이상의 보복은 하나님만이 가질 수 있는 권리예요. 우리 모두 캄캄한 미궁 속에서 길을 잃고 헤매고 있는 거예요. 스스로 길 위에 뿌려놓은 죄악으로 발이 묶이고 있어요. 하지만 당신에게만은 좋은 일이 있을 수 있어요. 당신은 지금까지 억울한 일로 피해를 보셨으니까요. 당신에게는 용서할 자유가 있어요."

잘못과 용서는 함께 하는 것

죄인이면서도 뛰어난 미모, 천사와 같은 마음씨, 당당한 품위는 귀부인과 같으며 아기를 품에 안고 감옥에서 나오는 헤스터. 이 작품에 대한 주제는 간음에 대한 죄 자체가 아니다. 그녀는 성모마리아를 연상케 하는 희생과 봉사의 모습을 보여주는 우아한 여인이다. 또한 거룩한 모습 속에 감춰진 위선자의 전형을 보여주는 딤즈데일. 질투와 복수의 화신 칠링워드. 『주홍글씨』는 이 세명의 인물에 나타난 죄의 심리적 결과를 다루고 있다. 딤즈데일 목사 칠링워드, 그리고 헤스터라는 여인은 현존하는 우리 모두의 인간성을 골

고루 보여주고 있다. 우리 모두는 딤즈데일이 될 수도 있으며, 칠링워드처럼 자기 본분을 망각할 수도 있으며, 헤스터처럼 죄에 대해 무감각할 수도 있다.

이 작품은 복수나 죄에 대한 판단은 우리의 몫으로 남아있는 것이 아니라 신의 몫이라는 것을 보여주고 있다. 그 이상의 판단은 신에 대한 우리의 도전이며 오만이다. 우리가 몹쓸 죄인임을 인지했다 하더라도 진정한 자기 고백이나 참회로 구원을 얻게 될 수 있다는 사실을 보여주는 것으로 이 작품은 요약된다.

인류는 범죄에 노출돼 있다. 과장이 허용된다면 세상에 존재하는 사람은 누구나 죄인이라는 등식이 성립된다. 죄인이 아니라고 생각하는 것 자체가 오만이라는 더 큰 죄를 범하는 셈이 된다. 오히려 누가 보아도 큰 죄인일지라도 그 죄를 인정하고 개선의 노력을 보이는 사람은 참회라는 무기로 죄를 용서받을 수 있기도 하다.

신 앞에서 인간은 인간 서로가 죄가 있음을 단정했다고 그 대가를 받는 것이 아니다. 오히려 신은 인간의 죄의 크고 작음을 문제 삼는 것이 아니라 그가 죄 있음을 인정하고 뉘우치느냐, 죄 자체를 부인하느냐를 놓고 판단 기준을 삼고 있다는 것을 우리는 성서를 통해 알고 있다. 아담의 변명의 예가 그렇고, 예수 앞에 끌려온 간음한 여인이 그렇고, 죄인의 상징으로 통칭되는 세리와 바른생활의 표본으로 인정되는 바리새인에 대한 예수의 기준이 좋은 예이다. 이 『주홍글씨』란 작품도 우리가 죄는 어떻게 보아야 할 것인가에 대한 숙제를 던져주고 있다.

『주홍글씨』는 17세기의 보스턴에서 일어난 간통 사건에 연루된 사람들을 그린 소설이다. 이 작품은 청교도의 엄격함을 교묘하게 묘사하고 있는 일종의 윤리소설이라 할 수도 있다. 『주홍글씨』는 죄인의 심리 추구, 긴밀한 세부 구성, 정교한 상징주의로 19세기의 대표적 미국 소설이 됐다.

이 작품은 상징성(symbolism)을 잘 보여주고 있는 작품이다. 상징이란 어떤 대상을 있는 그대로 보여주는 것이 아니라 그 대상을 통해 다른 것을 의미 또는 연상하게 하는 대상이라고 할 수 있다.

『주홍글씨』는 미국문학사상 최초의 상징소설로 알려져 있다. 너대니얼 호손의 상징적 수법은 미국소설의 상징적 기법에 지대한 영향을 끼쳤다. 상징적 기법에는 우리가 쉽게 떠올리는 상징으로는 물론 구원과 고난을 상징하는 십자가가 있으며, 아름다운 여인을 상징하는 장미처럼 단순한 것들도 있다. 이 작품 속 상징은 이러한 일반적인 상징보다 그 뜻이 복합적이고 난해한 경우에 속한다. 『주홍글씨』의 제목에서 드러나는 글자의 상징은 난해해 보이지만 뜻은 분명하다. 바로 낙인의 상징이다.

이 소설이 미국 상징주의 기법 소설의 효시로 알려지는 만큼 상징적 요소들을 따라가 보면 우선 주홍색 글씨를 들 수 있고, 다음으로 교수대가 있다. 교수대는 청교도주의를 상징적으로 보여 준다. 작품의 처음과 중간, 끝에 나오는 교수대는 청교도의 인간 죄악의 판단 기준을 상징하고 있다.

누구보다도 윤리적이어야 할 목사가 간음의 죄를 범하고 교수대에 서는 모습은 마치 예수 앞에 끌려온 간음한 여인을 연상시킨다. 지상에 존재하는 교수대는 인간을 징벌할 자격이 없다. 간음한 여인에게 '죄 없는 자부터 돌로 치라'는 예수의 선언을 떠올려 보자. 과연 우리가 사는 이 세상에서 누가 누구를 단죄할 수 있을 것인가? 그래서 딤즈데일은 그 마무리를 진정한 자기 고백과 훌륭한 설교로 교수대에서 삶을 마감한다.

실상 우리가 사는 이 세상 자체는 신의 교수대인 셈이다. 이 교수대에서 솔직한 자기 고백이 있다면 예수와 함께 십자가에 달린 강도 중 예수 오른편에 있던 강도처럼 자기 죄를 용서받는 기적이 일어날 수도 있다.

이 작품에 등장하는 육중한 감옥과 묘지 또한 청교도주의를 상징한다. 회색과 검은색은 엄격한 도덕주의와 부정적인 죽음을 상징한다. 이러한 음산한 상징들은 이 작품 끝에 나오는 헤스터와 딤즈데일의 묘비에 새겨진 붉은색 'A'자의 검은색 바탕을 보여주며 문제를 제기한다. 누가 이들에게 낙인을 찍었는가? 언제든지 『주홍글씨』의 세 주인공이 될 수도 있는 우리 가운데 누가 다른 사람에게 이러한 낙인을 찍을 자격이 있는가?

헤스터의 딸 '펄'을 살펴보자. 펄은 태어나는 순간부터 딤즈데일이 교수대에서 숨을 거두는 순간과 헤스터의 뜨거운 눈물과 더불어 인간성을 찾을 때까지 실제 인물이라기보다는 상징적 역할을 한다. 펄은 헤스터에게 있어서 자신의 죄에 대한 산증거인 동시에 그녀의 양심에 매서운 채찍을 가하는 형벌 역할을 한다.

우리는 성서에 나오는 원죄에 대해서 죄의식을 느끼기 힘들다. 헤스터 역시 새겨진 A라는 낙인을 무의식적으로 받아들인다. A라는 글자는 그녀에게 어떠한 양심의 가책이나 죄의식을 주지 않는다. 하지만 간음의 결과물인 펄은 그녀에게 양심을 일깨워주고 죄의식을 갖게 하는 존재로 인식된다. A자가 원죄를 상징한다면 펄은 그녀에게 있어서 언제나 죄의 결과물로서 그녀에게 실재하는 것이다. 자기 죄에 대한 진정한 고백이 용서받음을 전제로 한다면 그런 의미에서 펄은 신의 은총이자 사랑과 구원의 상징이다.

딤즈데일은 누구나 하나님을 믿지 않고는 구원을 얻을 수 없다는 성서적인 구원의 한 축을 형성하고 있다. 아무리 선하다고 해도 신앙이 없으면 구원을 얻을 수 없다는 기독교적 윤리, 청교도적 윤리의 한 복판에 선 이가 딤즈데일이다. 하지만 그는 윤리의 중심에 있어야 함에도 불구하고 평범한 사람들보다 더한 윤리적 범죄를 저지른다. 그가 갈 곳은 심판대이지만 심판대에서 진정한 자기 고백을 함으로써 구원을 얻게 되는 것이다.

반면 헤스터는 비기독교적 죄인상의 한 축을 형성한다. 그녀는 자신의 간음 행위, 즉 원죄를 죄라고 생각하지 않는다. 이에 대해 뉘우치거나 참회하는 일도 없다. 간음 행위, 즉 원죄는 청교도에서나 해당할 뿐이지 비기독교인에게는 아무런 의미가 없기 때문이다.

🌱 낙인의 상징인 주홍글씨

1850년에 출판된『주홍글씨』는 너대니얼 호손의 첫 번째 장편 소설이다. 이 소설은 청교도라는 인습적 도덕사회에 대한 새로운 윤리관의 문제를 제기하고 있다. 이 소설이 발표된 지는 이미 150년이 훌쩍 넘었지만 지금까지도 현대의 윤리문제를 포괄적으로 던져주고 있다. 늙은 학자와 애정 없는 결혼을 한 헤스터 프린. 그녀가 뉴잉글랜드라는 신세계에서 젊은 목사와의 불륜으로 인해 임신을 하고, 사회제도의 냉혹한 제재를 받으며 살아나가는 모습을 상징적으로 그려낸 이 작품은 현대인들의 인생관 내지는 결혼관과 크게 다르지 않다.

우선『주홍글씨』의 작품 속으로 들어가 본다.

뉴잉글랜드의 어느 도시 형무소 근처 교수대 위에 생후 3개월이 된 아기를 안고 있는 젊은 여자가 나타난다. 그녀는 앞가슴에 A라는 주홍색 글씨가 예쁘게 새겨진 옷을 입고 있다. 물론 A는 간통(adultery)의 첫 글자를 나타낸다. 그녀의 이름은 헤스터 프린. 그녀는 자기보다 나이가 훨씬 많은 학자와 결혼해서 남편보다 먼저 신대륙인 미국 땅에 건너온다. 하지만 뒤따라오기로 한 남편은 아무리 기다려도 모습을 나타내지 않는다. 그러다가 소식마저 끊기고 말았다. 사람들은 그가 죽었음이 틀림없다고 이야기한다.

시간이 더 흐른 뒤 오랫동안 행방불명이었던 헤스터의 남편이 나타난다. 남편은 헤스터가 간통했다는 사실을 알게 되고 헤스터와 간통한 남자에 대해 복수하기로 마음먹는다. 남편은 정부를 찾

우리 인류는 범죄에 완전히 노출돼 있다. 과장이 허용된다면 사람은 누구나 죄인이라는
등식이 성립된다. 죄인이 아니라고 생각하는 것 자체가 오만이라는 더 큰 죄를 범하는 셈이 된다.

아내어 복수하기로 결심하고 이를 실행하기 위해 로저 칠링워드라는 의사로 신분을 위장해 헤스터가 살고 있는 도시에 들어온다.

헤스터는 교외의 초가집에서 삯바느질로 생계를 이어간다. 그녀의 딸 펄은 친구도 없이 자유분방하게 성장기를 보낸다. 한편 칠링워드는 옥스퍼드 출신의 수재인 딤즈데일 목사를 주목하게 되는데, 그는 헤스터의 남편이 그토록 알고 싶어한 아내의 정부이다. 딤즈데일 목사는 그녀와의 염문 이후로 엄격한 고행을 한다. 그 결과 그는 쇠약한 상태에 빠져 건강 상담역을 하고 있는 칠링워드와 함께 생활을 하게 된다. 어느 날 의사 칠링워드는 딤즈데일의 가슴에 새겨진 주홍색 글씨를 발견한다.

7년이 지난 5월의 어느 날 밤. 딤즈데일은 밤일에서 돌아오는 헤스터 모녀와 셋이서 교수대 위에 서자고 한다. 그의 고민을 알게 된 헤스터는 칠링워드에게 딤즈데일을 용서해 달라고 간청한다. 그러나 남편은 단호하게 거절한다. 어쩔 수 없게 된 헤스터는 딤즈데일에게 칠링워드의 정체를 밝힌다. 축제일에 설교를 하게 된 딤즈데일 목사는 헤스터 모녀를 부른 뒤 교수대 위에서 청중 앞에 자기의 죄를 고백하고 죽는다. 복수심으로 살아온 칠링워드는 딤즈데일의 죽음으로 삶의 의미를 잃고 얼마 안 가 죽는다. 칠링워드에게 딤즈데일의 죽음은 삶의 의미를 없앤 것이었다. 한편 펄은 교양 있게 성장해 외국에서 결혼한다. 헤스터는 고향에서 깨끗이 살다가 삶을 마감하고는 딤즈데일 목사의 무덤에 함께 묻힌다. 소설 『주홍글씨』는 이렇게 끝이 난다.

너대니얼 호손
Nathaniel Hawthorne

작가 너대니얼 호손(Nathaniel Hawthorne : 1804~1864)은 매사추세츠 주 세일럼에서 태어났다. 보든 대학을 다니던 시절에 시인 헨리 워즈워스 롱펠로와 호레이시오 브리지, 프랭클린 피어스와 생애의 친교를 맺었으며 1828년 최초의 소설 『팬쇼 Fanshawe』를 출판했지만 악평을 받는다. 이후 1837년 단편집 『두 번 들려준 이야기 Twice-told Tales』를 발표했으며, 1839년 경제적 불안정에서 벗어나기 위해 보스턴 세관에서 근무한다. 1850년 그의 대표작이 된 『주홍글씨 The Scarlet Letter』를 발표했다. 1851년 『일곱 박고의 집 The House of the Seven Gables』을 발표했으며, 이 듬해에는 『즐거운 계곡의 낭만 The Blithedale Romance』을 출간했다. 1853년 영국의 리버풀 영사로 부임했으며, 이후 이탈리아를 여행했다. 이 여행 뒤에 목신이 죄를 짓고 비로소 지성과 양심의 깨달음을 경험하는 『대리석의 목신상 The Marble Faun』(1860)을 집필했다. 귀국 후 영국 체재기를 정리한 『우리들의 고향』(1863)을 유고작으로 남겼다.

17세기 때부터 세일럼에서 살아온 호손의 조상은 검소하고 엄격한 생활방식을 신봉하는 전형적인 청교도 신자였다. 이러한 배경 하에 이 시기 때 세일럼에서 있었던 마녀재판에 호손의 조상이 적극 관여했다. 이와 같이 독실한 청교도 신자들로 이뤄진 집안에서 자란 호손은 조상이 저지른 죄과에 대해 죄의식을 느끼고 있었다. 왜냐하면 18세기에 번창하고 유명했던 가문이 갈수록 기울어지고, 아버지는 호손이 4살 때 항해 도중 죽으면서 재산은 하나도 남기지 않아 부유한 외가에서 어린 시절을 보내야만 했다. 이러한 집안 몰락이 죄상의 죄에 대한 업보라고 호손은 생각하기에 이르렀으며, 이는 작품 세계에 많이 반영되는 결과가 되었다.

『주홍글씨』가 너에게 전하는 편지

용서가 뭐냐고요? 내가 어떤 누군가를 용서한다면 용서한 순간 이후로 그 일에 대해서는 전혀 생각을 하지 않는 거예요. 완전히 지워서 다시는 재생할 수 없는 상태이지요. 살다보면 우리는 실수를 할 수도 있으며, 본의 아니게 남에게 피해를 줄 수도 있어요. 사람이란 누구나 실수나 또는 죄에 노출돼 있는 존재들이거든요. 그러니 누가 잘못을 저질렀다고 해서 함부로 손가락질 하거나 비난하는 것은 곤란한 일이지요. 나도 언제가 그런 당사자가 될 수 있는 개연성이 충분히 있으니까요. 그럴 때면 나도 그럴 수도 있지 않을까 하는 마음으로 자신을 돌아보는 자세가 필요한 것 같아요.

우리가 서로 뭔가 닫힘이 있다면 내가 먼저 다가가서 그의 손을 잡고 상대의 마음을 열려는 시도, 그 용기는 참 아름다운 일이지요. 그 주인공이 여러분이었으면 해요.

레미제라블_ 희망

"나는 두 사람이 와주기를 기다리고 있었던 것 같은 생각이 드는구나. 이젠 행복하게 죽을 수 있어. 두 사람은 언제까지나 변함없이 사랑하며 살아야만 한다. 이 세상에 서로 사랑하는 것보다 더 소중한 것은 아무것도 없어."

삶의 희망이 되는 사람과의 인연을 소중히 여겨라

세상에는 여러 부류의 사람들이 살고 있다. 어려움에 처한 사람을 보면 아무런 조건 없이 보살펴주고 도와주는 사람이 있는가 하면, 도와주지는 못할망정 무시하거나 오히려 못살게 구는 사람도 있다.

소설이라는 것이 물론 픽션이긴 하지만 인간사를 다루고 있기 때문에 현실을 반영할 수밖에 없다. 그래서 어느 소설에서든 다양한 부류의 인간 군상이 등장한다. 이 작품에도 장발장이라는 인물을 둘러싸고 여러 인물이 등장한다. 장발장을 읽어가면서 다시 들춰 봐야할 인물들이 있다. 그 첫 번째 인물이 미리엘 주교이다.

미리엘 주교는 장발장이 제2의 인생을 살 수 있도록 계기를 마련해 준 아름다운 마음의 소유자이다. 그는 죄수 장발장을 무서워하기보다는 오히려 그를 따뜻하게 맞아주고, 그를 '형제'라고 불러준다. 장발장에겐 이 한마디가 뼈에 저리도록 고맙게 들려온다.

사람들이 감동하는 것은 어떤 큰 것을 선물로 받아서이기보다는 진정한 마음으로 대해주는 작은 배려, 진실 담긴 따뜻한 말 한마디일 수가 있다.

미리엘 주교의 집에서 따뜻한 대접을 받고도 은접시를 훔치고 달아났다가 다시 잡혀온 장발장에게 화를 내지 않고 오히려 "은촛대도 준 것인데 왜 가지고 가지 않았냐"는 주교의 말. 그렇다. 세상에서 가장 위대한 스승은 이러한 진정한 인간애를 가진 미리엘 주교와 같은 사람들일 것이다.

그가 장발장에게 "잊지 마시오. 내가 준 물건들은 당신이 정직한 사람이 되기 위한 일에 쓰겠다고 약속했던 것을"이라고 한 말은 세상 어떠한 설교보다 감동적이며 심금을 울리는 말일 것이다. 그 사랑으로 장발장은 훌륭한 사랑의 전달자, 즉 자선가로 변할 수 있게 됐다.

어떤 인연으로 만났든지 코제트는 장발장에게 삶의 의미를 부여해 주는 존재다. 우리 자신도 절망감에 싸여 있다가도 자녀의 맑은 눈동자를 들여다보면 힘을 얻고 소망을 성취하려고 다시 일터로 나가는 것처럼, 코제트 또한 장발장에게 있어서는 소중한 희망의 존재이다.

그렇게 소중한 코제트가 사랑하는 사람을 만나서 자신을 떠나게 된다니 장발장에겐 이를 받아들이기가 참 어려운 일이다. 하지만 그는 세상의 그 어느 아버지보다도 진솔하고 아름다운 사랑으로 그녀를 끝까지 보살펴준다. 친구도 친척도 피붙이도 없는 그런 장발장에게 코제트는 단 한 명의 가족이기도 했고, 더없이 소중한 존재이며 그의 전부라고 할 만하다.

자베르 경감. 그는 독자들이 보기에도 끔찍하게 얄밉고, 지독한 인간이라는 인식을 갖게 하는 존재다. 하지만 자베르 경감은 자기 자신의 사리사욕을 위해 장발장을 집요하게 추적한 것은 아니었다. 자신의 신념과 임무에 충실한 전형적인 공무원 상을 제대로 보여주고 있는 인물일 뿐이다. 어떻게 보면 사회정의를 위한 신념과 소신을 갖고 있었던 자베르야 말로 이 시대가 필요로 하는 공직자 상은 아닐까. 원칙에 충실한 그도 마지막 장면에서 원수로 여겼을 법도 한 장발장이 자신을 죽이지 않고 오히려 도움을 주자 일생을 걸고 장발장을 추격해온 신념의 무의미함을 느끼고 흔들리는 모습을 보인다. 그래서 이 작품은 법이라는 것도 따뜻함의 세계, 즉 인간의 정의 세계보다는 우선할 수 없다는 것을 보여준다.

잠시, 『레 미라제블』을 집필한 작가를 살펴본다.

유행가 가사처럼 '아픈 만큼 성숙해진다'고 했던가? 작가 자신에게 있어서 말년에 닥친 불행들은 오히려 그를 성숙할 수 있게 하는 기회가 됐다. 그의 작품이 다양할 수 있었던 것은 그의 충실한 삶에 대한 발로라 할 수 있다.

많은 사람들이 주어지는 고통으로 절망해 폐인으로 전락하는 경우가 많지만 빅토르 위고는 불행이나 어려움을 이겨내고 자신의 삶을 작품으로 승화시킬 수 있는 인간이었다. 오늘날 그의 대표작이라 할 『레 미제라블』은 허구라고 느낄 수 없을 정도로 현실을 반영하고 있다. 동시에 인간과 인간 사이의 질서를 부여하는 법이라는 잣대와 법보다 더 위대한 인간의 사랑이 무엇인지를 제대로 보여주는 서사시라 할 수 있다.

어쩌면 진정한 부자란 많은 것을 자신을 위해 쌓아두는 것이 아니라 미리엘 주교처럼 꼭 필요로 하는 이들에게 자기의 것을 나누어 줄 수 있는 용기가 있는 사람을 말한다. 또한 사랑은 한곳에 머물러 있는 것이 아니라 사람과 사람 사이를 흘러가는 것이라는 사실을 배우게 된다.

미리엘 주교의 사랑은 장발장에게 전달되어 장발장의 마음에 씨를 뿌리고 뿌리를 내리더니 가난한 이들과 그의 사랑을 필요로 하는 이들에게 전달되고, 코제트에게도 전달되고, 그를 끝까지 괴롭혀 왔던 경감에 대한 위대한 사랑으로 이어진다. 이렇게 사랑은 물결처럼 흘러가는 생명체와 같다.

우리의 사랑도 이렇게 흘러 나보다 가난한 이들의 마음에 전달될 수 있었으면 좋겠다. 그리고 빵을 간절히 그리워해도 그 빵 하나 제대로 가질 수 없는 이들이 없는 풍요로운 세상이 속히 왔으면 좋겠다.

장발장, 누이와 조카들을 위해 일을 해왔던 장발장. 그는 어느 빵집에서 배고픈 조카들의 얼굴이 떠오른다. 굶주림에 지친 조카들을 위해 자신도 모르게 빵 한 개를 훔치는 것으로 이야기는 시작된다. 그러고는 체포되어 감옥에 가고, 여러 번의 탈옥 시도가 실패로 끝나면서 가중 처벌로 무려 19년간이나 감옥 생활을 하게 된다.

그리고 19년의 세월이 흘러 석방되지만, 사회에 나와도 누구 하나 따뜻하게 맞아주는 사람이 없다. 그는 노숙을 하다가 미리엘 주교의 집에 가서 도움을 청한다. 미리엘 주교는 그를 아주 따뜻하게 맞아주며, 형제라고 불러주기까지 한다.

하지만 그는 주교의 친절에도 불구하고 은접시를 훔치는 짓을 저지른다. 그럼에도 주교는 그가 처벌 받는 것을 원치 않았으므로, 은접시는 도둑맞은 것이 아니라 준 것이라고 증언해 준다. 장발장은 주교의 증언 덕분에 다시 감옥에 갇히는 신세를 면한다.

이 배려로 주교의 깊은 사랑을 느낀 장발장은 자신의 죄를 뉘우친다. 훗날 장발장이 코제트를 각별히 사랑하는 일, 주변의 불쌍한 이들에게 자선을 베푸는 일도 미리엘 주교에게서 받은 사랑의 보답일 것이다. 미리엘 주교는 신앙과 자비만으로, 석방된 죄수 장발장을 다시 착한 인간으로 돌아오게 한 것이다.

장발장은 이제 마들렌으로 자신의 이름을 바꾸고 작은 도시에서 공장을 경영하면서 시민들로부터 신망을 얻고 마침내 시장에 당선되기까지 한다.

어쩌면 진정한 부자란 많은 것을 자신을 위해 쌓아두는 것이 아니라 꼭 필요로 하는 이들에게
자기의 것을 나누어 줄 수 있는 용기가 있는 사람을 말함일 것이다.

하지만 자베르 경감은 마들렌이 장발장임을 눈치 채고 그를 집요하게 따라다닌다. 그러던 중 마들렌, 즉 장발장은 8년 전부터 수배 중이던 전과자 장발장이 최근에 잡혔다는 소식을 듣게 되자 극심한 갈등을 겪게 된다. 자기가 아닌 다른 장발장이 자기 죄까지 뒤집어쓰고 처벌을 받는다는 것은 그의 양심이 허락지 않는 일이었다.

결국 그는 무고한 사람을 구하기 위해 자수하고 또다시 징역살이를 한다. 하지만 시장 시절에 도와준 전직 여공이며 사생아의 양육을 위해 창녀로 전락한 가엾은 여인 팡틴을 위해 그는 다시 탈옥한다. 그러다가 워털루 전쟁의 패잔병인 테나르디에의 여관에서 노예처럼 혹사당하고 있는 팡틴의 딸 코제트를 구해 파리로 돌아온다.

장발장은 그를 따라온 자베르 경감을 피해 수녀원에서 지낸다. 그는 그곳에서 정원사로 일하면서 코제트가 성장하는 것에 보람을 느끼면서 살아간다.

이제 코제트는 아름답게 자랐고, 훌륭한 신분임에도 민중 속에서 신념을 불태우는 마리우스의 사랑을 받는다. 파리 시내가 온통 바리케이드로 뒤덮여 있던 어느 날, 장발장은 우연히 두 사람이 사랑하고 있음을 알게 된다.

처음에는 마음이 괴로웠지만 코제트의 행복을 위해 코제트에 대한 자기의 사랑을 희생하기로 한다. 장발장은 왕정에 항거하는 공화파의 대폭동에 가담한 마리우스를 찾아간다. 마리우스는 동지들과 함께 싸우고 있었다. 그 싸움의 현장으로 달려간 장발장은 부상당해 정신을 잃은 마리우스를 발견하고, 그를 둘러메고 하수도를 통해 구해낸다.

　이때 폭도들에게 붙잡혀서 처형을 기다리던 자베르를 보고 장발장은 집행을 자원한다. 장발장은 자베르를 풀어 주고 한 방의 공포를 쏘았다. 이제 자베르는 장발장에 대해 갈등이 시작되고, 오직 장발장을 잡고야 말겠다는 그의 신념은 흔들리게 된다.

빅토르 위고
Victor-Marie Hugo

빅토르 위고(Victor-Marie Hugo, ：1802~1885)는 1802년 2월 26일 프랑스 브장송에서 출생했다. 아버지는 나폴레옹 휘하의 장군이었고, 어머니는 왕당파 집안 출신이었다. 아버지는 위고가 자신처럼 군인이 되기를 희망했으나, 그는 문학에 흥미를 갖고 있었다.

그는 「크롬웰」의 서문을 쓰기도 했는데, 이는 낭만주의 문학의 선언이라고 할 수 있다. 그의 말년은 슬픔과 시련의 연속이었다. 프로이센 전쟁에서 프랑스가 패배하고 제3공화정이 선포되자 그는 파리로 돌아온다. 그는 국민의회 의원(1871)으로 정치에 참여하지만 1개월 만에 사임한다. 그의 딸은 1863년에 애인을 찾아 지금의 캐나다로 가지만 애인으로부터 버림을 받고, 9년 뒤에 정신병자가 되어 프랑스로 돌아온다. 1868년에는 아내 아델이 죽어 그는 더욱 깊은 슬픔에 빠지게 된다. 또 1871년에 한 아들이 죽었고, 1873년에는 또 다른 아들이 죽었다. 위고가 쓴 엄청난 양의 작품은 아마도 프랑스 문학에서뿐 아니라 세계적으로도 유례를 찾아보기 힘든 일일 것이다. 그는 아침마다 시 100행이나 산문 200장을 썼을 정도로 문학에 대한 엄청난 열정을 지닌 작가였다. 그는 시, 소설, 희곡 등 다양한 분야에서 많은 작품을 남겼다. 프랑스 모든 도시에 그의 이름을 딴 거리가 생겨날 만큼 그는 사랑받는 국민작가가 됐다.

1878년에 그는 뇌출혈로 쓰러지기도 했지만 파리의 엘로가(街)에서 몇 년 더 살았다. 이 거리는 그의 80세 생일에 빅토르위고가로 이름이 바뀌었다. 충실한 반려자 쥘리에트가 죽은 지 2년 뒤에 위고도 결국 눈을 감았다. 그가 죽자 프랑스 정부는 국장을 치러 예우해 주었다. 그의 유해는 개선문 밑에 안치됐다가 팡테옹에 다시 묻혔다.

『레미제라블』이 너에게 전하는 편지

'사흘 굶어 도둑질 안 하는 사람이 없다'는 속담이 있더군요.
사람이면 누구나 삶의 목구가 있게 마련이지요. 고픈 배를
움켜쥐고 거리를 헤매어 보지 않고는 진정한 배고픔과 가난
의 의미를 알 수가 없습니다. 하지만 아무리 가난해도 서로
가 서로를 이해하고 배려하는 마음이 있어서 세상은 따뜻해
집니다. 세상은 어쩌면 연쇄반응처럼 진행돼 가는 것 같아요.
누군가 미움을 퍼트리면 여기 저기 미움의 독초가 돋아나고,
누군가 사랑의 꽃씨를 뿌리면 그것은 줄줄이 사랑으로 이어
가게 하거든요. 사랑이란 부유한 사람들의 전유물이 아니라
누구나 간직할 수 있는 참 아름다운 것이지요. 그렇게 거창
한 것만도 아니고, 마음의 진실만 담으면 얼마든지 아름다울
수 있는 것이지요. 나 자신이 조금만 희생하고 참으면 사랑
은 몽실몽실 피어올라 세상을 아름답게 만들어서 살 만한 곳
이 되게 한답니다.

오만과 편견 _ 믿음

"전 외아들로 태어나 버릇없이 자랐어요. 우리 집안사람들을 제외하곤 아무에게도 관심을 갖지 않았고, 다른 사람들은 모두 나 자신보다 천하다고만 여겼어요. 나에게 성격을 고치라고 충고해준 사람은 당신이 처음이에요. 당신은 내게 큰 교훈을 줬어요. 처음엔 당신의 충고를 받아들이기가 무척이나 힘들었지만 가장 이로운 교훈이었어요."

돈으로 살 수 없는 가치, 믿음을 얻어라

우리는 살아가면서 많은 사람을 만난다. 그리고 그 만남들은 우리의 삶을 좌지우지하게 된다. 처음으로 만나게 되는 부모와 형제간의 만남, 요컨대 혈연의 만남은 우리 마음대로 되지 않는다. 우리의 선택 영역 밖에 있는 것이다. 하지만 이 만남은 우리의 일생에 적잖은 영향을 미친다. 그럼에도 불구하고 우리가 선택할 수 없는 만남이니 받아들일 수밖에 없는 숙명이다.

반면 살아가면서 이웃, 친구, 배우자와의 만남은 주위에서 영향을 끼치든 끼치지 않든 우리가 선택할 수 있는 만남들이다. 그 만남들은 우리의 일생을 지배하며 우리의 삶을 지배한다. 이런 의미에서 거의 한 평생을 함께 지내야 하는 배우자와의 만남은 인생의 전부라고 단정해도 틀린 말이 아니다.

　우리가 이제 읽어가려는 『오만과 편견』은 제목을 봐선 마치 철학서적 같지만 어떻게 보면 진부할 수도 있는 멜로드라마와 같은 소설이다. 그다지 개성이 없어 보이는 듯한 스토리 전개이지만 이 책이 높은 평가를 받고 있는 이유는 당시의 세태를 제대로 보여주고 있기 때문이다. 또한 멜로라는 것은 시대와 관계없이 보편적으로 인간 본질의 문제이다. 오만은 사랑으로 인해 진솔함으로 바뀌어가며, 오해로 인한 편견이 보기 좋게 아니 운이 좋게도 그 편견을 깨뜨릴 수 있는 기회를 부여함으로써 이 작품은 해피엔딩으로 마무리된다. 작품의 전개는 독자들이 원하는 방향으로 풀려가고, 독자들은 이러한 결과의 반대급부 형식으로 카타르시스를 얻는다. 이러한 절묘한 구성이 오랜 세월을 넘어 현대를 살고 있는 독자들에게도 깊은 인상을 심어주고 있다.

　나 자신이 남보다 많이 배웠으며 재산을 많이 가지고 있다고 생각할 때, 우리는 자신도 모르게 이미 상대를 깔보고 얕잡아보는 습성이 있다. 또한 자기가 우월한 위치에 있다면 상대에 대한 배려보다는 상대의 말이나 행동이 시답지 않아 보여서 상대를 무시하는 마음을 은연중에 이미 갖게 된다. 이럴 때 흔히 우리가 갖게 되는 것이 오만과 편견이다.

　마음속을 알 수 없는 인간들의 군집에서 이런 오해로 인한 편견,

오만은 일상처럼 일어나고 있다. 이 소설에 등장하는 군상들은 각기 다른 개성을 가진 인물들의 군집이다. 어쩌면 마치 서로의 심리 파악을 하기 위해 무진 애를 쓰는 심리 게임과 같은 소설이기도 하다. 그리고 용케도 우연한 일들의 중복 발생으로 그 인연을 끈질기게도 이어놓는다. 우리의 삶 구석구석에 이런 우연들이 인연을 맺어준다면 가슴 아픈 사랑은 대부분 해소될 수도 있을 것이다. 반면에 다양하고 드라마틱한 인연은 별로 없을지도 모른다. 그래서 시대가 발달할수록 인연보다는 우연한 일들이 사람의 만남을 바꿔놓고, 배꼬아 놓는 일이 많아지는지도 모를 일이다.

❤ 믿음으로 맺어지는 사랑 이야기

하트퍼드셔의 작은 마을에 사는 베닛 집안에는 다섯 자매가 있다. 이제 이 가족의 다섯 딸 중 위로 두 딸은 결혼 적령기에 접어들었다. 결혼은 매우 중요한 집안의 대사로, 누구와 결혼하느냐에 따라 가문의 체면 유지는 물론 신분 상승을 기대할 수 있는 사회적인 관습이다. 그래서 부모는 딸들의 상대를 골라주고 결혼시키기 위한 노력을 극대화한다.

우선 큰 딸 제인은 온순하고 마음이 착하며 내성적이다. 반면 둘째 딸 엘리자베스는 인습에 사로잡히지 않고 재치가 넘치는 발랄한 아가씨이다. 베닛 부인은 제인을 근처에 이사 온 늠름한 청년 빙글리와 맺어주려고 애쓴다. 하지만 제인은 그를 사랑하는 마음을 갖고 있으면서도 신중하게 자기 애정을 숨긴다. 함께 자리를 한 빙글리의 친구 다시는 겉치레를 우습게 알고 있는 사람이다. 그렇기 때문에 엘리자베스에게 있어서 다시는 신분을 내세우는 '오만'한 남자라는 인상으로 비친다. 엘리자베스는 다시를 경멸하게 되고, 좋지 않은 감정을 갖는다. 다시는 많은 재산을 갖고 있어서 당대에는 일등 신랑감임에도 불구하고 개성파 그녀에게는 눈에 들어오지도 않는 사람일 뿐이다.

엘리자베스를 무시했던 다시는 왠지 모르게 조금씩 자유롭고 활달한 엘리자베스에게 호감을 갖기 시작한다. 그러나 다시는 베닛 부인과 세 명의 여동생들의 어리석은 행동에 실망하고는 더 이상 엘리자베스와 관계가 깊어지는 것을 꺼려한다. 그녀 또한 다시에 대한 첫 인상의 편견으로 인해 그를 탐탁지 않게 여긴다.

빙글리 역시 제인을 사랑하고 있었지만, 그녀의 사랑을 받을 수 있을지 자신이 없다. 결국 이 두 청년은 그 마을을 떠난다. 그 뒤에 다시는 신분 격차와 저속한 중매인에 대한 혐오감을 가졌음에도 불구하고, 이 모든 장애를 뛰어넘어 엘리자베스에게 청혼한다. 그러나 엘리자베스는 다시가 오만하다는 편견을 여전히 갖고 그의 청혼을 거부한다.

한편 엘리자베스는 경박하고 낯이 두꺼운 콜린스와 싹싹하기는 하지만 성실하지 못한 위컴을 만난다. 콜린스는 엘리자베스의 절친한 친구와 급하게 결혼하고는 엘리자베스 곁을 떠난다. 엘리자베스는 위컴에게 호감을 갖는다. 그러나 인상으로만 판단한 위컴

세상에는 아름다운 일들이 우리를 유혹하지만 맺어진 사랑을 잘 유지하는 것이 얼마나 아름다운
일인지를 생각해보고 우리의 마음속에 오만과 편견이 사라졌으면 한다.

의 위선적인 행위를 알게 되면서 그녀는 첫인상은 그리 중요하지 않다는 사실을 깨닫는다. 더욱이 위컴은 그녀의 막내 동생 리디아와 함께 도망을 친다.

이제 막 엘리자베스와 다시의 인연이 다시 시작되려는 찰나에 그녀는 그 사건을 접하며 다시의 마음이 변하지는 않을까 고심한다. 그러나 여러 사건과 집안 문제에 부딪치면서 엘리자베스는 다시가 너그럽고 사려 깊은 인물이라는 사실을 알게 되고, 자신의 편견을 고치기로 결심한다. 이전에는 빙글리와 제인의 사랑을 의심해 결혼을 만류했던 다시는 그들의 사랑을 믿고, 오히려 그들의 결혼을 주선한다. 이어 다시와 엘리자베스도 이해와 사랑과 존경으로 맺어진다.

천생 맏딸처럼 자기 자리를 지키는 제인은 첫사랑을 유지해 결국 결혼에 성공한다. 이로 인해 그녀는 가족 구성원으로서의 역할과 의무를 다한 셈이다. 그 결혼으로 인해 이 가문에서 원했던 어느 정도의 체면은 물론 신분 상승과 재산 증식도 가져왔으니 말이다. 그녀 또한 사랑하는 사람과 맺어졌으니 더할 나위 없는 성공적인 결혼인 셈이다.

🐭 우리 주변에 있는 속물근성을 살펴라

베닛 부인의 속물적 근성은 당대의 사회적 관념과 시대상을 잘 보여주고 있다. 하긴 요즘도 사랑이 전제되는 것이 아니라 자신들의 체면 유지나 상호 이익을 위한 정략결혼을 시키는 상류층이 많다. 예나 지금이나 결혼도 하나의 사업이며 비즈니스라는 면에서 우리를 슬프게 한다.

이 소설의 가장 중심적인 인물은 베닛 집안의 다섯 딸 중 둘째딸인 엘리자베스와 다시의 이야기일 것이다. 오만도 다시로부터 비롯됐으며, 편견은 엘리자베스가 다시에 대해 가진 애초 감정의 지속이었으니까 말이다.

엘리자베스는 당시의 평범한 인물과는 달리 상당히 활동적이며 솔직하고 쾌활한 성격의 소유자이다. 언니가 걱정돼 자신의 몸치장이나 자신의 모습에 구애 없이 빙글리 집안을 방문하는 것도 그렇고, 다시가 엄청난 재산의 소유자이며 누구에게나 부러운 결혼 상대임에도 불구하고, 자신의 감정이 따르지 않으면 거부하는 용기가 그렇다. 엘리자베스는 결코 속물적이지 않은 유쾌함을 우리에게 전해주고 있다.

아마도 이런 매력이 『오만과 편견』을 빛나게 하는지도 모른다. 사랑은 결코 구걸해서 이뤄지는 게 아니며 속물적 처세로 이루어지는 것이 아니다. 이 작품은 서로가 진정으로 사랑을 느낄 때 이뤄지는 결혼이야말로 진정한 결혼이며 그만한 가치가 있음을 보여주고 있다. 그녀는 재산 때문에 결혼한 것도 아니었지만 결과적으로는 언니보다 더 많은 재산의 소유자가 됐다.

별로 언급이 되지 않던 막내딸의 돌연한 등장. 엘리자베스가 첫인상에서 매력을 느끼기도 했으나 알고 보니 위선적이며 비열한 성격 소지자인 위컴이 막내 동생 리디아를 데리고 런던으로 야반도주한 일. 리디아는 이 소설을 마무리하기 위한 하나의 장치로 쓰였는지도 모른다. 리디아의 사건으로 인해 인물들은 서로의 진심을 알게 되고, 오만에서 벗어나고, 편견을 깨뜨리고 사람을 다시 보는 계기가 됐으니 말이다.

__ 오만과 편견을 넘어서면 진실이 보인다

사람은 인상이라는 허울에 종종 속게 되고, 그 허울을 그대로 믿는 병도 동시에 갖고 있다. 겉모습은 그 사람의 전부가 아니지만 우리를 현혹시키기에는 충분한 허울이기도 한 것이다. 또한 사람의 말은 우리에게 그 겉모습을 그대로 믿게 만드는 강력한 무기이다. 자칫 그 말은 우리를 헤어나지 못하게 하는 마약처럼 영향을 미치기도 한다. 사랑에는 이렇게 예기치 못한 일이 종종 발생한다. 어느 날 믿었던 내 친구가 내 애인을 빼앗아가는 일도 일어나는 게 사랑이니까 말이다.

이 소설의 초반부에서 다시는 오만한 사람으로 등장하지만 점차적으로 그의 속내에 인간적 진실이 숨어 있었다는 반전을 가져다준다. 그리고 그 진실은 일시적인 것이 아니다. 그는 겉으로 드러내지 않으면서 사랑하는 사람의 주변 일을 숨어서 돕는다. 어찌 보면 그의 신분에 어울리지 않는 소박함과 순진함이 우리에게 인간적인 사랑스러움으로 다가온다.

그는 사랑을 완결하려면 무엇보다도 겉으로 드러내 보여주는 것이 아니라 진솔하게 서서히 접근해가는 것, 인정하든 인정하지 않든 자기의 진실을 보여주는 것임을 보여준다. 그렇게 이룬 사랑이야 말로 참되고 아름다운 사랑이며, 행복을 보장해 준다는 것을 그는 보여주고 있다. 결혼은 정략이 아니며 진실한 감정의 교감으로 이뤄지는 것이어야 한다는 것을 이들 연인은 드러내는 것이다.

누구나 성인이 되어가면서 사랑을 경험하고, 결혼을 생각해 본다. 나중에 독신주의자가 되건 말건 관계없이 결혼에 대해 생각해 보지 않는 사람은 없을 것이다. 남녀 간의 사랑, 그리고 결혼은 우리 삶에 있어서 아주 중요한 사건임에 틀림없다. 이 결혼으로 인해 서로가 구속으로 여기건 행복으로 여기건 자신의 인생을 일정 부분 저당 잡혀야 한다.

그럼에도 불구하고 결혼을 단지 하나의 짝짓기로만 여기는 풍조도 있다. 소위 말하는 정략결혼이 그렇고 서로의 환경, 또는 외모지상주의도 그러한 예일 것이다. 물론 서로의 인상에 대한 호감의 시작은 당연한 일이다. 그러나 보다 중요한 것은 서로의 겉모습으로 인해 호감을 느낄지라도 차후 이 사람과 평생을 행복하게 함께 살 수 있느냐가 그 사람이 가진 재산, 외모, 학벌, 능력보다 우선시 되어야 할 것이다.

이 소설이 시사하고 있는 오만이라는 것은 때로 우리를 착각하게 만든다. 오만이라고 바라보는 입장에서도 불쾌하고, 질시하게 만든다. 어쩌면 우리는 좋은 위치를 점하고 있을수록 겸허한 마음으로 돌아갈 줄 알아야 하며, 나의 열등의식 때문에 상대를 오만하게 보는 편견에 빠져있는 것은 아닌지도 돌아봐야할 것이다.

　이러저러한 약속의 파기가 빈번한 시대를 살고 있지만 결혼은 수많은 사람 중에 오직 한 사람과 사랑하며, 평생을 함께 살다가 죽겠다는 고상한 약속이다. 그럼에도 우리는 종종 사랑의 오해로 인해 지금 진행 중인 사랑에 대해 의심하기도 한다. 심리학의 연구 결과에 따르면 열정적으로 사랑할 수 있는 기간은 고작 2년 미만이라고 한다. 하지만 그 이후에 사랑이 사라지는 것이 아니다. 단지 사랑이 다른 모습으로 변했을 따름이다.

　오만과 편견이 사라지고 진실과 배려 그리고 믿음이 있다면 서로가 서로에게 고마워하는 마음을 갖고 행복한 결혼 생활로 삶을 영위해 나갈 수 있을 것이다. 더구나 평균 수명이 높아지는 요즘 추세에 비춰보면 우리가 사랑하며 결혼 생활을 영위해 나가야 할 날은 아주 길다. 세상에는 아름다운 일들이 우리를 유혹하지만 맺어진 사랑을 잘 유지하는 것이 얼마나 아름다운 일인지를 생각해보고, 우리의 마음속에 오만과 편견이 사라졌으면 한다. 그의 늘어갈 겉모습에서 아름다움을 찾을 것이 아니라 그 속 깊은 곳에서 우러나오는, 내가 볼 수 없는 그 신비스러운 상대의 마음속을 유영하며 사랑을 유지했으면 한다.

제인 오스틴
Jane Austen

제인 오스틴(Jane Austen : 1775~1817)은 영국인들이 가장 사랑하는 여류 작가로 꼽고 있는 인물이다. 그녀는 영국 한 방송사가 설문 조사한 '지난 천 년간 최고의 문학가' 조사에서 셰익스피어에 이어 2위를 차지하기도 했다. "햄릿이 영문학의 첫 아들이라면 엘리자베스 베넷은 가장 사랑스러운 딸이다."라고 로라 제이콥스는 말한다.

제인 오스틴은 1775년 영국의 햄프셔 주 스티븐턴에서 교구 목사의 딸로 태어났다. 어려서부터 습작을 했으며, 16세 때부터 희곡을 쓰기 시작했다. 21세 때에는 첫 번째 장편소설을 완성하기도 했다. 1796년 남자 쪽 집안의 반대로 결혼이 무산되는 아픔을 겪기도 했지만 후에 『오만과 편견 Pride and Prejudice』으로 개작된 서간체 소설 『첫인상 First Impressions』을 집필한다. 하지만 출판을 거절당한다. 1805년 아버지가 돌아가시자 경제적으로 어려워진 그녀는 어머니와 함께 형제, 친척, 친구 집을 전전하다가 1809년 다시 초턴으로 이사해 생을 마감할 때까지 그곳에서 일생을 독신으로 살았다.

이 기간에 『분별력과 감수성 Sense and Sensibility』(1811) 『오만과 편견』(1813) 『맨스필드 파크 Mansfield Park』(1814) 『엠마 Emma』(1816) 등을 출판했다. 이 책들은 출판되자마자 큰 호응을 얻었고, 그녀는 작가로서 명성을 쌓았다. 1817년 『샌디턴 Sanditon』 집필을 시작했으나 건강이 악화돼 집필을 중단한 뒤 42세의 일기로 생을 마감했다. 『노생거 사원 Northanger Abbey』 『설득 Persuasion』은 그녀가 죽은 뒤인 1818년에 출판되었다.

『오만과 편견』이 너에게 전하는 편지

우리는 사람을 볼 때 그 사람의 겉모습만 보고 판단하곤 하지요. 겉모습으로만 판단하다보면 자칫 우리는 나보다 못하다고 생각되는 사람을 무시하기도 하고, 과대평가했다가 낭패를 볼 수도 있어요. 드러난 것으로만 사람을 판단하려 하기 때문에 세상의 모든 것이 이미지화하고 있어요. 그러다 보니 실상 중요한 것을 간과하곤 해요. 사람을 사귀는 데에 있어서 처음에 잠깐 동안은 외모에 대한 호감만으로 좋은 관계를 유지할 수 있어요. 하지만 오래 사귀다 보면 정작 중요한 것은 외모나 그 사람의 환경이 아니라 그 사람의 내면에 있는 진실이 더 중요하다는 사실을 뼈저리게 느낄 수 있어요. 한번 마음먹기는 쉽지만 그 마음을 지속적으로 유지하기란 어려운 일이에요. 그 마음을 오래 다잡고 유지할 수 있는 것은 마음속 진실의 힘이에요. 그러므로 여러분은 상대의 외모나 환경보다도 그 사람의 진실을 알려고 노력해야만 해요. 또한 여러분 자신이 먼저 진실을 가지고 사람을 대해야 해요. 한번 맺은 관계가 시간이 흐를 수록 아름다운 관계로 발전하기 위해서는 서로가 진실을 나눠야만 해요.

키다리 아저씨 _ **행복**

"사랑을 담아서라는 말을 써도 괜찮을까요? 어울리지 않는다면 용서하세요. 하지만 저도 누군가에게 사랑을 보내고 싶은데, 제겐 아저씨밖에 없거든요."

🌼 성공은 다른 사람과 함께 행복해지는 것

사랑의 감정은 어떤 형태로든 아름답다. 사랑이란 말을 떠올리면 사람들은 각기 나름대로 그 뜻을 머릿속에 그려 넣는다. 사랑이란 말을 듣고, 어떤 이들은 육체적인 관계를 그려보는 이가 있는가 하면, 지고지순한 사랑의 풍경을 머릿속에 그려 넣는 사람도 있다.

사람들은 살아가면서 사랑 때문에 울기도 하고 기뻐하기도 한다. 때로는 사랑의 실패로 많이 아파하며 다시는 사랑 따위는 하지 않겠노라고 다짐하기도 한다. 하지만 결국 사랑으로 얻은 마음의 병은 사랑으로만 치유할 수 있다. 따라서 우리는 평생토록 누군가를 사랑하며 살아야만 한다.

　신데렐라나 콩쥐처럼 신분 상승으로 인해 갑작스럽게 찾아온 행운의 만남도 사랑이라고 말할 수 있을 것인가? 단지 그 상대가 멋지게 생기고 권력이 있는 신분이 왕자라는 이유 때문에 행운이라고 하지만 그것이 진정한 사랑은 아닐 것이다. 한 번도 본적이 없으면서 어쩌다 신발 한 짝 잃은 일로 사랑이 이뤄진다는 설정을 현실에서 그대로 받아들이기란 사실 어려운 일이다. 지금과는 달리 왕족이란 그저 하늘이 내린 사람 이상으로 보았던 당대의 꿈을 반영한 것에 불과하다. 물론 처음 만나서 한눈에 반하는 사랑도 있기는 하다. 나무꾼과 선녀의 사랑 이야기도 그렇고, 신데렐라도 그렇다. 이런 이야기들은 동화에 불과하지만 밑바탕에는 보편적인 인간의 정서를 담고 있다. 이러한 사실에서 예나 지금이나 사랑의 본질은 우연을 가장한 필연이 아닐까 생각해 본다.

　이제 우리가 읽어가려는 『키다리 아저씨』도 우리가 일반적으로 꿈꾸는 평범한 사랑에 관한 이야기다. 물론 소설의 배경에는 우연이라는 장치와 그 우연이 필연으로 자리 잡고 있다. 그러나 앞에서 소개한 동화들과는 달리 이 소설은 사실적 묘사를 통해 생생한 사랑의 기록으로 다가온다. 또한 지순한 사랑을 통해 진정한 사랑의 모습을 들여다보게 한다. 사춘기 소녀 적에는 한 번쯤 동경해 볼 만한 그런 사랑의 모습이다.

　그러면서 비슷한 사람이라도 교육의 기회가 주어지느냐 그렇지 않느냐에 따라 그 사람의 운명이 얼마나 달라지는가를 보여주기도 한다. 이런 측면에서 우리가 한 번쯤 음미해볼 만한 아름다운 소설이다.

우연을 가장하지만 필연으로 다가오는 사랑

이야기는 '우울한 수요일'이라는 소제목으로 시작된다. 이날은 제루샤 애벗이 있는 고아원에 후원자들이 모이는 날이다. 수요일이 되면 제루샤는 후원자들을 맞을 준비를 돕는 일을 도맡아하다시피 해야 하기 때문에 힘이 들었다. 그래서 그날은 우울한 수요일이다. 그녀는 진작 고아원을 떠나 독립하거나 입양이 되거나 했어야 할 나이였다. 하지만 그녀는 후견인을 만나지 못한 탓에 고아원에 남아서 자질구레한 일을 도우면서 생활하고 있었다.

그런 그녀에게 어느 수요일 행운이 찾아왔다. 그녀에게도 후원자가 나타난 것이다. 그녀가 언젠가 글짓기 시간에 썼던 글을 어느 분이 읽었는데, 그녀의 글 쓰는 자질을 발견했다는 것이다. 그 후원자는 그녀가 대학에 진학해서 공부할 수 있는 모든 비용을 대준다는 것이었다. 대신에 그녀는 한 달에 한 번 자신의 일상을 편지로 후원자에게 알려야 하는 조건이 달려 있었다.

후원자는 이름을 밝히기를 원하지 않았기 때문에 받는 이의 이름은 '존 스미스'로 정해졌다. 답장은 오지 않을 것이라고 한다. 따라서 그녀는 대학 생활을 하면서 그에게 편지를 보내면 됐다.

그녀는 후원자의 뒷모습밖에는 본적이 없다. 먼발치에서 그의 뒷모습만 얼핏 보았을 뿐이다. 그는 무척 커보였으므로, 그녀는 그를 '키다리 아저씨'라고 불렀다. 이후 소녀 제루샤는 4년 동안 자신의 대학 생활을, 그림자로만 보았던 '키다리 아저씨'에게 편지를 써서 보낸다. 답장 한 번 받지 못한 채 제루샤 혼자 써 보내는 편지들.

그녀는 성장하면서 그 상대가 자못 궁금해졌다. 그래서 가끔 그의 용모에 대해서 묻는 내용의 편지를 보내기도 했지만 답장은 여전히 오지 않았다. 제루샤는 자신의 애칭을 주디 에버트로 정하고 그 이름으로 계속 편지를 보낼 뿐이었다. 공부 외에는 마땅히 할 일이 없는 고아 주디는 한 달에 한 번만 편지를 쓰는 것이 아니라 자주 편지를 쓰곤 했다.

그렇게 열심히 대학생활을 하다가 친구 줄리아의 삼촌을 만나게 됐고, 그와 빠르게 가까워진다. 줄리아의 삼촌은 저비 도련님이라고 불리운다. 저비 도련님과 주디의 만남도 우연한 일로 다가왔다. 어느 날 주디는 처음 보는 아저씨를 학교에 안내하는 일을 맡았다. 그 아저씨는 줄리아를 만나러 왔던 길인데, 그분에게 학교 구경을 시켜주는 일을 주디가 맡은 것이다. 그가 바로 저비 도련님이었다. 그 일을 계기로 줄리아를 매개로 해 그와 차를 마시기도 하고, 영화도 함께 보게 되면서 그녀는 그에게 호감을 갖게 됐다. 그러나 주디는 그에게 호감을 갖게 됐지만 선뜻 다가서지는 못했다. 자신의 과거 신분이 드러날까 봐 두렵기도 했기 때문이었다.

주디는 그 일 이후에도 충실히 편지를 썼다. 그렇게 시간이 흐를수록 알 수 없는 신비한 존재인 키다리 아저씨는 사랑의 대상으로 다가왔다. 우연히 후원자가 된 그가 그녀의 사랑의 대상으로 서서히 자리 잡고 있었다. 이런 우여곡절을 겪고 나서 드디어 그녀의 졸업식이 다가왔다. 주디는 자신의 졸업식 때 키다리 아저씨에게 졸업식 날 꼭 와달라고 부탁하는 편지를 썼다. 하지만 결국 키다리 아저씨는 나타나지 않고 키다리 아저씨의 비서가 심부름을 왔을 뿐이었다. 결국 주디는 그토록 만남을 기대한 키다리 아저씨와 만나게 되는 순간을 맞았다. 그런데 알고 보니 키다리 아저씨가 바로 친구 줄리아의 삼촌인 저비 도련님이었다니!

_ 순수한 사랑의 아름다움을 볼 수 있다면

우연은 그냥 필연으로 진행되는 것이 아니다. 이 과정에는 여러 역할과 매개물이 인위적이든 자연적이든 개입돼야만 한다. 우선 이 소설은 우연을 가장하고 시작된다. 뒷모습만 보였을 뿐인, 그 이상의 정보는 아무것도 없는 그는 그녀에게 있어서 다만 키다리 아저씨일 뿐이다.

처음에는 대수롭지 않게 느꼈지만, 고요한 밤 분위기에 젖어 그에게 편지를 쓰고 있노라면 자신도 모르게 그 대상은 생생한 대상으로 다가왔다. 아무 말도 없지만 그는 그녀에게 어느덧 이름 만큼이나 크게 자리 잡는다. 그는 이제 신체적으로만 큰 사람으로 자리 잡는 것이 아니라 그녀의 마음속에도 크게 자리 잡는 것이다. 사랑이란 알 수 없는 일이다. 그녀의 키가 부쩍 자라서 성인이 돼가는 만큼 그녀가 사랑을 느낄 대상은 키다리 아저씨인 것처럼. 소녀 적에 또는 사춘기 시절에는 그 마음속에 누군가 키다리 한 사람쯤 동경의 대상으로 나타난다. 그렇게 이 소설은 주디의 성장 과정의 생생한 기록을 통해 한 소녀의 사랑에 대한 잔잔한 열병을 보여준다.

직접 누군가를 만나 사랑의 감정을 느끼고 열정적인 사랑을 하는 그런 소설은 아니면서도, 이야기 속에 잔잔하게 흐르는 사랑은 어느 사랑 소설보다 아름다운 모습을 보여준다. 게다가 여대 생활을 해본 사람만이 알 수 있는 생활과 심리묘사를 주디의 편지에서 읽을 수 있다.

주디의 편지에는 어려움 속에서도 꿈을 잃지 않고 독립적 여성으로 성장하는 한 여성의 자아가 고스란히 드러난다. 요컨대 그녀의 대학생활과 심리적인 갈등, 알 수 없지만 이미 사랑을 시작한 한 여인의 애절한 사랑의 모습 등이 고스란히 드러난다.

이 소설은 다른 소설들처럼 스토리의 전개가 아니라 서간문 형식을 취하고 있다. 형식면에서 보면 박진감을 느낄 만한 장치는 거의 없다. 하지만 주디의 편지를 읽어가다 보면 어느 새 그녀의 편지 속으로 빨려 들어가게 되는 묘한 매력, 즉 자신도 모르게 미묘한 사랑의 분위기에 젖어든다. 그녀의 편지를 훔쳐보는 듯한 묘한 즐거움이 생기는 것이다. 드물게 보는 서간문이 주를 이루는 소설이다.

그러면서도 긴장감이 감도는 것은 이 작품을 쓴 작가의 심리묘

살아가면서 사랑 때문에 울기도 하고 기뻐하기도 한다. 때로는 사랑의 실패로 많이 아파하며
다시는 사랑 따위는 하지 않겠노라고 다짐하기도 한다. 하지만 결국 사랑으로 얻은 마음의 병은
사랑으로만 치유할 수 있다. 따라서 우리는 평생토록 누군가를 사랑하며 살아야 한다.

사가 아주 탁월한 덕분이다. 우리는 이 소설을 통해 여대생의 성장 과정의 심리를 읽을 수 있으며 여대생 주디의 학창 생활, 여대생의 기숙사 생활을 은근히 엿보는 즐거움을 얻는다.

"지난 여름 내내 이사님 생각을 많이 했어요. 이렇게 오랜 세월이 지난 뒤에 드디어 저에게 관심을 기울여 주시고, 가족이라도 찾은 것만 같은 느낌이 들게 해주는 분이 생겼으니까요. 마치 이젠 누군가에게 소속되기라도 한 것 같은 느낌이 들고요. 아주 편안한 느낌이에요. …… 이제 앞으로는 이사님을 '친애하는 키다리 아저씨'라고 부르기로 했어요. 마음에 드셨으면 좋겠는데……"

이때까지 그녀는 단지 후원자로 받아들일 뿐이다. 물론 다음 편지에서는 "저를 이곳에 보내주신 아저씨를 사랑해요. 너무너무 행복하고, 매 순간 너무나 흥분이 돼 전 제대로 잠을 잘 수 없을 지경이에요"라고 쓰고 있지만 의례적인 감사의 편지일 뿐이다. 하지만 세월이 지나면서 그녀도 성장한다. 그녀는 사랑에 눈을 뜨는 나이로 접어드는 것이다. 그러나 그녀가 마땅히 사랑을 고백할 만한 상대를 만나기란 어렵다. 아마도 그녀가 처한 환경 탓일 수도 있을 것이다.

그녀가 "사랑을 담아서라는 말을 써도 괜찮을까요? 어울리지 않는다면 용서하세요. 하지만 저도 누군가에게 사랑을 보내고 싶은

데, 제겐 아저씨밖에 없거든요"라는 편지를 보냈을 때는 이미 그녀는 모르기 때문에 더 신비로운 상대로 느껴지는 사랑의 동경을 시작한 것이다. 그녀의 마음속에 움트는 사랑의 감정은 달이 차오르듯이 서서히 자란다. 이제 그녀의 전부를 차지하는 건 키다리 아저씨이다. 이외에 아무도 사랑할 수 없게 된 그녀는 사랑 고백을 하게 된다.

"그분은 그냥 그분일 뿐인데 전 그분이 그립고, 그립고, 또 그리워요. 온 세상이 공허하고 고통스러워요. 그분과 함께 나란히 바라볼 수 없는데도 여전히 아름답게 빛나는 달빛이 보기 싫을 지경이에요. 아저씨도 누군가를 사랑한 적이 있으시다면 제 마음을 아시겠죠? 사랑을 해보셨다면 제가 설명할 필요가 없을 터이고, 사랑을 해보지 않으셨다면 저로선 설명할 방법이 없네요."

저비 도련님에게 호감을 가지고 있으면서도, 그녀는 한 번도 본 적은 없지만 키다리 아저씨를 향한 순전한 사랑 때문에 그 사랑을 시도조차 할 수 없다. 그런데 저비 도련님과 키다리 아저씨가 동일한 인물이었다니, 좋아하는 두 사람의 사랑을 동시에 얻은 그녀로서는 얼마나 벅찬 사랑의 완성이란 말인가. 또한 이 사랑은 얼마나 우연을 가장한 필연이란 말인가!

물론 이 소설은 한 소녀의 감성적인 사랑을 다룬 작품이다. 하지만 이외에도 이 소설은 사회에서 소외받는 사람들도 다른 사람들과 동등한 여건이나 교육을 받게 하면 사회적 약자에서 벗어나 당당한 사회의 구성원이 될 수 있다는 메시지를 주고 있기도 하다. 또한 여성의 신분을 가졌다고 해서, 늘 사회에서 수동적으로 머무를 것이 아니라 교육을 받음으로써 사회에 대한 의식을 갖고, 사회의 당당한 구성원으로서의 역할을 해야 한다는 메시지를 담고 있다.

진 웹스터
Jean Webster

이 글을 쓴 작가 진 웹스터(Jean Webster : 1876~1916)는 미국 뉴욕에서 태어났다. 그녀는 출판업자인 아버지와 책을 좋아하는 어머니, 그리고 『톰 소여의 모험 The Adventures of Tom Sawyer』(1876)을 쓴 유명한 소설가 마크 트웨인(Mark Twain : 1835~1910)을 외숙부로 둔 덕택에 문학적 분위기에서 성장했다. 여행을 좋아하고 사회 개혁 운동에 지대한 관심을 가지고 있던 진 웹스터는 바자르 대학 졸업 이후 교도소 개혁 위원회에서 봉사를 하기도 했다. 자신의 경험을 토대로 『패티가 대학에 들어갔을 때 When Patty Went to College』(1903)를 발표하면서 본격적인 작가 활동을 시작했다. 이외에 8편의 소설을 썼으나 기억에서 사라졌고, 『키다리 아저씨 Daddy-Long-Legs』(1912)와 『친애하는 적 Dear Enemy』이 대중에게서 큰 인기를 모아 오늘날까지 사랑을 받고 있다. 변호사 글렌 매키니와 결혼한 그녀는 1916년 첫 딸을 낳은 다음날 안타깝게도 40세의 나이로 세상을 떠나고 만다.

웹스터는 학창시절 경제학의 한 과정으로 고아원과 기타 공공시설을 방문하면서 어려운 처지에서 인생을 시작하는 아이들에게 많은 관심을 가질 수 있었다. 이후 그녀는 자선 방문을 통해 불우한 환경에서 자란 아이들도 교육을 제대로 받으면 인생에서 성공할 수 있다는 믿음을 갖게 된다. 이런 그녀의 신념과 생각은 『키다리 아저씨』에 잘 나타나 있다. 어쩌면 주디는 작가 자신의 자화상이다. 물론 작가 자신의 신분과는 전혀 다르지만 작품 속 주인공 주디의 쾌활한 성격과 교육받은 여성으로서의 급진적인 사상은 그녀의 모습을 담고 있다.

『키다리 아저씨』가 너에게 전하는 편지

사랑, 사랑이란 말만 들어도 가슴이 콩닥거리며 뛰지 않나요? 사랑이란 참 묘한 감정인 것 같아요. 때로는 용기를 잃고 좌절하고 있을 때 누군가를 사랑할 상대가 생긴다면 힘이 나고 무엇이든 할 수 있다는 용기가 생기지요. 그래서 사랑은 참 아름다운 것이지요. 사랑에 빠져 있는 순간에는 세상의 모든 근심이나 걱정 따위는 잊을 수 있으니까요.

하지만 사랑이라는 것은 이성으로만 하는 것이 아니어서 때로는 아픔을 주기도 해요. 그렇게 아픔도 있고 슬픔도 있어서 사랑이 더 아름답긴 해요. 그런데 여러분! 간절히 사랑하는 마음을 간직하고, 그 사랑을 향해 서서히 나가다 보면 사랑은 이뤄지는 것이에요. 우연히 시작돼 작은 씨를 뿌리고 그 씨앗을 싹틔우기 위해 불면의 밤을 보내며 고민에 빠져보기도 하고, 그렇게 아주 서서히 키워낸 사랑, 그래서 서로의 가슴속에 조용히 자리 잡는 사랑, 어떻게 보면 열정이라고는 전혀 느껴지지 않지만 깊은 울림으로 자리 잡는 그런 사랑을 해 보고 싶지는 않나요? 그 사랑은 참 아름다워요.

위대한 개츠비 _ 불공평

"나는 그곳에 앉아 그 오랜 미지의 세계를 곰곰이 생각하면서 개츠비가 부두 끝에 있는 데이지의 초록색 불빛을 처음 찾아냈을 때 느꼈을 경이감에 대해 생각해 보았어요. 그는 이 푸른 잔디밭을 향해 머나먼 길을 달려왔고, 그의 꿈은 너무 가까이 있어 금방이라도 붙잡을 수 있을 것 같았을 테지요. 그 꿈은 이미 그의 뒤쪽에, 공화국의 어두운 벌판이 밤 아래 두루마리처럼 펼쳐져 있는 도시 저쪽의 광막하고 어두운 곳에 가 있다는 사실을 그는 미처 알아차리지 못했을 거예요."

🌑 사랑 속에 녹아 있는 감정을 투명하게 들여다보라

이 소설은 전체 줄거리로 보면 불륜을 기도하다가 비극적 죽음을 맞는 전형적인 연애소설이다. 주인공 개츠비는 데이지의 마음에 들기 위해 최선의 노력을 다하고, 그 사랑을 되찾기 위해 치밀하게 준비하며 옛 연인에게 접근해 나간다.

그 사랑은 우연을 가장해 이뤄진 것 같다. 하지만 그때쯤엔 이미 옛사랑은 남의 아내가 돼 있다. 이외의 톰의 불륜, 질투, 사랑 없는 결혼. 이것뿐인가! 사랑하지만 사랑할 수 없는 상황논리, 우연처럼 다가오는 운명의 장난들.

어떻게 보면 이 소설은 전형적인 연애소설과 다를 바 없다. 데이지, 그녀는 분명 개츠비를 더 사랑하고 있다. 남편을 미워하면서도 그를 따를 수밖에 없다는 설정은 자신이 처한 삶에 순응해야만 하는 여성상을 보여준다.

또한 이 소설은 아무리 사랑하지만 사랑만으로 결혼 상대가 정해지는 것이 아님을 보여주고 있다. 결합은 사랑을 전제로 하겠지만 그에 못지않게 중요한 요인들이 있다는 것이다. 사회적인 신분도 있을 것이며, 경제적인 능력 또한 무시할 수 없는 것이다. 이 소설은 인간 현실의 서글픈 야비함을 보여주고 있다. 이러한 모습들은 지금을 살고 있는 젊은이들의 결혼관을 예견하고 있었던 것 같다.

우리는 살아가면서 어떤 형태로든 사랑을 한다. 그 사랑은 나름대로 아주 소중하게 다가온다. 사랑 없이는 내 존재 이유가 없을 것 같아서 그 사랑에 목숨을 걸고 싶기도 하다. 사랑 그 자체가 존재 이유가 되고, 그 어떤 사랑보다도 내 사랑이 가장 애절하고 순수하고 아름다운 것 같다. 그래서 우리의 사랑은 순수해야만 한다. 사랑의 본질은 아름답고 순수한 것이기에 그렇다.

그러나 물질문명에 우선을 두는 시대를 살고 있는 현실에서 사랑의 순수를 믿기도 어렵고, 사랑을 순수하게 유지하기가 여간 어려운 것이 아니다. 내가 원하는 사랑은 이미 나의 사랑이 아니지만 나는 그 사랑을 원하는 데서 갈등이 생기고 번뇌가 생긴다. 그 사랑을 얻고 유지하기 위해서는 사회의 통념을 깨뜨리며, 인간 본질이 사랑이라는 것으로 합리화해야만 한다.

그럼에도 불구하고 우리의 『위대한 개츠비』의 헌신적이며, 지고 지순해 보일 정도로 자신의 모든 것을 걸었던 사랑이 비극으로 종 말을 맞는 것을 보자. 우리는 이러한 '개츠비식 사랑'이 결코 위대 하지 않다는 것을 알게 된다.

위대하지 않은 만큼 우리가 적당히 행복을 유지하기 위해서는 현실 타협적인 사랑을 인정하고 받아들이는 속물 근성을 가져야만 할지도 모른다. 결국 우리는 이 소설에서도 위대한 사람도, 위대한 사랑도 만나지 못하고 쓸쓸하게 책장을 덮으며 우리 자신들과 인 간을 바라볼 수 있을 뿐이다.

🐾 인간관계의 전형을 드러내는 이야기

이제 읽어가야 할 『위대한 개츠비』란 소설도 소위 말하는 사랑 하는 일에 관한한 다양한 인물, 다양한 연애 사건이 망라돼 있다. 일종의 연애 만물상이라고나 할까! 얽혀있는 연애 사건들이 요즘 텔레비전 드라마들을 닮아 있다. 어쩌면 그 당시에는 이 주인공이 '위대한 개츠비'란 명예를 얻을 수 있을지 모르지만, 우리가 사는 이 시대의 현실에서 보면 유치하기 이를 데 없는 진부한 인물에 불 과할 수도 있다.

개츠비는 순정파 청년이다. 첫사랑의 기억을 잊지 못하고, 그 사 랑에 자기 삶을 맞춰 산다. 사랑을 위해 살고, 사랑을 위하다가 배 신당하고, 끝내는 사랑 때문에 죽는다. 이것이 그를 '위대한'이란 수식어를 갖게 한 이유이다. 그렇게 그를 명명한 작가의 의도를 정확히 알 수는 없지만 이는 반어적 수법이라고 할 수 있다.

영화 〈친절한 금자씨〉가 결코 친절한 금자씨가 아니듯이 『위대한 개츠비』는 반어적인, 요컨대 역설적인 빈정거림일 수도 있다. 이미 결혼한 옛 애인과의 불륜의 의도가, 그리고 그 사랑에 자신의 모든 것을 거는 무모함을 순수한 사랑이라고 할 수는 없을 것이다. 그는 결코 위대한 개츠비가 아니라 그 반대편에 선 인물이다.

이 이야기의 주인공은 개츠비이지만 실제 이야기를 이끌고 가는 화자는 '나'로 1인칭작가 시점이다. 그래서 모든 상황 전개는 주인공의 시야에 한정돼 있다.

작중 화자 나(닉)는 미국의 부유한 중산층에서 자라나 예일 대학을 졸업하고 부모로부터 독립했다. 닉은 어느 해안가 작은 마을에 집을 세내어 증권업에 종사하며 생활하는데, 공교롭게도 닉의 집 근처에 개츠비의 저택이 있다. 또한 그 집 가까이에 닉의 친구 데이지와 톰의 저택이 있다.

이야기는 화자 닉이 톰 부캐넌 부부를 만나면서 시작된다. 톰은 닉의 예일 대학 시절의 친구로 상당히 부유한 집안의 아들이며, 미식축구 선수이기도 하다. 톰은 윌슨의 아내 머틀과 불륜관계를 맺는다. 이 불륜이 어떻게든 개츠비와 연관을 맺게 된다. 톰은 전형적인 바람을 피우는 중년 남자로 그려진다. 그리고 톰의 아내 데이지는 닉과 육촌 간이다. 문제의 데이지는 바로 개츠비의 첫사랑으로, 이 소설의 중심으로 들어가게 된다.

화자 닉의 역할은 복잡한 사랑 이야기의 고리들을 이어주는 역할로 등장한다. 그는 그곳에서 프로골퍼 조던 베이커를 만난다. 그녀는 이제 닉과는 사랑인지 우정인지 가늠하기 힘든 미지근한 관계로 설정된다. 개츠비는 이 조던 양을 통해 닉에게 연결된다.

실상 닉의 육촌 데이지는 개츠비에게 첫사랑의 여인이었다. 장교 개츠비는 제1차 세계대전 와중에 아름다운 데이지를 만나 사랑을 하게 되지만 그 사랑을 이루지 못한다. 우선 그는 가난이라는 핸디캡이 있어서 데이지를 아내로 맞지 못하는 불운한 사내다. 게다가 그는 휴전이 되면 돌아올 줄 알았으나 어떤 이유에서였는지 데이지 앞에 오랫동안 나타나지 않는다. 결국 개츠비는 그녀를 사랑했지만 가난이라는 원죄로 끝내 그 사랑을 이루지 못하고 이별을 한다. 결국 데이지는 부유한 가문의 톰과 결혼을 했다.

늘 데이지에 대한 사랑을 가슴 깊이 품고 살아오던 개츠비는 닉을 통해 다시 데이지에게 다가간다. 닉이 개츠비라는 존재를 알게 되는 것도 순전히 개츠비의 의도된 계획에 의한 것이었다. 데이지에게 접근하기 위해서 개츠비는 데이지의 인척인 닉을 이용하려 했던 것이다.

그가 닉에게 접근한 것도, 그곳에 저택을 구입한 것도 5년 동안 남몰래 준비해온 그만의 특별한 노력, 요컨대 그가 데이지를 사랑할 수 있는 하나의 방식이었다. 그는 데이지를 만나기 위해 데이지의 집이 잘 보이는 곳에 집을 마련한 것이다.

가난 때문에 데이지를 놓쳤다고 생각한 개츠비는 돈을 모으는 일에 자기의 모든 것을 쏟았다. 그래서 그는 대단한 부자가 된다. 부자가 된 개츠비는 저명한 사람들을 초대해 늘 화려한 파티를 열곤 했다. 많은 사람이 그의 저택에 와서 화려한 상류층의 파티를 즐기고 간다.

그 파티를 통해 이제 문제의 데이지와 개츠비의 만남은 이뤄진다. 물론 그 가교의 역할은 닉이 담당한다. 데이지와 톰 부부 관계는 그다지 다정해 보이지 않는다. 더군다나 톰은 윌슨이라는 초라한 정비공의 아내와 내연관계 중에 있다.

그런데 개츠비의 출연으로 톰과 데이지 부부 간에는 변화가 일어난다. 처음에 톰은 개츠비와 데이지의 관계를 알지 못한다. 하지만 이전의 사랑을 회복한 개츠비와 데이지의 사랑은 표면화되고, 톰 부부는 파국을 향해 치달린다. 개츠비의 순수한 사랑은 변함이 없지만 윤리적 면에서 보면 무모하고, 용납할 수 없는 사랑이다.

데이지의 태도는 모호하다. 물론 개츠비를 사랑하고 있지만 현실적으로 톰을 배척할 수도 없다. 데이지는 톰과 말다툼을 한 뒤 개츠비와 함께 차를 타고 돌아온다. 개츠비의 차였지만 개츠비는 기분 전환을 하라는 배려로 운전대를 데이지에게 맡긴다.

마침 톰과의 연애 사건을 알게 된 윌슨은 아내와 싸움을 벌인다. 톰과 내연 관계에 있는 머틀이 싸움 끝에 화가 나서 밖으로 뛰쳐나오다가 차에 부딪쳐서 즉사한다. 공교롭게도 그 차는 데이지가 운전하던 바로 그 차였던 것이다. 데이지와 개츠비가 탄 차는 머틀을 치어 죽게 하고 뺑소니를 친다.

우리의 위대한 개츠비의 위대한 활동은 여기서부터 발휘된다. 오직 그녀에게 자신의 모든 것을 걸었던 그는 데이지의 안전만을 원한다. 자신이 그 모든 죄를 감당하기로 한다. 데이지는 그의 사랑을 받아들이는 듯 했지만 야속하게도 자신의 안전을 위해 개츠비를 떠난다. 범인을 찾던 윌슨은 톰의 밀고를 그대로 믿고, 한가하게 자택에서 수영을 즐기던 개츠비를 죽이고 자신도 자결한다.

이제 그의 장례식을 통해 인간 군상의 이해타산적인 면이 드러난다. 그가 살아있을 때 그의 파티에 참석하던 사람들은 그가 죽자 아무도 찾지 않는다. 그의 장례식을 찾은 이들은 목사와 닉, 배달부, 네댓 명의 하인들뿐이다. 그가 살아있을 때 그의 파티에 드나들던 수백 명의 방문객들에 비하면 아이러니한 일이다. 쓸쓸한 장례식 속에 개츠비는 그렇게 생을 마감한다.

__ 위대하지 않은 개츠비를 주목해야 하는 이유

이 소설은 1920년대 미국의 사회상과 '아메리칸 드림'을 가장 잘 표현한 작품이라는 평가를 받고 있다. '위대한'이란 수식어가 따라붙지만 결코 위대하지 않은 개츠비. 그는 당시의 방탕하고 무질서한 생활 뒤에 깔려있는 미국인의 이상을 보여주고 있다. 개츠비는 물질적 풍요 속에서도 데이지라는 하나의 이상을 실현시키기 위해 헌신하는 이상주의적 인물이다.

톰은 그 반대편에 있는 인물이다. 정신적 빈곤과 도덕적 타락으로 가득한 시대 상황을 반영하고 있는 인물이다. 그는 엄청난 재산

사랑을 순수하게 유지하기란 그리 쉬운 일이 아니다. 내가 원하는 사람은 이미 나의 사랑이
아니지만 나는 그 사랑을 원하는 데서 갈등이 생기고 번뇌가 생긴다. 그 사랑을 얻고 유지하기
위해서는 사회의 통념을 깨뜨리며, 인간 본질이 사랑이라는 것으로 합리화해야만 한다.

을 모아 고급파티를 열고, 고급 승용차를 몰며, 부족할 것 없는 물질적 풍요 속에서 살고 있다. 하지만 그는 알 수 없는 허전함을 느낀다. 결코 돈만으로는 행복할 수 없다는 것을 보여준다. 그의 알 수 없는 허전함은 데이지를 찾지 못한 데에서 기인했을 것이다.

위대한 개츠비는 물질적 성공으로 완결되는 것이 아니라 데이지에 대한 변함없는 사랑으로 완결되어야 한다. 하지만 끝내 그 사랑이 아름답게 이뤄지지 못하고 실패로 끝나고 마는 걸 보면 위대한 사랑에 대한 작가의 빈정거림이 더 정확할 것 같다. 조건을 갖추지 못해 잃게 되는 사랑, 그 사랑은 이미 실패한 사랑일 뿐이다.

데이지는 현실적인 여성의 전형을 보여준다. 사랑과 현실 사이에서 현실을 선택하고, 자신의 안전을 위해 사랑하는 사람을 함정에 빠뜨린 채 자신의 길로 가버리는 속물적 인간성을 보여주고 있다.

사회적으로 통용될 수 없는 일을 만들어가는 닉의 행동에서 우리는 또 하나의 전형적인 인간형을 보게 된다. 개츠비를 이해한다지만 그의 어려움을 방관하고 있을 뿐이다. 닉의 캐릭터는 부조리한 현실을 보게 되면 소리 높여 이야기하지만 실상 정직하게 그 사실을 고발하기보다 침묵하는 우리의 모습을 그대로 보여준다. 진실에 대한 왜곡에 눈을 감고 못 본 체하는 우리의 모습을 그는 대신 보여주고 있다.

사람들은 누구나 이기적인 면을 갖고 있다. 우리가 이뤄가는 관계라는 것도 실상 자세히 들여다보면 결코 순수하지 않다. 모든 관계는 나를 중심으로 움직이는 이기적 관계인 것이다. 무엇인가를 내가 얻을 수 있다는 생각이 들 때에 비로소 우리는 그 관계를 유지하려고 한다. 이러한 관계들을 우리는 일상에서 얼마든지 체험하며 살아가고 있지 않은가!

우리의 위대한 개츠비의 죽음, 살아있을 때 화려했던 개츠비가 사망의 강을 건너고 나자 비참한 개츠비가 되고 만다. 그를 찾았던 아니 그와 관계를 맺었던 이들은 그가 좋아서가 아니라 그의 환경이 좋았고, 그의 영향력이 매력적이었기 때문이었을 뿐이었다. 인간 군상의 하잘 것 없는 관계의 전형들을 우리는 이 책을 통해 만나고 있는 것이다.

F. 스콧 피츠제럴드
Francis Scott Fitzgerald

F. 스콧 피츠제럴드(Francis Scott Fitzgerald : 1896~1940)는 미네소타 주 세인트폴 출생으로 프린스턴 대학을 졸업했다. 제1차 세계대전 당시 군에 입대해 육군 소위로 임관됐다. 그는 아버지가 사업에 실패하는 바람에 어려서부터 성공에 대한 집념이 남달리 강했다고 한다. 다행히도 외가가 부유해서 명문 대학을 다니기도 했지만 그의 마음속엔 늘 가난의 그림자가 드리워져 있었다.

『위대한 개츠비 The Great Gatsby』(1925)에도 그의 삶이 상당히 반영하고 있다고 볼 수 있을 것 같다. 개츠비가 군대에 갔던 일도 저자 자신의 삶을 반영하고 있다. 그는 군대에서도 글 쓰는 일을 했기 때문에 유능한 장교는 아니었다. 그가 쓴 『낭만적 이기주의자 The Romantic Egotist』라는 소설은 출판사에 보냈다가 거절당하는 일도 겪는다. 그해(1919) 9월에는 젤다 세이어라는 여인을 만나 사랑하게 되어 약혼까지 하지만 결혼에 이르지는 못한다.

그는 재능도 있고 잘 생기긴 했지만 경제적으로 어려운 처지였기 때문이었다. 이때 받은 사랑의 쓰라림이 그에게 소설을 쓸 수 있는 영감을 주었던 것이다. 타고난 외모와 부(富), 재능에 걸맞은 방탕한 생활을 하다가 1920년 새로운 세대의 선언이라고도 할 만한 처녀작 『낙원의 이쪽』이 출판되자 문학 비평가들의 찬사를 받고, 많은 독자를 얻어 경제적으로도 크게 성공했다.

그러나 그의 작품의 인기는 오래 지속되지 못했고, 알코올 중독과 병고에 시달리면서 재기를 하기 위해 『최후의 대군』을 집필하던 중 심장마비로 세상을 떠났다. 그는 말년에 할리우드에서 시나리오 집필 작업을 했다.

『위대한 개츠비』가 너에게 전하는 편지

살아가면서 정말로 목숨을 걸고 사랑해 볼 수 있는 사람을 만나고 싶지 않나요? 설령 그 사랑이 이뤄지지 않는다 해도 내 마음이 언제나 그 사람에게만 머물러 있는 그런 사랑을 할 수 있다면 참 행복할 것 같아요. 내 일생을 모두 그 한 사람을 위해 바칠 수 있는 무모하리만큼 순진한 사랑, 내가 살아가고 내가 존재하는 의미도 온통 그 사람으로 인한 것처럼 느껴지는 그런 사랑을 할 수 있는 그 마음으로 평생을 살고 싶지는 않나요? 때로는 사랑에 목숨 걸고 싶을 만큼의 열정은 누구나 가질 수 있어요. 하지만 그 사랑도 내 인생의 한 순간일 뿐이기도 하지요. 사랑이란 인생의 전부가 아니라는 것이지요. 내 삶에 충실하며, 내게 다가온 사랑에 충실하는 지혜로운 사람이 우리에겐 필요해요. 때로는 내 삶보다 더 중요한 것이 사랑이기도 하지만, 그 사랑보다 중요한 것이 인생이기도 해요. 이 양자를 잘 조화롭게 살아갈 수 있는 이성을 가져야겠지요. 사랑이라는 것도 결국 내 인생이란 마당 안에 놓인 그 일부이니까요. 사랑을 잘 간직하려면 여러분의 삶에 먼저 충실할 줄 아는 지혜와 이성의 힘을 길러야만 해요.

4장

실패와 좌절을 딛고
일어서려는
너에게

창조

–

의지

–

긍정

–

비판

–

신념

지킬박사와 하이드_ 창조

"주인님 대신에 누가 저기에 있는 건지, 또 어째서 도망가지 않고 계속 있는 건지 그것이 두려운 일입니다."

🐛 마음에 아름다운 선(善)을 창조하라

소설은 픽션이지만 소설 속에는 작가의 생각과 삶이 녹아들게 마련이다. 작품을 볼 때 작가를 따로 떼어놓고 볼 수는 없다. 잠재 적이든 의도적이든 작가 자신도 작품 속으로 용해되게 마련임으로 『지킬과 하이드』에서도 작품 속 등장인물들은 작가의 삶과 무관하 지 않다.

우리는 이 작품을 읽으면서 순수와 위선을 생각해 보게 된다. 많 이 배운다는 것, 지식인이 되어간다는 것은 순수를 잃어가는 일인 지도 모른다. 어쩌면 자신을 잘 포장하는 게 지식을 쌓는 일일 수도 있다. 내 잘못도 교묘하게 잘 포장만 하면 그런대로 합리화된다. 그것이 예나 지금이나 변함없는 지식인의 모습일 수도 있다. 우리는 지식인을 흉내 내며 닮아간다. 반면 우리는 순수를 잃어가고 있는 것은 아닌지. 순수한 촌부나 서민의 삶을 희구하기보다는 잘 가장된 지식인들을 향해 박수를 치며 환호를 보내고 있지 않은가 되돌아 볼 필요가 있다.

누구나 한 번쯤은 품었을 그런 욕망을 담은 인간 내면의 양면성. 이 소설을 읽으면서 우리 자신 역시 위선적인 존재일 수도 있겠다는 쓸쓸한 생각이 드는 것은 무슨 이유일까? 악이라고 하는 존재는 뜻밖에도 인간에게 매력적이며 그 유혹은 강렬하다. 아이러니하게도 이러한 악을 조정할 수 있는 존재는 결국 인간이다.

지킬 박사와 하이드 씨! 그 두 사람이 우리 각자의 마음속에 살고 있다. 우리는 언제나 지킬이 될 수 있고 하이드가 될 수 있다. 또한 하이드로 변신할 수 있는 약은 얼마든지 우리 주위에 독버섯처럼 산재해 있다. 그러나 지킬로 돌아갈 수 있는 해독약은 제대로 개발되어 있지 않다. 내 안에 살고 있는 이 두 사람 중 어느 사람을 내 안에서 더 크게 활용할 것인가는 순전히 나 자신의 판단과 결정에 달려 있다.

❦ 인간의 양면성을 다룬 이야기

『지킬 박사와 하이드 씨 The Strange of Dr. Jekyll and Mr.

Hyde』는 선과 악을 동시에 지닌 인물상을 잘 보여주고 있다. 로버트 루이스 스티븐슨의 대표적인 중편소설인 이 책은 우리나라에서도 뮤지컬로 공연되기도 했던 작품으로, 한 인간의 극단적인 양면성을 다루고 있다.

부잣집에서 태어난 지킬은 뛰어난 재능의 소유자이다. 뿐만 아니라 천성이 부지런하고 학식과 덕망이 높은 의학박사이며 법학박사이다. 또한 왕립협회 회원으로서 부와 명예를 동시에 갖춘 인물이기도 하다. 그는 주위 사람들로부터도 칭송을 받을 정도로 모든 면에서 완벽한 지식인이라 할 요소를 모두 갖췄다.

반면 하이드는 세상에서 나쁜 짓이라고 할 일들은 용케도 골라서 할 정도로 폭력, 살인, 약탈, 강간 등 지탄받을 짓만 일삼는다. 그야말로 구제받지 못할 인간 말종의 전형을 보여준다. 이렇게 고고한 사람과 저속한 사람이 각기 다른 인물이 아니라 동일한 인물이라는 설정이 이 소설의 기본 골격이다. 결국 인간성이란 중간 접점을 중심으로 아주 고고한 측면에는 지킬 박사가 서있고, 저질의 극단에는 하이드가 서 있다.

처음 이 소설을 읽으면서 지킬 박사의 조수로만 알았던 하이드가 결국 동일인물이라는 사실로 드러날 때 얼마나 간담이 서늘해졌는지 아직도 그때 충격이 머릿속에 남아 있다. 결국 고고함과 저질적인 면, 다시 말해 최악과 최선이라는 양 측면은 우리 내면에 동시에 존재하는 것이다. 어느 쪽으로 기우느냐에 따라 각기 다른 행동으로 분출된다는 것만 다를 뿐이다.

학식이 높고 부유한 집안의 의사로 태어난 지킬 박사는 인간이 잠재적으로 가지고 있는 이중성을 약품으로 분리할 수 있을 것이라고 생각한다. 그래서 그는 약품을 만들어내는 연구를 시도한다.

왜 그는 조물주의 고유한 법칙을 함부로 바꾸는 일에 몰두하고 싶어 했을까? 어쩌면 그는 의사이며 부유한 가문의 집안에서 태어났기 때문에 누릴 수 없는 자유로움을 갖고 싶었을지도 모른다. 체면 유지를 위해 위선이라는 가면을 쓰고 산다는 것은 구속이며 콤플렉스가 될 수도 있는 것이다. 지킬 박사에게는 그러한 구속된 생활에 대한 회의로 인해 하나의 탈출구를 발견해보고 싶은 욕망이 있었을지도 모른다.

어쨌든 약품제조에 성공한 지킬 박사는 낮에는 고상한 의사 생활을 한다. 그러다가 밤이 되면 자신이 개발한 약을 먹고, 하이드로 변신해 자유분방한 생활을 한다. 지킬 박사는 인간이 태어나면서부터 가지고 있을 수도 있는 두 가지 모습에 관심을 가졌을 것이다.

그리고 선과 악의 요소를 분리할 수 있는 기적적인 가능성을 엿본다. 인간 속에 내재된 이 두 가지 특성을 분리해 살아갈 수만 있다면 인간은 고상하면서도 저급한 즐거움을 동시에 누릴 수도 있을 것이다. 그는 이제 그 약의 힘으로 대중 앞에서는 지킬로 살아가고, 자기 자신의 유희를 위해서는 하이드로 살아갈 수 있게 되었다.

하이드는 다른 사람에게 피해를 주고, 용서받을 수 없는 범죄를 저지른다. 지킬 박사는 이러한 짓은 모두 자신이 아닌 하이드에게 책임이 있다고 생각한다. 그래서 지킬 박사는 도덕적인 책임을 느끼

어쩌면 많이 배운다는 것, 지식인이 되어간다는 것은 순수를 잃어가는 일인지도 모른다.
우리 각자의 마음속에 살고 있는 지킬 박사와 하이드 씨. 이 두 사람 중 어느 사람을
더 크게 활용할 것인가는 순전히 자기 자신의 판단과 결정에 달려 있다.

지 않는다. 그는 하이드로 변신하는 일을 계속하며 살인까지 일삼는 존재가 된다. 그는 온 도시를 공포에 빠뜨리는 등 위험한 인물로 유명해진다. 지킬 박사는 자신이 한 짓이 자연의 법칙에서 어긋나는 나쁜 짓이란 것을 살인을 저지른 후에야 깨닫는다. 그제야 그는 한동안 하이드로 변하기를 멈추고, 다시 평범한 의사 생활을 한다.

하지만 끊임없는 욕망에 이끌려 지킬 박사는 또다시 하이드로 변하는 시도를 하고야 만다. 전보다 더욱 악독해진 하이드. 이때부터 지킬 박사가 제조한 약이 점점 약해지고, 하이드에서 지킬박사로의 변신이 어렵게 된다.

끝내 악이 선을 이겨 지킬 박사는 하이드로 남고 만다. 이 과정에서 하이드는 수많은 살인을 하고 경찰에 쫓긴다. 그는 체포되려는 순간 자살하고, 그동안 일어난 모든 것을 유서에서 밝힌다. 지킬 박사는 유서에서 인간이 지닌 양면성의 존재와 그 양면성을 실험하는 오만이 얼마나 위험한 일인지를, 그리고 이 오만이 불러온 불행의 처참함을 고백하고 있다. 결국 지킬 박사는 하이드의 모습을 하고 죽음으로써 우리에게 인간의 실체에 대한 해법찾기를 남기고 있다.

로버트 루이스 스티븐슨
Robert Louis Stevenson

『보물섬』의 작가로 유명한 로버트 루이스 스티븐슨(Robert Louis Stevenson : 1850~1894)은 1850년 스코틀랜드의 수도 에든버러에서 등대 건축 기사의 아들로 태어났다. 어릴 적부터 몸이 약해 집에서 책을 읽고, 독서와 글쓰기를 즐겼다. 1867년 스티븐슨은 가업을 잇기 바라는 아버지의 뜻에 따라 공과 대학에 진학했다. 하지만 그는 문학을 포기할 수 없어서 법학으로 전공을 바꾸었다.

결핵으로 고통 받았다는 사실이 믿기지 않을 정도로 작품에서 넘치는 에너지를 보여주었던 스티븐슨은 자신이 자라난 장로교적인 환경에 반발심을 느꼈다. 그는 결핵이 악화되어 요양차 유럽 각지로 여행을 떠나곤 했다. 이러한 여행 경험은 훗날 그가 글을 쓰는데 많은 도움이 됐다. 그는 사회적 명령과 관습적 속박을 거부하는 작품을 주로 썼다. 대표작인 『지킬 박사와 하이드 The Strange Case of Dr. Jekyll and Mr. Hyde』(1886)가 이런 류의 작품이라고 할 수 있다. 이외에 『보물섬 Treasure Island』(1883) 등의 소설, 『당나귀와 함께 한 세벤느 여행 Travels with a Donkey in the Cevennes』(1879) 등의 기행문, 『볼랜트래 경 The Master of Ballantrae』(1889) 『유괴 Kidnapped』(1886) 『물방앗간의 윌 Will O' the Mill』(1887) 『마카임 Markheim』(1885) 등의 작품으로 주목을 받았다. 미완성작 『허미스턴의 둑 Weir of Hermiston』(1896)은 극한에 이른 심리적 통찰력을 보여주고 있다.

1888년 남태평양 사모아섬 아피아에 정착해 행복한 시절을 보내다가 뇌일혈로 인해 44세의 나이로 1894년 세상을 떠났다. 그는 비평가들 사이에서 독창성 있는 작가로 호평 받았다. 현재까지도 인간의 심리와 행위에 대한 예리한 통찰력을 서스펜스 속에 녹여낸 뛰어난 이야기꾼으로 널리 인정받고 있다.

『지킬박사와 하이드』가 너에게 전하는 편지

'내 안에 너 있다'라는 드라마 속에의 명대사를 기억하는지요? 내 안에는 많은 사람이 살고 있어요. 유혹에 넘어가고 싶어 안달하는 내가 살고 있고, 때로는 그 유혹을 경멸하는 도덕적인 내가 살고 있기도 해요. 완전히 하나가 소멸되는 것은 아니지만 하나가 강해지면 다른 하나는 컴컴한 구석으로 숨어들지요. 우리가 밖으로 끌어내야 할 내가 무엇인지 여러분이 잘 알거예요. 무엇보다 중요한 것은 남에게 피해를 주지 않는 나를 내 안에서 키워내야 해요. 그래서 악한 것은 그늘 속에서 꼼짝 못하도록 창조하는 거예요. 그러기 위해서는 좋은 장면을 많이 보고, 좋은 책을 많이 읽으려는 노력이 필요하겠죠. 그러다가도 자칫 방심하면 그늘에 숨어 있는 악한 내가 들고 일어날 수도 있으니 지속적인 노력은 필요해요.

"누구나 한번은 가는 거야……. 서로 옥신각신하며, 밀고 덩기고 살 필요는 없어. 자리는 누구에게나 다 있게 마련이니까. 빨리 가고 싶다고 갈 수 있는 곳도 아니고……. 나야 뭐 모두 기뻐해 준다면야 할 말이 없지만, 가고 싶어 하는 인간들도 있고, 가지 않으려고 발버둥치는 인간도 있으니까."

🐞 살아있다면 헤쳐 나가라

이 소설은 자연주의 계열의 소설로 주인공의 인생을 유전인자에 맞춰 가려는 구도를 가지고 있다. 하지만 단순히 통속적인 작품으로 보아도 무척 재미있는 작품이다. 얽히고설킨 인생사도 그렇거니와 남녀 간에 짐작할 수 없는 미묘한 감정들, 그리고 그 감정들에 끌려들어가 진행되는 사건들의 추이는 흥미진진하다. 이보다 더 재미있을 멜로드라마도 없을 것이며, 이보다 더 재미있는 영화도 없을 것이다.

이 작품의 주인공인 제르베즈 마카르의 삶이 기구하게 바뀐 데에는 작가의 생각으로 보면 결국 유전적 요인 탓이다. 작가인 에밀 졸라는 말한다. '인간 역시 동물과 마찬가지로 단순히 유전과 환경의 지배를 받는 존재일 뿐'이라는 것이다. 유전이나 가정 환경처럼 태어날 때부터 주어진 요인들은 그 사람의 삶에 절대적인 영향을 미치게 되고, 사람의 의지력이라는 것도 어려움에 처하면 결국 무기력하게 원래 태어난 유전대로 가게 마련이라는 것이다.

제르베즈는 일종의 에밀 졸라의 실험 대상인 셈이다. 요컨대 에밀 졸라는 그 대상인 제르베즈의 혈관 속에 특정 유전자 균을 투입하고 배양한 후에 여러 환경을 주어보는 것이다. 제르베즈의 유전 인자는 다음과 같다.

정신병이 있는 아델라이드 푸크 + 착실한 농부 루공 = 후손들(루공계), 루공이 죽고 나서 푸크 + 그의 애인인 주정뱅이 밀수업자 마카르 = 후손들(마카르계)의 파란만장한 삶의 여정들이 그녀의 유전 인자이다.

제르베즈는 루공 집안과 마카르 집안 모두 연관이 있는 유전을 물려받은 아델라이드 푸크 집안의 손녀딸이다. 정신병 + 주정뱅이 밀수업자의 유전자를 받은 앙투안 마카르의 딸이었던 것이다.

제르베즈는 처녀 적엔 누구 못지않게 아름답고 현숙한 여인이었다. 하지만 그녀의 유전인자는 의지가 약하고, 성적으로 문란하며, 알코올 중독 증세가 있었다.

과거에 그녀는 성실했고 남편에게 충실했다. 또한 술 마시는 남자를 싫어했다. 이때는 젊었고 여유가 있는 시기였기 때문에 유전

신체적이든 정신적 또는 내적으로든 유전은 우리 안에 잠재하고 있다. 그리고 우리의 삶은
이런 유전자뿐 아니라 환경의 지배를 받는다. 이 유전인자를 이길 수 있는 힘은 의지력에 달려 있다.

적 특성이 나타나지 않았다. 가난해졌다고 해서 그 성실하고 착했던 주인공이 완전히 변하는 것은 다른 무엇으로도 설명이 불가능하다. 에밀 졸라에 의하면 순전히 유전인자의 영향이라고 볼 수밖에 없다는 것이다. 마치 씨앗이 그 상태를 유지하다가 적절한 환경을 만나면 발아되듯이, 열등한 유전인자도 거칠고 열악한 환경을 만나면 그 본능을 나타낸다는 것이다. 그래서 이 소설을 자연주의 대표 작품으로 꼽는다.

이 소설을 위해 에밀 졸라는 처음부터 마카르 집안의 계보를 놓고 알코올 중독과 성적 방종, 의지박약과 같은 유전적 요인을 조사한 것이다. 마치 과학자처럼 이러한 유전인자들이 몇 대에 걸쳐 어떻게 나타나며, 분포는 어떻게 되어 있는지 객관적인 태도로 살펴보았던 것이다. 에밀 졸라는 자연주의의 주된 기초가 식물의 씨앗과 같은 유전자이며, 환경은 그 씨앗을 발아시키고 자라게 만드는 대지이며 토양으로 보았다. 이렇게 보면 아름답고 현숙했던 제르베즈는 아주 천박하게 타락할 수밖에 없었던 환경에 처해졌고, 그런 환경 탓에 유전인자가 발아를 시작했다는 것으로 설명할 수가 있다.

쿠포도 예외는 아니다. 그가 지붕에서 떨어져서 불구가 된 후에 그는 이렇게 고백한다.

"나의 아버지는 술 취한 상태로 지붕에서 일하다가 목이 부러져 세상을 떠났지. 그건 자업자득이야. 하지만 난 술 한 방울도 안 마셨어. 그런데 어떻게 나에게 이런 일이 일어날 수 있는 거야?"

아버지가 알코올 중독인 경우의 아이들은 두 가지 형태로 나타나게 된다고 한다. 한 아이는 아버지를 닮아서 술을 즐겨 마시고, 다른 아이는 아버지를 반면교사로 삼아 술을 마시지 않는 경우라고 한다. 쿠포의 경우 젊은 날에는 후자와 같은 아이였지만, 잠재적된 유전인자가 환경이라는 토양과 접하면서 결국 아버지를 닮고만 것이다. 신체적으로든 정신적 또는 내적으로든 유전은 우리 안에 잠재하고 있다. 그리고 우리의 삶은 이런 유전자뿐 아니라 환경의 지배를 받는다. 폭력성이 있는 부모를 둔 아이는 그 행위를 싫어하면서도 어느 사이에 부모를 닮기도 한다.

과연 우리 안에 감추어진 씨앗과도 같은 유전자들은 어떤 종류란 말인가! 감춰진 씨앗과도 같은 유전자들은 언젠가는 싹을 틔우기 위해 그 틈새를 노리고 있을 지도 모른다. 물론 그 유전인자가 좋은 것이면 더 바랄 나위가 없다. 하지만 열성적인 유전인자라고 한들 이미 타고난 것을 어찌할 것인가!

에밀 졸라의 주장대로 열성 인자가 척박한 환경을 숨어서 기다리고 있다면 우리 스스로 열성 인자가 싹을 틔울 수 없는 환경을 조성해 나가야 할 일이다. 내 운명은 결국 자기 의지력의 소산으로 만들어 갈 일이다.

에밀 졸라의 주장대로라면, 삶은 선천적으로 결정돼 있다고 볼 수 있다. 물론 이 유전자를 완벽하게 무시할 수만은 없다. 내가 어떤 유전인자를 갖고 태어났든, 아니든 내 의지로 살아가야 한다는 것이 중요할 뿐이다. 내게 주어진 한 번뿐인 삶을 제대로 관리하는 것. 이것만이 우리가 알아야 할 것이다. 유전과 운명에 내 삶을 송두리째 맡긴다는 것은 너무나 억울한 일이며 또한 어리석은 일이기 때문이다.

🍎 환경에 지배를 받는 인간

주인공 제르베즈는 약간 발을 저는 선천성 불구로 태어났지만 보기 드문 미인이었다. 세탁일을 하며 살았던 그녀는 모자 기술자 랑티에와 동거하며 두 자녀를 두고 평범한 생활을 하고 있었다.

그녀의 남편 랑티에는 26세의 젊은이로 진한 갈색머리를 한 곱상한 얼굴의 소유자였다. 그런데 언제부터인가 랑티에는 여자들에 빠져서 돈을 낭비하기 시작했으며, 심지어 자신의 행동에 대해 투덜거리는 아내에게 폭력을 휘두르기까지 한다. 그렇지만 그녀는 참고 살았다.

어느 날 바람기가 다분했던 랑티에는 다른 여자와 바람이 나고, 자기 물건만 챙겨서 사라진다. 남편과 함께 도망간 여자는 다름 아닌 아델의 언니 비르지니였다. 비르지니를 찾아간 제르베즈는 화풀이를 하며 한바탕 싸움을 벌인다. 하지만 그것으로 문제가 해결되는 것도 아니었다. 이제는 스스로 생활 수단을 찾아야만 했다. 그녀는 결국 생을 유지하기 위해 세탁소에서 다시 일하게 된다.

너무 슬퍼 눈물조차 흘리지 못할 정도로 절망적인 제르베즈는 꼬질꼬질한 호텔에서 세를 얻어 아들들과 생활했다. 그 호텔에 10층

작은 방에는 함석지붕 고치는 일을 하는 쿠포가 살고 있었다.

쿠포는 제르베즈의 눈물겨운 생활 모습을 발견하고선 그녀에게 관심을 갖는다. 쿠포는 아이들을 위해 뼈를 깎는 고생도 마다하지 않고 성실하게 살아가는 제르베즈를 은연중에 좋아하게 된다. 이때부터 쿠포는 궂은일도 마다하지 않고 제르베즈를 도와주곤 했다. 제르베즈 역시 전 남편과 달리 술을 입에도 안 대고 착실한 쿠포에게 호감을 갖는다.

제르베즈는 결국 쿠포의 열정적인 구애에 감동해 그와 결혼을 한다. 이들 부부는 이내 금실이 좋다는 소문이 났다. 열심히 일한 덕분에 새집도 마련하고 세탁소까지 차리는 등 이들은 행복한 생활을 할 수 있었다. 안나라는 딸도 태어나 기쁨은 이루 말할 수 없었다.

운명의 장난일까! 옆집에는 구제와 그의 어머니가 살고 있었다. 구제의 어머니는 레이스 수선 일, 구제는 볼트공장에서 대장장이 일을 하고 있었다. 제르베즈는 이들 모자와 깊은 우정을 나누는 사이가 된다. 장밋빛 얼굴에 파란 눈을 가진 구제는 힘이 장사인 데다가 23세의 한창 젊은 나이였다.

어느 날 남편 쿠포가 일을 하다가 지붕에서 떨어지는 바람에 다리가 부러져 병원에 입원하게 됐다. 이 일로 쿠포 부부는 구제의 도움을 받게 되고, 이로 인해 이들은 가까워지게 된다. 제르베즈는 남편을 간호하는데 헌신적이었다. 하지만 입원 생활을 하면서 게으름이 몸에 밴 쿠포는 전과는 달리 술에 빠져 들어가면서 목로주점을 전전하며 돈을 탕진하기 시작했다.

인간의 삶은 유전과 환경이 좌우

『목로주점』은 자연주의 계열에 속하는 소설이다. 자연주의는 우주 안의 모든 존재와 사건은 내적 성격이 어떠하든 자연적인 것이라고 주장함으로써 과학의 방법을 철학과 결부시키는 철학 이론에서 비롯됐다. 물론 이것이 문학으로 옮겨오면서 등장인물들을 실험관에 넣고 관찰하듯이 유전의 지배를 밝혀보려는 구조로 엮어가는 소설들에서 나타났다. 특히 『목로주점』은 자연주의 소설에 있어서 대표적인 작품으로 이 소설 하나만 제대로 이해하면 자연주의 문학을 이해하는 데 어려움이 없을 것이다.

자연이란 단어인 nature는 '자연'이란 의미이되 '본성' 혹은 '본능'이란 뜻을 더 함축하고 있다. 따라서 자연주의란 인간 본능 내지는 본성을 찾아가는 것이라고 할 수 있다. 인간 본성은 유전되는 것으로 이미 그 운명이 정해져 있다. 요컨대 술을 잘 마시는 씨를 받은 후손은 술을 잘 마시도록 돼 있으며, 바람기가 많은 유전자를 가지고 있는 후손은 그에 따라 닮아가도록 돼 있다는 식의 설명이 쉽게 이해될 것이다.

자연주의는 프랑스를 주축으로 하여 19세기 사실주의를 이어받았다. 세기말에 활발했던 문학사조로 에밀 졸라 등이 주축을 이룬 문학 사조이다. 에밀 졸라는 "유전은 인간의 삶을 결정하는 근본 원인이며, 환경이 이 원인에 작용하면서 삶의 현상이 천차만별의 형태로 나타난다"면서 또한 "개인의 삶은 유전과 환경이 좌우한다. 그래서 작가는 허구의 산물인 등장인물을 실험대에 올려놓을 수 있으며 그 결과 모든 불행과 범죄의 근원인 인간의 나약함과 사악함에 대한 정보를 얻을 수 있다"고 주장했다.

『목로주점』은 이런 시험관에 들어가 있는 등장인물들의 모습이지만 자체로도 요즘 많이 유행하는 통속적인 불륜 드라마 이상의 재미가 있다. 기구한 주인공의 삶의 역정과 나약한 의지로 인해 타락해가는 모습 등이 애처롭게 그려져 있다. 물론 처음에는 연민이 느껴지지만, 바람에 흔들리는 나약한 풀잎보다도 더 무기력하게 흐르는 대로 내맡기는 모습에서 사람이 아닌 단세포적 동물로밖에 보이지 않기도 한다.

이 어려움 속에 구제가 자진해서 빌려준 돈으로 제르베즈는 세탁소를 개업한다. 세탁소는 그런대로 잘됐지만 쿠포는 차츰차츰 알코올 중독자가 되어갔다. 엎친 데 덮친 격으로 이번에는 전 남편 랑티에가 함께 도망간 아델과 결별했다는 소문이 들려오더니 마을에 다시 나타나 제르베즈를 더욱 곤혹스럽게 만들었다.

운명의 장난은 한술 더 떠서 제르베즈를 괴롭히고 있었다. 쿠포가 어느 날 느닷없이 랑티에를 집으로 데리고 온 것이었다. 전 남편 랑티에와 현 남편 쿠포, 그리고 제르베즈. 세 사람의 기묘한 동거 생활은 이렇게 시작됐다.

공교롭게도 지붕에서 떨어져서 부상당한 쿠포는 남자 구실을 못하고 있었고, 랑티에는 집요하게 제르베즈를 치근덕거렸다. 랑티에의 집요한 요구가 있기도 했지만 제르베즈 또한 한창 젊은 여자였다. 결국 랑티에와 제르베즈는 가끔 동침을 하곤 하는 관계가 된다. 이러한 세 사람 사이의 미묘한 잠자리 행각은 또 한 사람의 연인인 구제를 절망시켰다.

설상가상으로 세탁소마저 안 되기 시작했다. 제르베즈는 전 남편 일로 싸웠던 비르지니와 우정을 회복하고 그녀에게 세탁소를 넘겨주었다. 결국 쿠포의 계속되는 술 중독에 지친 그녀도 술을 입에 대기 시작하고, 자식들도 성격이 비뚤어지기 시작하면서 모두 반항적이 되어 갔다. 끝내 쿠포는 알코올 중독으로 정신병원을 들락날락하게 되었다. 제르베즈마저 타락의 길을 걸어 점점 게을러지더니 결국 세탁소에서 해고된다. 그래도 생활을 유지하기 위해 제르베즈는 비르지니의 세탁소에서 마루 닦는 일을 하게 된다. 딸 안나는 매춘부로 전락했고, 쿠포는 그나마 남아있던 돈을 송두리째 가지고 어디론가 사라지는 기막힌 일이 벌어졌다.

제르베즈는 자기 몸 하나 연명하기도 힘들 정도로 술에 절고 지친 상태가 됐다. 제르베즈는 살기 위한 방편으로 이 남자 저 남자를 유혹하며 생을 연명할 뿐이었다. 시간이 좀 더 흐르자 제르베즈의 매력도 사라져갔고, 이제는 뭇 남자도 그녀를 거들떠보지 않게 됐다.

막다른 골목에 이른 제르베즈가 필사적으로 유혹하려 했던 남자는 다름 아닌 구제였다. 구제를 알아본 제르베즈는 뒷걸음 칠 수밖에 없었다. 구제는 그녀를 외면하지 않고 도와주었다. 구제에게 그녀는 그저 바라만 보아도 좋았던 제르베즈가 아니라 나이 들어 볼품없이 늙은 제르베즈였다.

구제는 제르베즈에게 사랑한다고 고백한다. 하지만 제르베즈는 구제의 사랑을 받아들일 수가 없었다. 이제는 사랑을 받아들일 만큼 순수하지 못하다고 생각한 제르베즈는 구제와 결별할 수밖에 없었다.

쿠포는 알코올 중독으로 결국 미쳐서 죽었다. 이날부터 제르베즈는 닥치는 대로 술만 마셨고, 생전의 술 취한 쿠포의 흉내를 내다가 끝내는 자살을 한다. 제르베즈의 시체는 썩어서 냄새가 나기 시작한 후에야 발견됐다. 아름다웠던 지난날의 모습은 온데간데없이 푸르뎅뎅한 모습만 남은 채로. 이 소설의 결말이다.

에밀 졸라
Emile Zola

에밀 졸라(Emile Zola : 1840~1902)는 이탈리아인 아버지 프란체스코 졸라와 프랑스인 어머니 에밀리 오베르 사이에서 외아들로 태어났다. 그의 일가족은 1842년에 엑상프로방스로 이사했으나 5년 뒤 아버지는 갑자기 세상을 떠난다. 아버지의 갑작스러운 죽음으로 에밀 졸라와 그의 어머니는 어려운 상황에 놓이게 됐다. 어머니 에밀리는 남편에게서 물려받은 운하 이권을 관리하기 위해 1857년 파리로 돌아간다. 에밀 졸라는 이듬해 파리로 가서 어머니와 만난다. 그는 생루이 고등학교에서 학업을 마치고 대학입학자격시험에 응시했으나 낙방한다. 이후 2년 동안 그는 일자리를 얻지 못한 채 궁핍하게 지내는 등 어려운 시기를 보냈다. 그러나 이 시기는 에밀 졸라가 가난한 사람들의 생활을 몸소 체험할 수 있는 기회였으며, 이때의 체험은 그가 나중에 소설가로 입신하는데 크게 도움이 됐다.

1888년 에밀 졸라는 자신보다 30세나 어린 잔 로즈로와 내연의 관계를 맺었다. 에밀 졸라의 큰 슬픔 가운데 하나는 아내가 아이를 낳지 못한다는 것이었다. 그의 정부는 1889년에 딸을 낳았고, 1891년에는 아들을 낳았다. 에밀 졸라의 아내는 처음에는 몹시 괴로웠지만 결국 이 상황을 받아들이고, 남편이 죽은 뒤에는 아이들을 법적으로 인정했다. 에밀 졸라는 이 관계로 남자로서는 지속적인 행복을 얻었지만, 소설가로서는 불행한 종말을 맞았다. 로즈로와 관계를 맺은 뒤부터 그의 작품은 활력을 잃기 시작한 것이다. 한편 에밀 졸라는 또한 유대계 프랑스인 육군 장교가 반역 혐의로 재판을 받은 이른바 '드레퓌스 사건'을 옹호한 것으로도 유명하다.

『목로주점』이 너에게 전하는 편지

영화나 드라마에는 주연과 조연이 있지요. 물론 엑스트라도 있고요. 하지만 우리가 사는 세상, 즉 삶의 무대에서는 누구나 자신이 주인공인 거예요. 그런데도 자신의 삶을 아무렇게나 관리하며 사는 사람이 있어요. 그 사람은 자신의 삶에서도 엑스트라로 사는 셈이지요. 모든 것이 팔자려니, 운명이려니 하고 자신의 삶을 무기력하게 받아들이는 사람들이 있어요. 실상 우리의 삶은 태어나는 순간부터 결정된 것이 아니예요. 우리가 어떻게 살아가느냐가 우리의 삶을 지배하는 것이지요. 운명은 타고나는 것이 아니라 자기 스스로 만들어 가는 것입니다. 한 번뿐인 소중한 삶의 무대에서 무기력하게 죽은 물고기처럼 하류로만 떠내려 갈 것이 아니라 힘차게 지느러미를 파닥거리며 상류를 향해 올라가는 물고기처럼 여러분의 삶의 무대에 주인공이 돼 살았으면 좋겠어요. 여러분이 오늘을 어떻게 살아가느냐가 내일이 여러분의 미래로 자리 잡게 되는 것이지요. 그러니 오늘이 여러분에게 주어진 삶의 무대에 마지막 주연이라는 생각으로 최선을 다해 살아야 합니다.

에덴의 동쪽_ 긍정

"만일 내가 아버지를 사랑했었다면, 아버지를 질시했을 것이다. 사실 너는 그랬지. 사랑은 의혹을 낳는가 봐. 사랑하는 여인이 있다면 누구나 그녀에 대해 결코 자신을 가질 수 없는 것이 진리가 아닐까? 왜냐하면 사람이란 자신에 대해 자신감을 가질 수 없기 때문이야."

🌸 콤플렉스를 덮어주는 긍정의 힘

이 소설은 구약 성경에서 그 소재를 얻었다고 볼 수 있다. 구약 성경에서 하나님은 카인과 아벨 중 한 사람만 사랑해서 사랑받지 못한 자의 증오를 불러일으킨다. 결국 하나님은 인류 최초의 살인을 일으키는 원인을 제공한다. 그리고 카알의 아버지 아담 또한 카알의 선물을 거절한다. 그래서 사랑받지 못한 자가 증오를 느껴 사랑받는 자를 죽게 만드는 전쟁터로 나가게 했다.

구약성경에서 비롯된 카인 콤플렉스는 이 소설에서 형제끼리 부모의 사랑을 독점하려는 심리를 나타내는 아벨 신드롬으로 나타난다. 우리는 이 소설을 통해 같은 형제자매라도 부모의 편애가 자녀들에게 얼마나 지대한 영향을 미치는지를 알게 된다. 마음으로는 사랑하는 자식이 따로 있을지라도 겉으로라도 늘 같은 사랑을 베풀어야 한다는 것을 잊으면 안된다.

비록 이 작품이 성경에서 소재를 따온 소설이긴 하지만 인간의 삶을 제대로 조명하고, 또한 인간성 회복의 메시지를 담고 있다. 즉 인간의 선과 악 투쟁을 구약성서의 카인과 아벨을 상징화해 사실적으로 다루고 있다. 선과 악의 투쟁 속에서 인간애라는 미를 추구하고 있는 것이다.

이 작품은 어떤 측면에서 보면 구약성경의 현대적 해석이라고 할 수 있을 것이다. 인간성 상실의 시대는 인류가 에덴이란 낙원을 잃은 이후 지속돼 왔다. 그리고 소설 속에서 아담이 자녀들의 이름을 카인과 아벨이라고 지으면서까지 복원하려 했던 에덴의 낙원을 통해 인간성 회복을 염원하는 작가의 의도도 함께 엿볼 수 있다.

이 소설은 또한 이러한 인간성 상실의 원인을 여인에게서 찾고 있기도 하다. 캐시가 출산을 하는 과정에서 산파역을 맡은 새뮤얼 해밀턴의 팔을 물어뜯는 대목을 보면, 구약 성경의 한 구절을 떠올리게 한다. "여자의 발뒤꿈치를 물리라"는 뱀에 대한 하나님의 저주 말이다. 성경의 뱀은 지금의 흉측하고 징그러운 모습과 달리 아름다운 모습을 하고 있었다고 한다. 캐시라는 아름다운 여인은 인간을 타락시키기 위해 악마의 탈을 쓰고, 어쩌면 아담을 유혹하는 뱀에 해당할는지도 모른다.

지금을 사는 우리에게도 얼마나 아름다운 모습으로 우리를 악의 구렁텅이로 빠뜨리는 유혹이 얼마나 많던가.

　설리너스 계곡에 낙원을 건설하려는 아담, 하지만 인간은 그 낙원을 복원하지 못한다. 이미 타락한 인간이며 하나님의 저주를 받은 인간이니까 말이다. 그러니 이 소설은 에덴의 안쪽이 아니라 그야말로 '에덴의 동쪽'일 수밖에 없는 것이다.

　우리는 작품을 통해 작가의 의도를 엿보게 되며, 작가의 일상 또는 그의 생애를 짐작하게 된다. 어떻게 보면 이 작가의 녹록지 않은 일생이 이러한 위대한 작품들을 생산하게끔 했을 것이다. 그래서 어쩌면 작가가 작품을 만드는 것이 아니라 삶이 작품을 만드는 것이라고 할 수도 있을 것 같다.

　인간의 본능이나 인간의 일생은 세상이 아무리 변한다 해도 변하지 않는 것이다. 이러한 보편적인 것은 시대를 넘어 언제든 그 시대인들의 공감대를 형성하게 된다. 그래서 우리는 인간 보편의 애환을 다룬 작품들을 고전이라고 부른다.

　우리는 이 글의 작가처럼 잃어버린 낙원을 회복하고 싶은 꿈을 꾸지만 여전히 에덴의 동쪽에서 낙원 안을 굽어보려고 노력하는 인간일지도 모른다. 비록 낙원의 회복은 불가능하더라도 증오와 질투가 줄어들고 사랑이 넘치는 세상이 됐으면 한다.

인간은 유혹에 쉽게 빠져드는 존재

구약성서 창세기에 보면 인류 최초의 인간 아담의 이야기와 그의 가문 내력이 기록
돼 있다. 우선 아담은 에덴이라는 지상낙원에서 아주 평화로운 나날을 보낸다. 그런데
어느날 아담이 혼자 외롭게 지내는 것을 본 하나님은 아담이 잠든 사이에 그의 갈비뼈
하나를 이용해 짝을 만들어 준다. 그녀의 이름은 성경 상으로 하와이고, 흔히 이브라고
불린다. 아담 혼자 있을 땐 괜찮았는데, 이브가 함께 있게 되면서 문제는 발생한다. 요
컨대 뱀의 유혹을 받은 이브는 하나님이 금한 명령을 어기고 선악과를 따먹는다. 그리
고 이브는 사과를 가져다가 남편 아담에게도 먹게 한다. 유혹에 약한 것이 여자라면,
여자에 약한 것이 남자였다. 이러한 물고 물리는 관계는 인류가 지속되는 한 계속해서
이어질 것이다.

하나님의 금도를 어긴 이브는 결국 남편 아담과 함께 낙원에서 추방당한다. 그로부
터 인간의 조상 아담은 평생 땀 흘려 일을 해야 하는 숙명을 안게 되고, 이브는 해산의
고통을 받게 된다. 두 사람은 낙원의 동쪽에서 숙명대로 밭을 경작하며 먹을 것을 마련
하고, 해산의 고통 속에서 카인과 아벨 두 아들을 낳았다. 카인은 농사를 짓는 사람이
었고, 아벨은 양을 치는 자였다. 이로 인해 농업과 목축업이 유래한다. 두 사람은 한 해
를 결산하며 하나님께 자신들의 소득 중 일부를 정성스레 제단에 바친다. 그러나 하나
님은 아벨의 것은 받지만 카인의 것은 받지 않는다. 여기서 질투를 느낀 카인은 아벨을
죽임으로써 최초의 살인자가 된다.

이처럼 하나님이나 부모의 편애로 인해 형제간에 갈등이 생기고 극단적으로는 살인
까지 저지르게 되는 것을 '카인 콤플렉스'라고 한다. 최초의 인간들에서 우리가 알
수 있듯이 인간은 유혹에 약하다. 즉 인간은 자기 이상을 넘어 높아지려고 하는 부조리
로 인해 유혹에 쉽게 빠져들도록 창조됐다. 이 결과 땀을 흘려야만 직성이 풀리는 인간
의 본능을 갖게 된 것이다.

🍎 에덴의 동쪽, 해가 뜨는 곳을 향해

이 소설은 일반적인 소설과 달리 두 개의 스토리가 중첩되면서 전개된다. 한 이야기는 스타인벡의 외가 쪽인 해밀턴 일가를 모델로 하고 있으며, 다른 또 하나는 가상의 가계인 아담 트래스크라는 가족의 이야기이다.

우선 스타인벡의 외조부를 모델로 한 새뮤얼 해밀턴은 숨어 있는 샘을 찾는 기계를 개발하는 등 발명에 탁월한 재주를 가진 사람이다. 그는 다른 사람들에게는 많은 도움을 준다. 하지만 자기 자신에게도 도움이 되지 않을 뿐 아니라 아홉 자녀에게조차 별 도움을 주지 못하는 노인이다. 그의 아내는 성격이 차분하고 성실한 여인이다. 그의 자녀는 9명이나 된다.

또 다른 한 축을 형성하는 가족의 이야기가 사실상 이 소설의 중심이다. 이 가족의 중심에는 아담 트래스크가 있다. 아담의 아버지 사이러스 트래스크는 난폭한 성격의 소유자로 군에 입대했다가 6개월 만에 부상을 당하여 귀향한다. 그 사이에 아내는 아담을 낳았다. 사이프러스 트래스크는 음주, 도박, 계집질 등을 일삼곤 했다. 반면 그의 아내는 성실하고 내성적이지만 남편에 대한 복수심에 불탄 나머지 연못에 빠져 자살한다.

아내가 자살하자 그는 농부의 딸로 말수가 적고 성실한 17세 엘리스와 재혼해 둘째인 찰스를 낳았다. 그는 찰스에게 군사훈련, 사냥, 사격술 등을 시키며 키웠다. 기특하게도 큰 아들 아담은 아버지에게 순종했다. 반면 한 살 아래의 배다른 동생 찰스는 독단적이고 경쟁적이며 여러 면에서 형을 능가했다. 엘리스는 아담과 찰스 두 아이를 편애를 두지 않고 극진히 돌봤다. 그럼에도 여러 면에서 아버지는 찰스보다 아담을 더 사랑했다. 그러자 여기에 질투를 느낀 찰스는 술집 등으로 방황하며 비뚤어지기 시작한다.

세월은 흘러 아담은 기병대 사병으로 입대해 5년 동안 복무하면서 무공훈장을 받는 등 모범적인 군대 생활을 했다. 그동안에 엘리스는 폐병으로 죽고, 제대를 한 아담은 귀향길에 오르다가 찰스가 자기를 싫어한다는 사실을 깨닫는다. 그래서 그는 고향으로 돌아가지 않고, 방황하다가 재입대했다.

그의 아버지는 그가 군대에 가 있는 동안 고위 정치인과 접촉하면서 재산과 명성을 얻었다. 다시 5년이 지나 아담은 상사로 전역했다. 하지만 그는 방랑하다가 방랑죄로 체포돼 6개월의 복역을 치러야만 했다. 그러는 동안 아버지는 아담과 찰스에게 재산을 분배하여 주고 죽고 말았다. 아담은 이 소식을 찰스로부터 전해 들었다.

이제 사이러스의 시대는 막을 내리고 아담의 시대로 접어들면서 이들 일가는 새뮤얼 웰링턴 일가와 겹치는 운명에 놓이게 된다. 아담과 결혼한 캐시라는 여인의 등장은 세대에 따라 운명이 반복된다는 인상을 준다. 캐시 에임즈라는 여인은 무두질 공장을 경영하는 윌리엄 에임즈의 무남독녀이다. 이 여인은 금발의 미녀였지만 신이 들린 여자였다. 그녀는 거짓말과 질투, 금기, 성에 대해 호기심이 많았다. 그녀는 어느 날 동네의 두 사내아이에게 손발이 묶인 채 강간을 당하고 나서부터 이 충격으로 인해 성격이 돌변했다. 그

우리는 늘 잃어버린 낙원을 회복하고 싶은 꿈을 꾸지만 여전히 에덴의 동쪽에서
낙원 안을 굽어보려고 노력하는 인간일지도 모른다.

녀는 고등학교에 입학하긴 했지만 그다지 흥미를 갖지 못하였으며 가출을 하기도 했다. 그녀는 결국 어느 날 집에 불을 질러 부모를 죽이고 도망하다가 공교롭게도 아담과 찰스가 살고 있던 집 앞에 쓰러졌던 것이다.

우연이든 인연이든 아담의 극진한 간호를 받고, 점차 원기를 회복한 그녀는 아담을 유혹했다. 그 유혹에 넘어간 아담은 그녀와 결혼을 했다. 해가 바뀌자 아담은 찰스에게 농장을 넘기고는 설리너스로 이주했다. 임신한 캐시는 해밀턴의 조산 아래 쌍둥이를 낳으면서 두 일가는 관계를 맺게 되는 운명이 된다. 아담은 이제 이곳에서 진정으로 사랑하는 캐시를 위해 에덴의 동산을 꾸미기로 마음먹는다. 쌍둥이의 이름도 성경에 따라 케이레브(카알) 트래스크와 여호수아(아론) 트래스크로 이름을 짓는다. 두 아들은 모두 입대하여 군인 장교가 된다.

아담의 진실한 사랑에도 불구하고 캐시는 사랑을 배신하고 권총으로 아담을 쏘고는 집을 나간다. 그녀는 차이나타운의 창녀촌으로 들어가서 이름을 케이트로 바꾸고 창녀로서의 자질을 유감없이 발휘한다. 그녀를 사랑한 포주 격인 페이는 케이트를 딸로 여기며 애정을 보이다가 전 재산을 케이트에게 남기고 죽는다.

다시 해밀턴 일가가 이들 아담 일가의 이야기에 개입한다. 새뮤얼 해밀턴은 아담에게 케이트의 비밀을 말하고 죽었다. 캐시가 창녀가 되었다는 사실을 믿지 않았던 아담은 케이트를 만나 사실을 확인하게 된다. 그녀는 아담이 생각했던 이전의 그녀가 아니라 너무도 변해 있었다. 그런데다가 그녀는 한 술 더 떠서 그의 쌍둥이 아들이 찰스의 아들이라고 주장했다. 아담은 절망하고 이때부터 성격이 비뚤어지기도 한다. 그러나 얼마의 시간이 지나자 아담은 타고난 성격 탓인지 다시 제 자리를 찾고 온전한 정신으로 살아간다.

한편 어머니가 살아서 창녀촌에 있다는 사실을 알게 된 카알은 자신도 사악한 인간일지도 모른다는 생각을 하게 된다. 하지만 그는 자신의 천박성이 있다면 그것은 자신이 책임져야 하는 것일 뿐 어머니를 탓할 것이 아니라는 것을 깨닫는다. 어머니의 비밀을 알게 된 카알은 아론에게 어머니의 비밀을 알리지 않았다.

이들 일가가 모두 모인 추수감사절에 1차 대전 중 콩 장사를 해서 번 돈 1만 5,000달러를 아버지에게 선물로 전하려고 했다. 하지만 아버지는 "도둑질해서 번 돈 따위는 받을 수 없다"며 면박을 주었다. 여기에 화가 난 카알은 이제까지 숨겨온 어머니의 비밀을 아론에게 털어놓았다. 처음엔 믿지 않았지만 이 사실을 확인한 아론은 어머니의 사악한 행위를 확인하고는 홧김에 군에 들어간다.

케이트는 자신이 저지른 지난날의 악행들이 자신의 목덜미를 잡을 것이란 사실을 깨닫고 두려움에 자살을 했다. 아론도 불행하게도 군에서 전사했다. 아담은 아들의 전사 소식을 듣고 충격으로 쓰러진다. 카알은 그제야 이 모든 일이 자기의 잘못 때문이라는 죄책감으로 괴로워한다. 결국 아담도 다시 일어나지 못하고 카알이 지켜보는 앞에서 숨을 거뒀다. 결국 콤플렉스가 원인이 돼 타인을 죽게 하는 일이 벌어진 것이다.

우리는 우리 자신이 콤플렉스를 갖게 되는 순간, 우리 자신뿐 아니라 다른 사람에게도 영향을 미칠 수 있으므로 이미 형성된 콤플렉스가 있다면 그것을 뛰어넘으려는 노력을 해야만 한다. 에덴에 살던 인간들이 낙원을 잃게 되면서 빚게 되는 비극은 이 소설과 닮은꼴로 여기저기서 지금도 일어나고 있다. 카인의 이름과 비슷한 카알은 결국 아론을 죽게 만든 것처럼.

이 두 쌍둥이는 결국 한 축은 악으로서 카인의 편에 서고, 다른 한 축은 선으로서 아벨의 편에 선 것이다. 그야말로 카인과 아벨-카알과 아론인 셈이다. 구약성경 『창세기』에 나오는 것처럼, 쌍둥이 형제 아론과 카알은 자기 안에 도사리고 있는 악에 대한 갈등 때문에 괴로워하는 인물로 그려지고 있다.

사랑이란 비단 남녀 간에 생기는 그런 감정만을 가리키지는 않는다. 주로 남녀 간의 좋은 감정을 갖는 관계를 사랑이라는 말로 지칭하지만 형제 간의 우애, 친구 간의 우정, 이웃 간의 정 이 모두가 결국 사랑이라고 할 수 있다. 그런데 사랑은 항상 홀로 존재하는 것이 아니라 미움과 함께 존재한다는 점을 잊어서는 안 된다. 미움이라는 구체적인 감정의 상태를 나열하라면 질투의 감정, 시샘의 감정 등을 들 수 있다. 그래서 우리는 때로 사랑인 것도 같으면서 질투를 느끼기도 하는 감정을 애증의 관계라고 한다.

사랑하는 일은 좋은 일이지만 호사다마(好事多魔)라는 말도 있듯이 우리는 사랑에 빠져들면서도 사랑의 사이를 비집고 들어와서 그 사랑을 방해하는 시샘이라는 것을 경계해야만 한다.

존 어니스트 스타인벡
John Ernst Steinbeck

　존 어니스트 스타인벡(John Ernst Steinbeck : 1902~1968)은 미국 캘리포니아 주 로스앤젤레스와 샌프란시스코 근처에 위치한 태평양 연안의 설리너스라는 농경지에서 태어났다. 이 소설에 등장하는 대로 작가의 부친 존 스타인벡 2세는 북아일랜드의 얼스터에서 1850년대에 이주해온 새뮤얼과 엘리자베스 사이에서 태어난 올리브 해밀턴(Olive Hamilton)과 1890년에 결혼했다. 그래서 작가 스타인벡의 외가가 되는 해밀턴 집안의 가계는 이 작품에 상세히 묘사돼 있다.

　그는 고향인 설리너스의 풍요로운 자연 속에서 독서에 열중했으며, 감수성이 풍부한 소년으로 성장했다. 1920년에 스탠퍼드 대학에 특별 학생으로 입학해 해양생물학을 전공했으나 가정 형편이 어려워 중퇴했다. 교내 기관지에 단편이나 시를 발표하면서 작가의 꿈을 키우던 그는 이후 뉴욕으로 진출해 신문기자 생활을 했다. 그러나 기사에 주관적 견해를 실어 해고된다. 이후 갖가지 막노동으로 생계를 해결해야만 했던 그는 자신의 생활 체험과 전공과목을 기초로 해 작품을 쓰기 시작했다.

　『황금배 Cup of Gold』(1929) 이후 『하늘의 목장 Tortilla Flat』(1929) 『생쥐와 인간 Of Mice and Men』(1937) 『분노의 포도 The Grapes of Wrath』(1939) 등을 발표해 인정을 받았다. 그는 『분노의 포도』로 아메리카 볼 샐러즈 상과 퓰리처 상을 받았다. 1962년에는 『불만의 겨울 The Winter of Our Discontent』(1961)로 노벨 문학상을 받았다.

　존 스타인벡은 고향인 캘리포니아를 배경으로 자연애와 인간애로 가득 찬 작품들을 쓰다가 심부전증이 악화돼 66세의 나이로 뉴욕에서 세상을 떠났다.

『에덴의 동쪽』이 너에게 전하는 편지

우리는 때로 모든 문제를 내 안이 아닌 밖에서 찾는 경향이 있습니다. 문제가 생기면 우선 다른 사람 핑계를 대곤 하지요. 장사를 하는 사람도 장사가 안 되면 경기가 안 좋다거나, 자리가 안 좋다거나 하는 등 이러저러한 핑계를 댑니다. 하지만 그렇게 핑계를 댄다고 해서 문제가 근본적으로 해결되지는 않지요.

우리의 삶도 다를 바 없어요. 우리가 살아가면서 생기는 문제는 모두 내 안에 있어요. 또한 문제가 생기거나 어려움에 처하면 이 모든 해결책을 내 안에서 찾으려고 노력해야 해요. 마찬가지로 누군가에게서 사랑을 받고 있다면 그것은 내가 사랑받을 만한 일을 하고 있기 때문이에요. 반면 사랑받지 못하고 있다면 그것 또한 순전히 내게 문제가 있는 것이지요. 그러니 어떠한 경우에도 누군가에게 콤플렉스를 느끼거나 질투하는 마음을 가져선 안 돼요.

사람은 누구나 자기만의 고유한 특성이 있는 거예요. 그러니 상대성을 인정하면서 모든 상황을 긍정적으로 받아들여야 해요.

죄와 벌_ *비판*

"내가 원한 건 돈이 아니었어. 난 그때 나 자신이 벌벌 떨기만 하는 무가치한 벌레같은 인간인지, 권리를 갖고 태어난 선택받은 인간인지 알고 싶었어……. 난 나 자신을 죽인 것이지 노파를 죽인 게 아니라고! 내가 죽인 건 악마였어. 나 또한 악마였고!"

🌸 나 자신에게 엄격하라

이 세상은 모두 이원 대립하는 쌍들의 모임처럼 보인다. 저명한 학자들은 이런 원리를 각기 나름대로 자신의 모든 학식과 깊은 생각들을 총동원해 논리를 만들어낸다. 그러면 우리는 그런 원리, 또는 논리들을 익히기 위해 학습을 하고 조금 더 진일보하면 나름대로 그 논리를 재해석하곤 한다. 그러면 모든 논리가 그럴듯하게 여겨져서 그것들을 신봉하게 되는 것이다.

도스토옙스키의 작품 경향은 인간과 신의 문제, 고뇌, 불안, 죄악을 파헤치고 있다고 볼 수 있다. 그의 작품은 실존주의적 요소를 보여주고 있기도 하다. 이러한 그의 작품 경향은 그의 생애와 연관이 있다. 그는 병적인 성격을 지니고 있었는데, 일생을 그를 따라다니며 괴롭힌 간질병이 큰 원인이었다. 게다가 사형선고를 받고 처형 몇 분 전에 특사를 받아 구사일생으로 살아난 그의 기구한 삶, 실제로 그는 4년 동안 시베리아 유형의 옥살이 등 인간이 겪을 수 있는 최대의 고난을 맛본 삶의 과정들이 그의 작품 속에 고스란히 녹아들었던 것이다.

물론 그의 대표작 『죄와 벌』에서 이러한 경향들을 발견할 수 있다. 그의 작품 속에는 항상 간질병 환자, 히스테리 환자, 백치, 알코올 중독자와 같은 병적인 인간들이 등장한다. 그리고 그들은 단순한 병자에 그치지 않고 갱생을 위한 바탕으로 처리된다.

🐱 이방인으로 산다는 것

라스콜니코프. 이름 암기하기도 꽤나 어려운 이 사나이는 도스토옙스키가 쓴 『죄와 벌』의 주인공으로 세상 사람들을 두 부류로 보는 인간형이다. 라스콜니코프는 나폴레옹과 같은 희대의 영웅을 신봉한다고나 할까!

라스콜니코프는 이 세상에 두 가지 부류의 사람이 있다고 생각한다. 하나는 범인이며 또 다른 하나는 초인이다. 범인은 사람을 죽이면 그에 대한 죄책감을 느끼며 형벌을 받아야 한다. 하지만 초인, 즉 나폴레옹과 같은 존재들은 사람을 죽여도 죄책감을 느끼지도 않으며, 오히려 사람들로부터 추앙받는 존재다.

이런 사상을 초인사상이라고 한다. 그는 사회에 그다지 도움이 되지 않는 사람은 차라리 없애는 편이 더 이로운 일이라고 믿고 있다. 최대다수의 최대행복을 위해서라면 이러한 희생은 불가피하며 정당하다는 논리를 펴는 공리주의자이기도 하다.

어쩌면 그의 주장은 알베르 카뮈(Albert Camus : 1913~1960)가 쓴 『이방인』의 주인공과도 맥이 맞닿아 있다. "이 세상에는 두 부류가 존재한다. 하나는 사형을 집행하는 부류이고, 하나는 사형을 당하는 부류이다. 만일 이 세상에서 사형을 당하지 않는다 해도 필경은 신에 의해 사형당하는 것이 인간이다"라는 카뮈의 주장과 일맥상통한다.

그는 자신이 바로 나폴레옹과 같은 비범한 사람이라고 생각한다. 그는 이제 생각으로만 머무는 것이 아니라 범인을 집행하는 집행자가 된다. 그는 살인을 저지르고도 전혀 죄의식을 느끼지 않는다는 점이 다른 범인들과 다르다. 그런 그의 정신 상태에서 평범한 한 인간이 아닌 이방인과 같은 한 인간 군상을 우리는 목격하게 된다.

🍒 죄의식을 파헤친 이야기

어느 작품보다도 많은 인간 문제를 제기하고 있는 작품 속으로 직접 들어가면서 그의 행로를 추적해 보는 접근법이 이 작품을 감상하는데 쉬울 것 같다.

주인공 라스콜니코프는 가정교사 일을 하는 젊은이로 다른 사람들과 표면상으로는 다를 바가 없다. 그런데 그는 언젠가부터 일도 그만두고 한 달 동안이나 집에만 머무르면서 아무 일도 안하고 지낸다. 무료함, 그것이 그를 미칠 것 같게 만든다. 그러던 중 한 주점에서 혼자 술을 마시던 그는 마르멜라도프라는 사람과 이야기를 나눈다.

이 사람이 라스콜니코프와 상반된 성격의 소유자로 이 작품의 한 축을 담당하는 소냐의 아버지이다. 그는 한때 관리였으나 해고됐고, 다시 일을 했으나 비관적 성격의 소유자인 그는 월급을 몽땅 털어 술을 마시고 집에 들어가지 않았다는 이야기를 한다. 어쩔 수 없는 형편으로 인해 그의 딸 소냐는 돈을 벌기 위해 스스로 창녀가 됐다고 한다.

이에 반해 소냐는 자신의 논리보다 성경을 읽으면서 그것에 기록된 하나님의 가르침에 따라 살아가려는 인물이다. 이 두 주인공은 상반된 성격이다. 라스콜니코프가 악의 상징이라면 소냐는 반대 축에 서 있는 선의 상징이다. 다시 말해 라스콜니코프는 논리적 관념세계고, 소냐는 종교에 기인한 이상세계다. 이 작품은 두 인물을 통해 이 두 세계의 대립을 보여준다.

"사람이 가난한 것은 죄가 아니다. 사람이 가난한 정도로는 그래도 고귀한 성품을 유지한다. 하지만 맨 주먹뿐인 건 죄다. 맨주먹뿐인 자는 살기 위해 죄를 지을 수밖에 없다" 마르멜라도프는 이런 말을 하고 자기의 불행한 이야기를 우리의 주인공 라스콜니코프에게 털어 놓는다.

라스콜니코프는 마르멜라도프의 집을 방문한다. 그의 집은 허름한 사글세방이다. 마르멜라도프의 부인 카테리나는 폐병을 앓고 있었다. 마르멜라도프는 집에 들어오자마자 월급을 어디다 썼느냐며 그녀의 머리채를 휘어잡고 욕을 퍼붓는다. 이 광경을 목격한 주인공에게는 그가 인정하든 인정하지 않든 죄의 동기를 부여한 셈이다. 라스콜니코프는 그 집을 나와 생각에 잠긴다. 그리고 전부터 계획한 일을 실행에 옮길 준비를 한다.

수전노에다 비인간적인 노파, 돈 많은 전당포 주인 알료나 이바노프나가 범행 대상이다. 사회에서 축출하는 편이 이로울 대상인 그 노파를 죽이고 노파의 재산으로 좋은 일에 쓰자는 것이다. 돈만 밝힌 노파는 많은 돈을 모았지만 언제나 가난한 사람을 상대로 돈을 모으고 있었다.

노파에게는 리자베타라는 여동생이 있다. 그녀는 착하지만 매우 순진하고 겁이 많은 인물로, 노파와는 완전히 딴판이다. 이들도 각기 다른 이원적인 대립으로 설정돼 있다. 노파는 리자베타를 하인처럼 대했고, 이미 작성한 유언서에는 리자베타의 몫이 거의 없었다. 라스콜니코프의 생각은 어차피 세상에 해만 끼치고, 도움 될 일 없는 악독한 노파를 죽이는 것이다.

라스콜니코프는 노파와 함께 지내는 동생 리자베타가 집을 비울 때 노파만 죽일 생각이다. 드디어 그 집에 찾아가 물건을 저당 잡히는 척 하면서 노파가 방심하는 사이에 도끼로 그 노파를 죽인다.

그런데 상황은 그의 예상과 어긋나게 흘러가고 있었다. 리자베타가 집에 들어서면서 이 광경을 목격한다. 라스콜니코프는 어쩔 수 없이 리자베타도 살해한다. 잠시 후 2명의 남자가 그 집 문을 두드리지만 안에서 소리가 나지 않자 의심하게 되고, 라스콜니코프는 그들이 내려가기를 기다렸다가 그곳을 재빨리 빠져나온다. 그렇게 해서 그 사건은 미궁으로 빠져들었다.

이 작품을 다 읽어가기에는 아직 멀었지만 이 작품에서 평자들의 많은 논란거리를 제공하는 부분은 여기까지다. 작가인 도스토옙스키는 그의 모든 작품에서 악마적인 근원이 되는 육체적 원리와 그 반대편에 있는 신성한 정신적 원리의 투쟁을 열심히 탐구하고 있다. 이 방식이 인간을 조금이라도 이상적으로 접근시킬 수 있다고 생각했기 때문이다. 이 세상에서 구원받을 수 없는 완전한 인간은 없다는 것을 그는 보여주고 싶어 했다.

_ 죄의식으로 인한 열병

주인공인 라스콜니코프는 육체적인 악의 축에 서 있다. 라스콜니코프는 노파를 죽이고도 아무런 죄책감을 갖지 않는다. 뿐만 아니라 아무 죄도 없이 덩달아 희생당한 리자베타에 대해서도 죄책감을 느끼지 않는다. 라스콜니코프는 평범한 사람들의 눈으로 볼 때 분명 아웃사이더이다.

하지만 이후 라스콜니코프는 웬일인지 열병에 시달린다. 라스콜니코프가 열병에 시달린다는 것은 잠재적으로 죄의식이 그의 심리기저에 깔려있다는 반증일 수 있다. 물론 육체적인 중압감이 그 심리작용을 누르고 있어서 표출되지 않을 뿐이다.

라스콜니코프의 열병을 친구 라주미힌이 간호한다. 죄의식 때문인지 불안감 때문인지는 작품에서는 밝혀지지 않았다. 하지만 아무리 냉혈한이라 해도 잠재된 인간 기본 양심은 있게 마련이다. 라스콜니코프도 한 인간의 범주에서 벗어날 수는 없었을 것이다. 라스콜니코프는 강탈한 돈을 한 푼도 쓰지 못하고 감춰둔다.

이런 라스콜니코프에게 어머니의 편지가 도착한다. 그의 여동생 두냐가 돈 많은 관리 표트르 페트로비치 루진에게 시집간다는 내용이었다. 라스콜니코프는 글을 보고 격분한다. 동생의 결혼 상대는 그가 평소부터 좋아하지 않는 인간이기 때문이었다. 수전노 노파의 경우를 본다면 동생의 약혼자는 라스콜니코프가 타도해야 할 대상이기도 하다.

얼마 후 동생의 약혼자 루진이 라스콜니코프를 찾아온다. 하지만 라스콜니코프는 루진을 매우 못마땅해 한다. 돈 많은 것을 이용해서 가난한 자신의 여동생을 묶어두려는 속셈이라고 생각한 라스콜니코프는 루진을 냉대한다. 그러자 결국 루진은 화를 내며 돌아간다.

이후 라스콜니코프는 이상한 행동을 하기도 하고, 농담처럼 사건을 수사 중인 사람들에게 자신의 범죄를 떠벌인다. 하지만 대부분의 사람들은 라스콜니코프가 미쳤다고 여겼다. 그래서 웬만하면 라스콜니코프를 수사할 생각을 하지 않았다. 하지만 포르피리라는 영리한 예심판사는 라스콜니코프를 의심하고 집요하게 수사를 한다.

어머니와 동생 두냐는 라스콜니코프를 찾아와 간호한다. 라스콜니코프는 잠시 어머니와 동생에게서 정을 느끼게 된다. 어머니와 두냐는 라스콜니코프와 루진의 사건을 알고 둘을 다시 화해시키려고 그들을 만나게 한다. 하지만 루진의 거만하기 이를 데 없는 태도는 어머니와 두냐마저 화나게 만들었다. 돈 많고 유능한 루진은 두냐와 결혼하는 것을 적선이라도 하는 것처럼 여겼기 때문이었다. 결국 어머니와 두냐는 루진과 결별하기로 결정했다. 그렇게 함으로써 혼담은 일단락됐다고 여겼다. 그러나 루진은 여전히 미련이 남아 있었다.

이후 라스콜니코프는 웬일인지 혼자 떨어져 있기를 원한다. 사건의 전모가 밝혀질 경우 주변 사람들이 알게 되는 것을 두려워했기 때문이다. 그런데 사건은 엉뚱한 방향으로 전개됐다. 다른 사람이 라스콜니코프 대신 체포돼 조사를 받고 있었던 것이다. 결국 고문을 이기지 못한 그 사내는 저지르지도 않은 범죄를 인정한다.

그렇게 사건은 곧 해결될 것처럼 보였다. 그러나 포르피리는 집요하게 라스콜니코프를 의심하며 그를 떠본다. 라스콜니코프는 부인은 했지만 불안한 마음에 휩싸였다.

인간은 누구나 진실을 잃으면 불안해지고 초조해지게 마련이다. 진실을 가질 때 인간은 어디서든 언제든 당당하게 행동할 수가 있다. 라스콜니코프는 길거리를 배회하다가 소냐의 아버지 마르멜라도프가 마차에 치여 죽게 되는 광경을 목격한다. 라스콜니코프는 마르멜라도프를 급히 집으로 데려다 주지만 그는 곧 숨을 거뒀다. 라스콜니코프는 어려운 형편에 전 재산이랄 수 있는 돈을 모두 장례비용으로 그 집에 주었다.

　라스콜니코프는 훔친 것을 손도 안 대고 바윗덩이 밑에 숨겨 놓고, 어머니와 동생이 어렵게 마련해 준 35루블의 돈을 단지 두 번 만났을 뿐인 알코올 중독자 마르멜라도프의 장례비용으로 내놓았다. 라스콜니코프의 이런 행동은 분명 노파를 죽였을 때와는 전혀 다른 모습이었다. 라스콜니코프의 관념, 처음에 그가 주장하던 처음의 목적은 이미 사라졌다고 여긴 것일까? 그는 이제 돈이라는 천박한 목표에 사로잡혀 사람을 죽인 추악한 살인자가 아니라는 것을 보여준다. 그는 재물에 대해 무관심한 태도를 보여준다.

　라스콜니코프의 열병은 계속된다. 심한 일을 하고 난 후에 찾아오는 몸살과도 같이 흉악한 죄를 저지를 당시에는 담담하지만 시간이 지나면서 갖게 되는 죄의식 탓인지도 모르겠다. 죄를 짓고 나면 그 죄에 대한 대가를 받아야 오히려 무거운 짐을 던 것과 같은 느낌을 갖게 되는 것이 인지상정이다. 마찬가지로 죄를 짓고도 고백할 수 없으며, 죄에 따르는 벌을 받지 못한다는 것은 오히려 지독한 형벌이다. 세상이 그에게 형벌을 가하는 것보다도 스스로의 마음에서 내리는 형벌은 더 걷잡을 수 없는 아픔이다.

　죄의식은 누구에게나 있다. 아무리 흉악한 범죄자라 할지라도 내면에는 죄의식이 있다. 단지 가라앉아 있을 뿐이다. 죄의식이 일어나면 일어날수록 인간은 이 죄의식을 잠재우기 위해 더한 흉악한 범죄를 저지를 수 있다. 하지만 라스콜니코프는 그다지 강심장은 아닌 것 같다. 겉으로 강한 척 하려다 보니 그는 열병을 앓는 것이다. 물론 이러한 잠재적인 발로에 대해서 정작 본인은 느끼지 못할 수도 있다.

_ 사랑으로 해결의 실마리를 찾다

어느 날 마차에 치여 죽은 마르멜라도프의 딸 소냐가 찾아온다. 그녀는 아버지의 죽음으로 집안에 닥친 불행에 도움을 준 라스콜니코프에게 감사하다며 추도식을 할 것이니 참석해 달라고 부탁한다.

시간이 지날수록 라스콜니코프의 불안감은 점점 심해진다. 그러던 어느 날 라스콜니코프는 죽은 마르멜라도프의 장녀이자 창녀가 된 소냐를 찾아간다. 라스콜니코프는 소냐에게 자신도 모를 동정심을 품는다. 그러면서 라스콜니코프는 소냐의 순수하고 아름다운 마음을 느낀다. 아무것도 내세울 것이 없는 소냐, 더욱이 창녀인 그녀가 고귀한 품성을 지닐 수 있다는 것이 라스콜니코프에겐 의아한 일이다.

라스콜니코프는 그런 소냐에게 모욕적인 말로 그녀를 괴롭히곤 한다. 하지만 이에 굴하지 않고 소냐는 신앙을 잃지 않고 곧게 살아간다. 그럴수록 왠지 라스콜니코프는 더 괴롭기만 하다. 아마도 라스콜니코프의 추악함을 비춰주는 거울 역할을 하는 이가 소냐일 것이다.

결국 라스콜니코프는 소냐에게 마음을 열게 된다. 라스콜니코프

죄란 무엇인가? 물론 사회적으로 규정한 죄가 있고, 양심이 선언한 죄도 있다.
우리를 옥죄는 것은 사회가 규정한 죄보다 양심이 선언한 죄이다.

는 자신이 노파와 리자베타를 죽인 것을 고백한다. 리자베타와 친했던 소냐는 충격을 받고 라스콜니코프를 원망하면서도 불행한 죄인 라스콜니코프를 위해 기도한다. 그리고 라스콜니코프를 위해서라면 어디든 따라 가겠다고 하지만 라스콜니코프는 거절한다.

라스콜니코프는 외적으로는 적어도 노파와 리자베타 자매의 살해에 대해 별다른 죄책감이 없다. 라스콜니코프는 위대한 사람은 이상을 위해 거침없이 다른 사람을 죽일 수 있기 때문에 죄책감을 가질 필요가 없다고 생각한다. 오히려 죄책감 따위를 가진 나약한 인간은 실패한다고 믿는다. 그래서 라스콜니코프는 원한 없는 살인을 저질렀다.

한편 자기의 권력이나 부를 이용해 약자를 괴롭히는 사회악적 존재들이 있다. 바로 두냐의 약혼자였던 루진과 같은 존재다. 루진이 이번에는 소냐를 부른다. 루진은 소냐의 불쌍한 처지를 동정하는 척 하며 그녀에게 돈을 준다. 소냐는 루진의 의도를 모른 채, 고맙게 그 돈을 받는다. 그날은 마침 그녀의 아버지 마르멜라도프의 추도식 날이었다.

소냐의 어머니 카테리나는 추도식 후 파티를 연다. 가난한 그녀에게는 과분한 일이지만 그녀는 과시욕으로 많은 사람을 불러들여 만찬을 한다. 이때 루진이 만찬장에 들어온다. 루진은 다짜고짜 소냐를 도둑으로 몰아세우며 소냐의 주머니를 뒤진다. 그러자 루진이 소냐에게 준 것보다 몇 배가 넘는 돈이 소냐의 주머니에서 발견된다. 소냐는 당황해하며 결백을 주장하지만 사람들은 그녀를 의

심한다. 루진은 죄를 자백하면 용서해 주겠다고 선언한다.

하지만 정의는 언제나 진실의 편이다. 그때 루진과 같이 동행한 사람이 나서서 소냐의 결백을 밝혀준다. 실상은 루진이 소냐에게 돈을 주었고, 그녀가 돈을 받는 사이에 몰래 큰 지폐를 그녀의 주머니에 찔러 넣었다는 것이다. 당시에 그는 루진이 참 좋은 일을 한다고 생각을 했다. 그런데 이 일이 벌어지자 분노를 참지 못하고 증언을 한 것이다. 상황은 반전됐고, 이번에는 라스콜니코프가 예리한 증언을 한다. 루진이 소냐를 모략한 것은 자기의 약혼을 방해한 라스콜니코프를 공격하기 위해서라고 말하며 경위를 밝힌다. 루진은 상황의 불리함을 알고 도망치듯 물러난다.

어느 날, 예전에 라스콜니코프의 동생 두냐를 괴롭히던 지주 출신 스비드리가일로프라는 사내가 라스콜니코프에게 접근한다. 스비드리가일로프는 아직도 두냐에게 흑심을 품고 있었지만 이를 숨기고 "그들을 도와주려고 한다"고 말한다. 두냐를 노리던 스비드리가일로프는 점차 접근해 두냐를 불러들이고 유혹을 한다.

그러나 뜻대로 되지 않자 스비드리가일로프는 협박을 한다. 협박에 굴하지 않는 두냐는 총으로 그를 쏴보지만 빗나가고 만다. 스비드리가일로프는 두려워하기는커녕 더 정확히 쏴보라며 맞선다. 그러면서 그는 두냐에게 자신을 사랑해달라고 애원한다. 하지만 두냐는 이를 거절한다. 스비드리가일로프는 절망에 빠지며 그녀를 순순히 보내준다. 스비드리가일로프는 두냐와 소냐를 위해 돈을 남기고 다음날 자살한다.

포르피리의 수사는 집요해서 드디어 혐의를 점점 굳히고 라스콜니코프에게 최후통첩을 보낸다. "이미 진상이 파악됐으니 이틀 안에 당신을 체포하겠다. 그전에 마음의 준비를 하라"

라스콜니코프는 막다른 골목에 이르렀음을 느낀다. 라스콜니코프는 이제 여기저기 떠돌다가 결국 소냐에게로 향한다. 라스콜니코프는 소냐에게 자수하겠다고 말한다. 소냐는 자수를 권유하며, 자신은 라스콜니코프를 위해 어디든 따라가겠다고 선언한다.

결국 라스콜니코프는 그녀가 지켜보는 가운데 자수를 하고 포르피리는 그를 위해 불리한 혐의는 전혀 주장하지 않는다. 라스콜니코프는 여러 사람의 도움을 받아 유리한 재판을 받고 시베리아로 8년간 유형을 가게 된다. 소냐는 라스콜니코프를 따라가고, 두냐와 라주미힌은 결혼한다.

라스콜니코프의 어머니는 점점 아들 걱정에 정신을 잃어 미쳐 가다가 결국 죽게 된다. 라스콜니코프는 재판을 받고 유형을 떠나고도 죄책감과 뉘우침 따위는 없었다. 그저 어리석은 자신을 자책할 뿐.

이러한 생활에 절망을 느낀 라스콜니코프는 결국 중병에 걸리게 된다. 소냐는 라스콜니코프를 찾아와 정성껏 간호한다. 라스콜니코프는 병이 완쾌되면서, 세상을 다른 눈으로 보기 시작한다. 드디어 자신의 죄를 다시 돌아보고 뉘우치게 된다. 하지만 이번엔 소냐가 중병에 걸렸다는 말을 듣고 절망에 빠진다. 다행히 소냐는 완쾌돼 다시 형무소로 면회를 온다.

라스콜니코프는 갑자기 소냐의 발을 끌어안고 올려다본다. 소냐는 그런 행동에 순간 놀라지만 라스콜니코프의 눈에 사랑이 깃들어 있다는 것을 알게 된다. 둘은 감동과 기쁨의 눈빛을 주고받으며 사랑을 확인한다. 아직 유형기간은 7년이나 남았다. 그리고 둘 사이의 행복과 기다림을 암시하며 이 이야기는 끝난다.

죄란 무엇이며, 법은 무엇인가

이렇게라도 훑어보지 않고는 이해하기가 다소 어려운 작품 『죄와 벌』의 개략적인 여행은 끝난 것 같다. 우리는 이 여행을 끝내면서도 여전히 뭔가 개운치 않은 것을 느낀다. 그것은 마치 아주 흉악한 영화를 보고 난 후의 느낌과 같다. 라스콜니코프의 그 그림자들이 지워지지 않고 우리에게 겹쳐져서 따라오고 있기 때문이다.

그가 무거운 죄의 짐을 지고 그 죄에 따른 형벌을 기다리고 있다면, 우리도 마찬가지로 일상에서 생기는 끝없이 이어지는 양심과의 싸움으로 편할 날이 많지 않기 때문이다. 흉악한 범죄자 라스콜니코프에게 분노하기보다는 오히려 루진이나 스비드리가일로프에게 더 분노를 느끼게 되는 것은 필자만의 기분일까?

우리는 모두 『죄와 벌』의 주인공처럼 죄의식을 느끼거나 눈치채지 못한다. 자신이 행한 일을 죄로 인식하는 순간 우리는 죄의식을 느끼지만 스스로 합리화한 일에는 더 이상 죄의식을 느끼지 않는다. 내가 나의 죄에 대한 족쇄를 채우는 것이다. 그 족쇄가 나의 양심으로 자리 잡고, 나의 짐이 되는 것이다. 하지만 이러한 의식은 늘 불변의 상태로 남아 있는 것이 아니라 상황 논리와 환경 변화에 따라 함께 변하는 것이다. 그것의 결과가 깨달음이 되고 한편으로 무뎌짐이 되기도 한다.

죄란 무엇인가? 물론 사회적으로 규정한 죄가 있고, 양심이 선언한 죄도 있다. 우리를 옥죄는 것은 사회가 규정한 죄보다 양심이 선언한 죄이다. 그리고 벌이란 과연 무엇인가? 그것은 죄에 따르는 억압이다. 법에 의해 죄값을 치르는 것이 형벌이며, 마음에서 스스로를 옭아매는 것도 벌이다. 후자의 벌은 마음이 용서받기 전에는 끊임없이 정신을 속박하며, 그 형벌만으로도 죄값을 톡톡히 치르는 것이다.

이 작품에 나타나는 인물들의 대립관계, 대칭관계 등 생각해 볼 문제가 많다. 하지만 모든 독자가 한번쯤은 꼭 읽었으면 하는 책이다. 따라서 그 줄거리를 정리해서 함께 읽는 것이 의미가 있는 것 같아 줄거리에 면을 할애하다 보니 많은 일감을 그대로 남겨 두었다. 나머지는 독자들의 몫으로 남겨 둔다. 결론적으로 닫힌 마음을 열어줄 수 있는 유일한 힘은 사랑밖에 없다. 사랑은 아무리 강퍅한 마음이라도 열어젖힐 수 있는 힘이다.

표도르 미하일로비치 도스토옙스키
Fyodor Mikhailovich Dostoyevsky

표도르 미하일로비치 도스토옙스키(Fyodor Mikhailovich Dostoyevsky : 1821~ 1881)는 모스크바의 마린스키 자선 병원 의사의 둘째 아들로 태어났다. 그는 어린 시절부터 월터 스콧(Walter Scott : 1771~1832)의 환상적이면서도 낭만적인 전기와 역사 소설을 탐독하며 성장했다. 그는 발자크(Balzac : 1799~1850)의 『외제니 그랑데 Eugenie Grandet』(1833)의 영향을 많이 받았다. 그의 첫 작품인 『가난한 사람들 Bednye Lyudi』(1846)은 발자크의 영향을 받아 쓴 작품이다. 그는 당시 농노제 사회에서 자본주의 사회로 급변하는 과도기 러시아 사회 속에서의 고뇌를 작품으로 승화시켰다.

작가로서 알려지게 된 그는 1860년 잡지 「시대 Vremya」를 창간하고 1864년 잡지 「에포하 Epokha」를 발행했다. 1880년에는 알렉산드르 푸슈킨(Aleksandr Pushkin : 1799~1837)의 동상 제막식에서 기념강연을 할 정도로 유명인사가 됐다.

정신분석가와 같이 인간의 심리 속으로 파고 들어가 인간의 내면을 섬세하고도 예리하게 해부한 도스토옙스키의 독자적인 소설 기법은 근대 소설의 새로운 장을 열었으며, 그의 작품들에 나타난 다면적인 인간상은 이후 작가들에게 모델이 됐다.

선과 악, 성(聖)과 속(俗), 과학과 형이상학의 양 극단 사이에서 유토피아를 추구하는 이분법적 사상으로, 당대에 첨예하게 대립한 사회적, 철학적 문제들을 진지하게 제기하고 있으며 변치 않는 삶의 영원한 가치를 전해 주고 있다.

『죄와 벌』이 너에게 전하는 편지

사람에겐 누구나 악한 구석도 있고, 착한 구석도 있지요. 단지 어느 것이 득세하느냐에 따라 악한 사람, 선한 사람으로 나뉘어질 뿐이에요. 그 차이는 그렇게 큰 것도 아니고요. 아무리 인간 말종이라고 해도 그 사람의 마음 어딘가에는 사랑의 마음이 숨어 있고, 선한 마음이 숨어 있어요. 그에게 누군가 미움으로 대하기만 하면 그는 점점 흉악한 사람으로 바뀔테지요. 반면에 그에게 사랑으로 다가가면 그는 언젠가는 착한 사람으로 바뀝니다. 우리가 누군가를 따돌리는 순간 우리는 그에게, 아니 사회에 범죄를 저지르는 것이나 마찬가지입니다. 우리는 누군가를 사랑할 의무와 권리는 있지만 누군가를 미워하고 정죄할 권리는 없어요. 이 세상에 존재하는 사람 모두가 우리에게 이웃이어야만 해요, 누군가를 이방인으로 만들어선 안되는 것이지요. 모든 사람이 이웃이 되는 세상, 여러분이 만들어가야 할 미래입니다.

성채_ *신념*

"여러분은 루이 파스퇴르가 의사가 아니었다는 사실을 알고 계십니까? 에를리히나 하프킨, 메치니 코프도 마찬가지입니다. 이들은 세계 역사상 가장 뛰어나고 특수한 치료법을 의학계에 제공해 준 인물들입니다. 세상에는 비록 의사는 아니더라도 병마와 싸우고 있는 사람이 많은데, 그들을 모두 사기꾼으로 매도할 수는 없기 때문입니다."

🌸 언제나 처음처럼 신념을 가져라

가끔 새로운 무엇인가를 시작하고 싶을 때면 지리산을 찾곤 한다. 지리산은 산세도 아름답기도 하거니와 제법 오랫동안 걸을 수 있는 장점이 있다. 그 산을 종주하다가 보면 문득 인생이란 것도 이렇게 산을 넘나드는 종주가 아닐까 하는 생각이 든다. 소위 깔딱고개를 숨 가쁘게 올라가가 보면 때로는 평탄한 길이 나타나고, 그러다가 다시 힘겨운 오르막길, 힘들어서 쉬고 싶을 만하면 다시 내리막길이 반겨준다. 이렇게 산은 오르막이 있으면 반드시 내리막이 있다는 진리를 가르쳐 주고 있어서 가볼 만하다.

인생은 어떻게 보면 짧기도 하지만 어떻게 보면 그리 짧지만도 않다. 그런 인생길을 가다보면 우연이든 숙명이든 맞닥뜨려지는 길목에서 여러 인생사 또는 사람을 만나게 된다. 그러면서 어떤 한 길목에서 새로운 인생의 출발이 되는 전기가 마련되기도 한다. 그렇게 성취의 환희와 조절을 겪으면서 삶을 사랑하며 배우며 살아가게 된다. 우리 모두는 지금 어디쯤 가고 있으며, 어떤 길목을 향해 가고 있다. 때로는 설렘이, 때로는 알 수 없는 두려움이 그 길목에서 우리를 기다리고 있다.

이런 우리네 인생의 전 과정을 디테일하게 그려놓은 책도 많지는 않은 것 같다. 아치볼드 조지프 크로닌의 대표작 중 하나인 『성채』는 우리 삶의 전형을 잘 그려주고 있다. 어쩌면 벽돌 하나도 제대로 놓지 못한 채 출발한 우리 인생이 어디쯤에서 성채를 이루는 하나의 완전한 존재로 설 수 있을까? 생각하면, 때로는 우쭐해져서 세상 이치를 다 안 것 같은 심정인 때도 없지 않지만 살다보면 예기치 않은 일들이 우리 삶 속으로 끼어든다. 인생이란 한 번도 가본 적이 없는 길목을 향해 나가는 것이니까.

한 번도 가본 적 없는 길목을 향해 신념은 환한 빛이 되어준다. 신념이 있다면 인생이라는 길은 외롭지 않다.

🍎 한 사람의 전생애에 걸친 만남을 보여주는 이야기

이 책은 4부로 구성돼 있다. 우리는 이 책을 읽어가면서 주인공이 다른 사람들과의 만남에서 어떻게 새로운 삶의 전개를 이뤄가고 있는가를 눈여겨 볼 필요가 있다.

__ 1부 사람을 잘 만나라

우선 1부를 열어보면 허름한 옷차림의 한 청년이 브라이네리라는 탄광촌에 페이지 박사의 대진으로 오면서 이야기가 시작된다. 그의 이름은 앤드루 맨슨으로 이제 갓 의과대학을 졸업했다. 앤드루 맨슨은 그곳에 오면서 누구나 그렇듯이 앞으로 펼쳐질 자신의 미래에 대한 열정으로 패기가 넘치고 있었다. 하지만 그는 페이지 박사를 만나면서 아연 놀란다. 박사는 뇌일혈로 병상에 누워 있었다. 그러니 앤드루 맨슨이 생각한 것과는 달리 페이지 박사와 함께 일하는 것이 아니라 혼자 도맡아 환자를 맞아야 했다. 페이지 부인은 한술 더 떠서 "당신은 우리 집 양반을 위해서 일한다는 사실을 잊어선 안돼요"라고 주지시킨다. 그는 박사 대신 왕진을 다니고 환자를 받아야만 했다.

어느 날 앤드루 맨슨에게 병명을 제대로 알 수 없는 환자가 들어온다. 앤드루 맨슨이 이 환자 때문에 고민을 거듭하는 중에 한 손님이 찾아왔다. 데니라는 의사이다. 데니는 니콜스 박사의 대진으로 일하고 있다고 한다. 데니는 앤드루 맨슨과 이야기를 나누고 돌아가면서 불쑥 그 환자가 장티푸스 환자일 것이라고 조언한다. 결국 나중에 정확하게 그 환자의 병이 장티푸스임을 알게 된 그는 데니를 찾아간다. 그렇게 시작된 그들의 만남은 우정으로 자리를 잡아간다.

이들이 우정을 쌓아 가던 어느 날 앤드루 맨슨의 병원으로 홍역에 걸린 소년이 온다. 앤드루 맨슨은 부모에게 그 소년의 동생을 학교에 보내지 말고 집에서 격리하도록 지시한다. 하지만 소년의 어머니는 학교 선생님이 학교에 보내라고 했다고 말한다. 화가 난 앤드루 맨슨은 학교로 그 선생을 찾아갔다. 이렇게 해서 만나게 된 선생은 바로 크리스틴이라는 처녀로, 앤드루 맨슨과 비슷한 또래였다.

앤드루 맨슨은 크리스틴을 야단치고는 돌아온다. 하지만 앤드루 맨슨은 그녀에 대한 생각을 지우지 못하고 사랑을 키워간다. 이 일을 계기로 우연이 인연으로 이어져 앤드루 맨슨은 들뜬 나날을 보냈다.

앤드루 맨슨은 실력을 인정받으며 자리를 잡아가는 듯 했지만 이 작은 산골 마을이 답답해짐을 느끼고 있었다. 앤드루 맨슨은 더 넓은 세상을 향해 가고 싶은 욕망이 생겼다.

그런 앤드루 맨슨에게 사건이 일어난다. 앤드루 맨슨이 어렵게 임신한 부인을 도와주었다. 이 부부는 고마움의 표시로 5기니의 돈을 사례로 주었고, 앤드루 맨슨은 그것을 은행에 예금을 했다. 이 사실을 페이지 부인과 친한 은행 점장이 부인에게 알려줌으로써 부인의 화를 돋우게 했다.

이 일로 그는 그 병원을 그만두었지만 막상 갈 곳이 마땅치 않았다. 수소문 끝에 의료공제조합에서 조수를 뽑고 있다는 소식을 들고는 그곳에 면접을 보고 취직했다. 그러고는 이 기쁜 소식을 크리스틴에게 전하며 그녀에게 청혼을 하고 두 사람은 부부의 연을 맺었다. 이렇게 1부는 끝난다.

꿈에 부푼 젊은이가 첫 직장에서 실망을 하기도 하지만 그런대로 삶에 적응해 가면서 겪는 애환들은 우리 젊은이들과 별반 다를 바가 없다. 더구나 울컥하는 심정에 열정적으로 상대에게 화를 낸다든지, 직장을 그만두는 모습은 바로 우리 자신을 닮아 있는 평범한 젊은이의 모습을 보여줄 뿐이다. 그러면서 1부에서 우리를 주목하게 하는 것은 데니와 크리스틴이라는 인물들과의 만남이다.

만남이란 얼마나 중요한 것인지, 그 만남을 통해 우리의 인생에 얼마나 큰 영향을 미치게 하는지를 이 책은 보여준다. 우리가 어떤 직업을 선택하느냐, 어떤 직장에 들어가느냐에 따라 우리 인생의 상당 부분은 결정되기도 하니 말이다. 또한 누구를 만나느냐에 따라 우리 인생이 달라지고, 인생의 성패를 좌우하기도 한다. 작가는 이러한 사실을 조심스럽게 보여주고 싶어 하는 것 같다.

__ 2부 삶은 언제나 긴장의 연속이다

이제 2부를 열고 그의 뒤를 추적해 본다. 직장을 옮기게 된 우리의 주인공 앤드루 맨슨은 이제 갓 결혼한 신부 크리스틴과 함께 어벨라러우에 정착한다. 제2의 인생을 시작하는 앤드루 맨슨에겐 흥분과 설렘의 연속이었다.

앤드루 맨슨이 본격적으로 업무에 들어가기 전에 조합의 총 책임자인 루에린 박사로부터 조수들의 수입 20%는 자기에게 줘야 한다는 말을 듣는다. 앤드루 맨슨은 납득할 수 없었지만 어쩔 수 없는 노릇이었다.

다음날 출근하니 또 황당한 일이 앤드루 맨슨을 기다리고 있었다. 아침부터 40여 명의 광부들이 대기하고 있었다. 광부들은 앤드루 맨슨에게 자신의 병명을 먼저 말하고는 자기가 말한 그대로 진단서를 써 주기를 요구했다.

앤드루 맨슨은 처음엔 광부들이 요구하는 대로 써 주었다. 시간이 흐르면서 광부들이 취업 불능을 핑계 삼아 보조금을 받으려 한다는 사실을 알게 된 앤드루 맨슨은 광부들이 원하는 대로만 할 수 없었다. 앤드루 맨슨은 정확한 진단을 해줬다. 그러자 담당 구역 명시가 명목상 의미만 있을 뿐인 광부들은 자신들의 요구를 들어주는 의사로 담당의를 바꿨다.

앤드루 맨슨은 너무나 힘든 고비를 겪어야만 했다. 나날이 앤드루 맨슨가 담당한 보험증 업무는 서서히 다른 의사에게 옮겨가게 되면서 그의 수입은 줄어들어갔다.

하지만 앤드루 맨슨의 실망스런 상태를 그냥 내버려 두지 않고 찾아온 손길이 있었다. 조합의 서기였다. 조합 서기는 앤드루 맨슨에게 "선생님, 뜻대로 되지 않는다고 절대로 실망하지 마세요. 이곳 사람들은 고집스럽긴 하지만 아주 소탈해요. 조금 지나면 다시 선생님께로 돌아올 거예요"라고 말했다.

이렇게 해서 조합 서기가 앤드루 맨슨에게 보험증을 맡겼다는 소문이 돌면서 그의 인기는 다소 회복된다. 또한 앤드루 맨슨은 우연히 어금니를 치료하러 갔다가 만난 치과 의사에게 호감을 갖게 됐다. 그래서 담당구역 치과의사 콘과 의료공제 제도의 부당함을 시정하기 위한 모의를 하고, 조수들을 불러 모아 회의를 하지만 선뜻 나서는 사람이 없었다.

우울한 나날을 보내는 앤드루 맨슨에게 크리스틴은 실력을 인정받으려면 영국 의학회 회원 자격을 따는 것이 좋겠다고 조언한다. 앤드루 맨슨은 이 의견에 따라 어렵기로 소문난 회원 자격시험을 통과하기 위해 많은 노력을 했다. 의사 일과 공부를 병행한 노력 끝에 앤드루 맨슨은 그 시험에 당당하게 합격할 수 있었다. 게다가 아내 크리스틴이 임신을 해 이들 가정은 겹경사를 맞게 됐다.

이 기쁨은 그리 오래 가지 못했다. 크리스틴이 외출 중에 나무다리를 건너다가 떨어지는 바람에 아기를 유산한 것이다. 이 와중에 앤드루 맨슨은 탄광촌 광부들이 결핵에 많이 걸리는 이유를 연구하기 시작했다. 앤드루 맨슨은 이 연구를 위해 기니피그라는 일종의 설치류를 대상으로 연구를 했다.

그런데 이 연구가 앤드루 맨슨의 삶에 있어서 화근이 됐다. 동물을 학대한다는 고발을 당한 것이다. 하지만 앤드루 맨슨이 인간의 생명을 우선시한 연구였다는 주장을 들은 위원회는 그의 정당성을 인정했다. 하지만 이 일로 인해 회의를 느낀 앤드루 맨슨은 그 자리에서 사의를 표명했다.

충동적으로 사표를 내고 난 후 고민하는 앤드루 맨슨에게 아내는 오히려 격려한다. 아내는 그에게 더 넓은 세상으로 나갈 것을 권고했다. 전 직장으로부터 다시 일해 달라는 간곡한 부탁을 받지만 앤드루 맨슨은 이를 거절하고 프랑스로 휴가를 떠났다.

프랑스에서 휴가를 보내고 있을 때 앤드루 맨슨은 한 통의 편지를 받는다. 광산노무 대책위원회 소속의 차리스 교수가 보낸 편지였다. 의회에 탄진 흡입에 관한 앤드루 맨슨의 연구 결과를 보고하기 위해 노무위원회가 본격적인 조사에 들어가기로 했으며, 이 일을 위해 앤드루 맨슨을 전담 의무관으로 임명한다는 내용이었다. 이렇게 2부는 그의 삶의 곡절들을 읊어 주며 끝난다.

루에린 박사와의 만남은 사회 부조리를 그대로 보여준다. 관례화돼 별다른 죄의식도 없이 받아들이는 사회 풍토, 당연시되는 불의가 정의로 둔갑하는 사회의 비리를 우리는 적나라하게 목도한다. 또한 직장에서 만나게 되는 진풍경, 요컨대 서민들도 사회 부조리에 참여해 죄의식 없이 국가의 돈을 보조금 명목으로 받아간다는 사실이다. 이러한 부조리를 정의로 바꿔가는 데 있어서 개인의 힘은 너무나 무기력하다.

우리가 사는 세상, 아니 이 나라 이 사회에는 이런 일이 과연 없는가? 이 책을 읽으면서 우리는 다시 한 번 우리 사회의 면면을 돌아보게 된다. 우리 인생의 길목에는 무엇이 웅크리고 앉아서 우리를 기다리고 있는지 모른다.

앤드루 맨슨이 활기에 넘치고 의욕에 찬 발걸음으로 광산노무 대
책위원회 사무실로 출근하면서 3부는 시작된다. 그야말로 보다 넓
은 세상인 런던에서 야심에 찬 삶이 펼쳐질 것으로 기대하는 것이
다. 하지만 앤드루 맨슨은 출근하는 순간부터 실망한다. 광산노무
대책위원회라는 것이 정부 산하기관일 뿐이지 실상은 명예직으로
대충 시간만 때우고 월급만 챙기는 일을 하고 있었기 때문이었다.

그나마 앤드루 맨슨이 그곳에서 정을 붙이며 살 수 있었던 데에
는 호프라는 의사와의 만남이 있었기 때문이었다. 호프는 거침없
는 성격의 소유자로 정의감이 살아 있는 의사였다. 불의를 보면 참
지 못하고, 옳은 말을 잘하는 독설가였으므로 앤드루 맨슨의 마음
에 들었다. 정의를 사랑하는 앤드루 맨슨에게는 의기투합할 만한
상대였다.

호프는 버밍엄 대학과 케임브리지 대학에서 공부하고 교수 추천
으로 광산노무 대책위원회에서 근무하게 됐다고 한다. 호프는 2년
간의 계약기간이 끝나면 오랫동안 계획해온 '위액 내의 소화효소
분리작용'을 본격적으로 연구할 계획이라고 밝혔다.

앤드루 맨슨은 호프와의 대화로 시간을 보내면서 광산노무 대책
회의 소집을 기다렸다. 하지만 막상 광산노무 대책회의가 소집되
자 앤드루 맨슨이 기대는 여지없이 무너지고 말았다. 탄진 흡입 연
구의 위탁이 아니라 탄광에서 사용하는 붕대의 규격을 조사하는
일이 앤드루 맨슨에게 맡겨졌다. 앤드루 맨슨은 자신에게 맡겨진

일이므로 그 일을 마치고는 얼마 후 다시 사표를 제출했다. 앤드루 맨슨은 자신이 할 일이란 '탁상행정이 아니라 직접 환자를 돌보는 것'이라고 여겼기 때문이다.

우리는 3부에서도 앤드루 맨슨이 만나는 상황들에서 몇 가지 문제를 들춰낼 수 있다. 일종의 공무 생활이 주는 무기력함과 관례화의 전형이 그것이다. 덩치만 클 뿐 생산적이지 못한 행정기구가 비효율적이고 비경제적이기도 하거니와 형식에 치우친 면이 얼마나 심각한지를 알 수 있다. 그것은 예나 지금이나 변하지 않고 있음을 알 수 있다.

그저 월급만 받고 사는 일이라면 이보다 더 편안하고 좋은 직장도 없을 터이다. 하지만 진정한 인생의 의미를 부여하며, 조금이라도 정의를 내세운다면 그 세계는 환멸의 대상 바로 그 자체이다. 그나마 의기투합할 수 있는 상대 호프와의 만남은 부조리를 토로할 수 있어서 조금 다행스러울 뿐이다. 고여서 썩고 있는 행정관료들의 사회, 스스로 땀을 흘려야만 대가를 받는 것이 아니라 국민들의 세금으로 주머니만 채우면서 살 수 있는 이들의 세계는 어떻게 보면 암적인 구석이 있다. 이들은 국민을 위해 봉사하는 직무를 맡고 있지만, 직무에는 관심이 없고 국민들의 아픔을 갉아먹으며 살고 있는 것이다.

하지만 사람이 존재하는 곳 어디에나 정의는 작게나마 숨어있으며, 모두가 잠든 곳에서도 두 눈을 부릅뜨고 불침번을 서는 사람이 있기에 사회나 조직은 살아있는 것이다. 이렇게 앤드루 맨슨의 인생을 추적해 오다 보니 제법 삶의 애환이 많았다. 하지만 아직 남은 날 동안에 어떤 일이 기다리고 있을지는 아무도 알 수 없다.

_ 4부 자기 신념을 가지고 본래의 나를 들여다 보다

우리는 이제 4부 속으로 떠나본다. 사표를 내고 나온 앤드루 맨슨은 아내와 함께 소박한 꿈을 실현하기 위해 분주하게 움직였다. 이들이 가진 것이라고는 600달러뿐이지만 작은 병원이라도 운영해 보려 한다. 그렇게 두 달간을 수소문한 끝에 이들 부부는 어느 의사의 부인이 내놓은 허름한 병원을 인수했다. 병원은 개업했지만 첫날에는 손님이 한 명도 오지 않았다. 그렇게 몇 달간을 공치다시피하다 보니 어려움은 말도 못할 지경이었다.

요행 중 다행으로 아내 크리스틴은 그곳에서 좀 떨어진 곳에 있는 식료품 가게의 여주인과 친하게 지내게 됐다. 크리스틴에게 남다른 애정이 있었던 그 여주인은 한 환자를 그에게 소개시켜 줬다. 그 환자는 미스크램으로 손에 피부염을 앓고 있었다. 미스크램은 여러 의사를 거쳤지만 별 효과를 보지 못했다. 그런데 앤드루 맨슨은 그 질환의 원인을 정확히 알고 있어서 식이요법으로 치료해 줬다. 마침 그녀는 상류층 여성들을 상대로 최고급 의류를 취급하는 상점의 점원이었다. 그녀는 그곳에서 고객들의 신임을 받고 있었기 때문에 미스크램의 말을 들은 고객들이 그를 찾기 시작했다.

이 중에 까다로운 공작 부인도 있었다. 공작 부인은 계절성 알레

르기를 앓고 있었던 것 같다. 하지만 그는 양심을 속이며 그녀에게 주사를 놓아 주는 일을 계속했다. 그는 그 부인의 주치의가 되어 많은 돈을 벌 수 있었다. 결국 앤드루 맨슨이 신념을 버리고 욕망에 지고 마는 순간이었다. 게다가 거부로 알려진 조셉 리 로이의 딸이 앓고 있는 히스테리를 치료해 주고 명성을 얻으면서 병원은 문전성시를 이루게 됐다.

막상 일이 잘 되자 예전의 정의감도 잃고, 사치를 하며, 변해가는 남편의 모습에 크리스틴은 슬픈 나날을 보내게 된다.

가난했어도 진실했고 행복했던 이들 부부의 사이는 조금씩 어긋나고 있었다. 이렇게 두 사람 사이가 서먹해져 가던 어느 날, 외국에서 의사 생활을 하다가 곧 귀국한다는 데니의 편지를 받는다. 그러자 크리스틴은 이들의 만남에 다소 기대를 걸게 된다.

그녀는 호프와 데니를 집으로 초대하는데, 이는 욕망에 사로잡혀가는 남편에게 바른말을 해 줄 수 있는 사람들은 그들뿐이었기 때문이었다. 오랜만에 이들의 만남은 이뤄졌고, 그들은 앤드루 맨슨을 질책했다. 하지만 앤드루 맨슨은 옛 친구들이 지금 자신이 거둔 성공에 대해서는 무시하고, 오히려 조롱한다고 생각할 뿐이었다.

반면 최근에 앤드루 맨슨이 어울리는 프레디와 아이버리는 모두 겉치레에 신경 쓰면서 돈에만 관심 있는 사람들이었다. 이들은 의사로서의 기본 신념마저도 없는 사람들이었다. 크리스틴은 이들을 닮아가는 남편의 모습을 지켜보면서 제발 옛날 모습으로 돌아오기를 간청했다. 하지만 돈으로 모든 것을 해결하고 돈이 없으면 지배당한다는 논리를 펴는 남편과 크리스틴의 관계는 점점 멀어져 갔다. 두 사람은 대화 없이 묵묵히 각자의 일만 했다. 앤드루 맨슨은 병원에 관한 문제는 혼자 결정하고, 크리스틴에게는 통보만 할 뿐이었다. 게다가 그는 돈 많은 유부녀와 외도까지 했다.

어느 날 조그만 세탁소를 하고 있는 비들러 부인이 앤드루 맨슨을 찾아와서 자기 남편을 진찰해 달라고 부탁했다. 바들로는 복부에 낭종이 생겨 수술을 받아야 했지만 앤드류는 이 수술을 아이버리에게 부탁했다. 그런데 아이버리가 수술을 제대로 못해 의료사고를 일으키는 바람에 비들러는 출혈성 낭종으로 사망했다. 그럼에도 불구하고 아이버리는 자신의 과오를 인정하지 않았다. 자신은 최선을 다했지만 어쩔 수 없었다고 사망자의 유족에게 말하는 등 일단은 사고를 수습했다.

이 일로 충격 받은 앤드루 맨슨은 아이버리에게 사람을 죽였다고 비난했다. 이후 앤드루 맨슨은 양심의 가책을 느끼고는 병원을 청산하고 소도시로 가서 데니, 호프와 함께 병원을 개업하기로 계획을 세웠다.

그러던 어느 날 저녁, 앤드루 맨슨은 피곤한 몸을 이끌고 집으로 돌아왔다. 앤드루 맨슨이 늦게 돌아오자, 당연히 저녁을 먹고 올 것으로 생각했던 아내는 식사 준비를 하지 않았다. 앤드루 맨슨에게 미안한 마음이 든 크리스틴은 남편이 좋아하는 치즈를 사려고 식료품 가게로 달려 나갔다가 잠시 후 다른 사람의 등에 업혀 돌아온다. 가게에서 급히 나오던 그녀가 버스와 정면충돌했다는 것이다.

그녀는 병원으로 옮겨졌지만 이미 숨을 거둔 뒤였다. 앤드루 맨슨은 그녀의 주검 앞에서 통회의 눈물을 쏟았다.

삶의 의욕을 완전히 잃은 앤드루 맨슨은 데니의 보살핌 덕분에 어느 정도 원기를 회복한다. 얼마 후 앤드루 맨슨은 다시 데니, 호프와 함께 병원을 세울 준비로 바쁘게 돌아다닌다. 어느 날 법의학 심의회에서 앤드루 맨슨에게 편지가 왔다. 무면허 의사의 의료 행위를 도왔다며 심의 총회에 출두해서 그에 관해 답변하도록 요청하는 내용이었다. 몇 달 전 어벨라러우의 치과 의사 콘의 큰딸 메리가 폐결핵에 걸렸을 때, 이들 가족을 돕고 싶었던 앤드루 맨슨은 영국에 요양원을 세운 스틸맨에게 그녀를 부탁한 적이 있었다. 메리는 과학적인 치료를 받으면서 곧 건강해졌지만 얼마 후 앤드루 맨슨에게 원한을 품고 있던 아이버리가 이 사실을 알고서는 법의학 심의회에 고발한 것이었다. 무면허 의사에게 환자를 맡겼으므로, 앤드루 맨슨의 의사 자격을 박탈해야 한다는 것이 고발장의 내용이었다.

앤드루 맨슨은 법의학 심의회에서 "루이 파스퇴르, 에를리히나 하프킨, 메치니코프 등이 의사는 아니었지만 이들은 세계 역사상 가장 뛰어나고 특수한 치료법을 의학계에 제공해 준 인물들이다. 비록 정식 의사는 아니지만 병마와 싸우고 있는 그들을 모두 사기꾼으로 매도할 수는 없다"는 주장을 펴서 이들의 마음을 움직였다. 심의회 결과는 그의 호소를 받아들여서 의사직을 유지하는 쪽으로 결론이 내려졌다.

이제 그는 켄슬 그린에 있는 아내의 묘지를 찾는다. 묘지에 들어선 그는 지난 일들을 오랫동안 회상했다. 한참 후 그는 발길을 돌려 기차 시간에 늦지 않게 서둘러 묘지를 나섰다. 문득 눈앞에 펼쳐진 하늘에는 성채와 같은 구름이 뭉게뭉게 피어오르고 있었다.

4부는 많은 사연이 연속해서 일어난다. 그러면서 인간의 마음이 얼마나 변질되기 쉬운 것이며, 부와 권력 앞에서 얼마나 간사한지를 보여준다. 사람이 처음 마음먹은 신념을 온전히 간직하기가 얼마나 어려운지를 잘 보여주고 있기도 하다. 그리고 어쩌다 한 번 넘어선 선은 자기 합리화를 하기가 얼마나 쉬우며, 자신을 좀먹는 일들을 방어하기가 얼마나 어려운지를 보여준다. 편하면 편할수록 인간은 더 타락하기 쉬우며, 무엇엔가 맛을 들이면 들일수록 다른 그 무엇도 눈에 들어오지가 않는다.

인간은 무엇엔가 미쳐서 살아가는 동물이다. 자칫 방심하고 그 욕구에 따르다 보면 점점 깊은 욕망 속으로 깊이 빠져들고 만다. 하지만 세상이 아무리 변할지라도 자기 신념을 초지일관되게 유지하며, 부나 권력과는 멀게 살아가는 사람들이 있어서 세상은 유지되고 있음을 이 소설은 잘 보여준다. 크리스틴, 데니, 호프. 이들은 사람다운 삶을 추구하는 사람들이다.

❦ 사람이 가장 소중하다

이 작품은 깔끔하고 간결한 문장 구조가 특징이다. 더욱이 내용

인생은 어떻게 보면 짧기도 하지만 또한 그리 짧지만도 않다.
그런 인생길을 가다보면 우연이든 숙명이든 맞닥뜨려지는 길목에서 여러 사람을 만나게 된다.
그러면서 어떤 한 길목에서 새로운 인생의 출발이 되는 전기가 마련되기도 한다.

을 들여다보면 누구나 쉽게 이해할 수 있는 평이한 문체와 내용이어서 읽는 이들이 부담 없이 읽을 수 있다는 장점이 있다. 또한 우리가 현 사회에서도 접하게 되는 사회 각 계층의 부조리와 상황들이 너무나 현실과 잘 부합하고 있어서 독자들의 공감을 얻어내기에 충분한 내용으로 구성돼 있다.

특히 이 작품은 작가 자신의 실제 체험에서 우러나온 작품이어서 우리에게 더 큰 공감을 주고 있다. 이 책의 내용을 크게 나뉘어 보면 주인공이 의사가 되기까지의 과정과 의사가 된 후의 이야기다. 주인공이 의사가 되면서 처음 가진 신념은 돈벌이가 아니라 사람을 살리는 의사가 되려는 것이었다.

앤드루 맨슨은 의사가 되면서 만나는 인연들도 좋은 사람들이다. 사람을 만나는 일이 얼마나 중요한지를 이 책은 보여준다. 인생의 굽이마다에서 만나게 되는 데니, 크리스틴, 호프와 그 밖의 많은 사람들. 앤드루 맨슨은 사람들을 만날 때마다 인생의 새로운 전기를 마련하고 새로운 상황과 만난다. 이것이 인생이다.

어려움에 직면하면서도 올곧은 의사의 길을 걸으려는 그에게 닥쳐오는 갖가지 시련. 사회적인 폐해나 모순점들은 예나 지금이나 변함이 없다. 공무원들의 구태에 빠진 낡은 관행, 사회의 부조리와 잘못된 인식은 이 시대에서도 큰 차이가 없다. 막상 닥쳐야만 움직이는 늑장 행정처리, 자신의 이익에만 급급한 공무원들, 보조금을 타내기 위한 허위진단서 발급 요구 등은 요즘의 세태를 그대로 보여준다.

인생은 새옹지마라고 했던가. 좋은 일이 지나면 다시 어려운 일이 다가오는 것이 인생인 것인가. 그렇게도 시련만 있던 그의 인생에 서광이 비치기 시작한다. 점점 이름을 알리면서 탄탄한 성공의 길로 나서는 앤드루 맨슨도 신념이 무너진다. 앤드루 맨슨이 이름 있는 의사가 되면서 처음의 신념을 잃어가는 과정 속에서 인간은 참으로 약한 존재임을 다시 생각하게 한다. 돈을 위해서가 아니라 사람을 살리는 의사가 되겠다는 그의 첫 신념은 점점 퇴색한다.

이런 작은 생각의 변화는 타락의 길로 이끌어간다. 돈과 명예 앞에서 흔들리지 않을 사람은 아무도 없을 것이다. 하지만 인생이란 한 번 잘못된 길을 걷다가 다시 제자리를 찾고 보면 되돌릴 수 없는 아픔의 잔해가 우리 가슴을 쓸어내리게 한다. 후회 없는 삶을 살아가기 위해서는 처음의 신념을 고수하며 살아야만 하는 것임을 이 책은 우리에게 교훈으로 보여주고 있다.

한 인간이 살아가면서 겪게 되는 삶의 애환들은 동시대뿐 아니라 현재에도 누구나 있을 수 있는 개연성을 보여주는 상황이어서 친근하게 다가온다. 그런 주인공을 지켜보는 독자 입장에서는 때로는 분노를 함께 느끼고, 질책을 가할 수 있을 만큼 독자를 이야기 속으로 잡아당기는 것이다.

인생의 과정에서 우리가 겪게 될지도 모를 다양하고 풍부한 변화, 제각기 특징적인 성격을 지닌 등장인물들의 세밀한 성격묘사는 소설로 받아들이기보다 현실로 받아들이게 해준다.

아치볼드 조지프 크로닌
Archibald Joseph Cronin

스코틀랜드에서 출생한 아치볼드 조지프 크로닌(Archibald Joseph Cronin : 1896~ 1981)은 작품 속에 나오는 주인공처럼 실제로 의학박사이며, 영국 왕립의학회 회원으로 촉망받는 의사였다. A. J. 크로닌의 아버지는 가톨릭 신자였으며 어머니는 기독교 신자였다.

크로닌은 1925년 고학으로 글래스고 대학에서 의학 박사 학위를 받았다. 크로닌은 실제로 1921년부터 3년간 웨일스 남부의 탄광촌에서 개업의로 일을 했으며 열악한 환경 속에서 격무에 시달리는 광부들을 보살피기도 했다. 이때 크로닌은 광부들의 직업병에 관심을 갖게 됐다. 실제로 이에 대한 연구로 박사 학위를 받았다. 이후 크로닌은 일반 병원에서 환자를 돌보다가 1926년 런던에서 병원을 개업했다. 그러다가 과로로 인해 십이장궤양에 걸려 어쩔 수 없이 요양을 했다.

이 일을 계기로 크로닌은 병원 생활을 완전히 접고 스코틀랜드로 돌아가 글쓰기에 몰두한다. 크로닌은 『모자 장수의 성 Hatter's Castle』(1931)으로 문단에 데뷔하고 『성채 The Citadel』(1937)를 발표했으며 『천국의 열쇠 The Keys of the Kingdom』 (1941)를 출간하였다. 크로닌은 『성채』라는 작품을 발표하면서 세계적인 작가로 명성을 떨치게 되었고, 후세에 남을 만한 기념비적인 작품으로 세계의 독자들의 감동을 불러 일으켰다. 이외에도 『인생의 도상에서 Adventures of a Black Bag』(1943)를 남겼으며, 몽트뢰에서 세상을 떠났다.

『성채』가 너에게 전하는 편지

사람의 심리는 참 묘한 것 같습니다. 때로는 올바르게 살아가고 싶은데 원치 않게 반항을 하기도 하게 되지요. 그렇게 반항하며, 세상의 유혹에 넘어가서 살다보면 짜릿한 마음이 생겨서 그 길에서 헤매기도 합니다. 때로는 잘못도 저지르고, 돌이킬 수 없는 실수도 많이 합니다. 아주 소수는 완벽하리만치 윤리적이면서도 곧고 바르게 살아가는 사람도 있긴 할 거예요. 하지만 대부분은 실수도 많이 하고, 잘못도 하면서 살아가요.

그럼에도 불구하고 보다 중요한 것은 비틀거리면서 살아가다가도 다시 제자리를 찾을 수 있다면 그런 삶은 잘 살아가는 것일 거예요. 잘못하는 순간에는 깨닫지 못하다가 나중에라도 그 잘못을 깨닫고 다시 제 위치를 찾고, 자신을 돌아 볼 수 있다면 괜찮은 인간 축에는 드는 셈이지요. 이제까지 어떻게 살아왔느냐보다는 지금부터라도 삶을 어떻게 펼쳐갈 것인가가 중요해요. 지나간 것은 아무리 노력해도 되돌릴 수 없잖아요. 그러니 이제부터 마음을 다잡고 곧고 아름다운 꿈을 간직한 삶을 살아가는 거예요.

명작에서 멘토를 만나다

펴낸날	초판 1쇄	2007년 7월 10일
	초판 6쇄	2014년 9월 19일

지은이	**최복현**
펴낸이	**심만수**
펴낸곳	**(주)살림출판사**
출판등록	**1989년 11월 1일 제9-210호**

주소	**경기도 파주시 광인사길 30**
전화	**031-955-1350** 팩스 **031-624-1356**
홈페이지	http://www.sallimbooks.com
이메일	book@sallimbooks.com

ISBN	978-89-522-0665-7 03800